EL HACEDOR DE REYES Y EL ESCRIBA

CONNIE L. BECKETT

Traducido por
LOURDES LOPEZ

Para mis hijas, Cher y Chasta. Son mi corazón, la inspiración para cualquier aventura y mis porristas más feroces.

AGRADECIMIENTO

Un gran agradecimiento al grupo de críticos de los jueves por la noche y a los miembros de Kansas Writers, Inc. por su apoyo y consejo. Un cordial agradecimiento a Donna, quien editó y brindó valiosos aportes a esta novela, y quien me presentó a Next Chapter.

CAPÍTULO 1

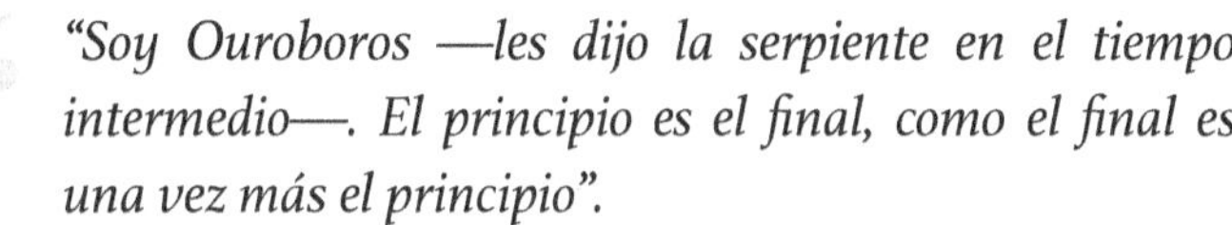

"Soy Ouroboros —les dijo la serpiente en el tiempo intermedio—. El principio es el final, como el final es una vez más el principio".

Nave espacial Conquistador
C. 2500 d. C.

—¿Estás lista, niña? —pregunta Wata mientras suena una campanilla por el intercomunicador de la nave.

Ya no soy una niña, habiendo cumplido veintisiete años, pero es así como él siempre me ha llamado. Estoy cansada hasta la médula, pero me levanto y asiento que estoy lista. Mi tiempo ha sido mucho, más largo que las escarpadas montañas de la Tierra, que por fin se han derrumbado en el mar. Ahora que Wata y yo hemos llegado a este nuevo planeta, sin la contaminación de los excesos de la humanidad, ¿terminará finalmente mi viaje? ¿Puedo por fin descansar, con mi cuerpo cansado preparado y enterrado en el suelo de este nuevo planeta para que mi alma finalmente pueda ser libre para vagar por la otra vida?

La puerta se abre para revelar al rey Gha, rodeado por tres lados por sus guardias. Él está sonriendo.

—Wata, es el primer día en nuestra nueva tierra. Tú también, Rulie, ¿estás feliz de que finalmente hayamos aterrizado?

Me inclino, que es lo que se espera de mí.

Wata toma la mano del rey entre las suyas.

—Que el cielo que ha sido nuestro transporte nos proteja en nuestra... *su* nueva tierra —dice, y se inclina para tocar ligeramente con sus labios la parte superior de la mano de nuestro nuevo líder.

El rey Gha mira a sus guardias, que están de pie estoicamente. Se inclina cerca de Wata y susurra:

—Sí, por supuesto, mi tierra con tu excelente experiencia. Nuestro exlíder —agrega en un susurro incluso más suave—, cuyo nombre se ha perdido por los vientos solares, no estaba a la altura de la tarea, ¿no te parece?

—No estaba a la altura de la tarea —concuerda mi amigo en el mismo susurro conspirativo.

Suena una segunda alerta; esta vez, dos breves chirridos.

—Vengan, mi gente está esperando —anuncia el rey de este nuevo mundo. Entrelaza su brazo con el de Wata, y juntos comienzan a recorrer el corredor ricamente adornado con sus paredes de colores vibrantes. Los tres guardias se colocan detrás de los dos hombres. Soy la última de ese conjunto, que agrupa a los primeros humanos en tocar el suelo de nuestro nuevo mundo, ya diseñado para tener la composición adecuada de aire, luz y vegetación.

Wata, como se llama en esta vida, siempre ha sido el artífice de reyes, el consejero tanto de tiranos como de presidentes. Quizás, esa fue la tarea que Dios asignó a su alma, pero con esta última (y su bota contra el trasero del viejo rey en la esclusa de aire), su corrupción está completa. Al igual que los recuerdos de nuestras vidas pasadas, que se hacen realidad. Registraré esto como lo hice con todo, ruego, por última vez.

PARTE I

2

———————

"Mi colmillo trae la muerte o lo divino —les dijo la serpiente en el tiempo intermedio—. Solo la providencia revelará cuál".

Egipto
C. 2500 a. C.

—Audax, es hora de recoger el grano —me dice mamá. Es un deber que a menudo realizan chicos como yo. Después de un desayuno de dátiles y leche de oveja cuajada, tomo la guadaña y me dirijo al campo. Cortar los tallos de grano es una tarea que he hecho muchas veces, y hoy la hago de memoria, viendo cómo un rebaño de cabras se abre camino a lo largo del borde mientras balanceo mi afilada herramienta.

—¡Cuidado! —comanda una voz. Sobresaltado, me giro para ver la cabeza aplastada del áspid justo antes de que ataque mi pierna desnuda. El momento se alarga, y el sol brilla en un extraño tono púrpura dentro de la cabeza encapuchada. Los ojos de la serpiente son como pozos negros y siento su resplandor en mi centro. Esto sucede lentamente, tan lentamente que creo que tendré la oportunidad de huir o quizás, simplemente, de dar un paso hacia un lado. Entonces, el tiempo recupera su ritmo, y un solo colmillo perfora la piel de mi pantorrilla, y una gota (o tal vez un cuenco de veneno) ingresa en mi carne. El colmillo se retrae y la cobra se desliza, y un segundo colmillo esparce la muerte en el aire seco del desierto. Antes de que el dolor pueda registrarse y empiece a deslizarme hacia la otra vida, hay otro grito y una lanza a la serpiente, que la inmoviliza contra el suelo. Débilmente, vuelvo la cabeza y veo a un chico, un poco mayor que yo. Él es quien gritó la advertencia y empaló a la criatura. ¿Lo conozco? No es tan familiar como uno de mis amigos en el pueblo, pero tal vez sea un visitante que haya visto antes, que viene con su padre a comerciar camellos o mercancías en el mercado. Entonces, comienza el dolor y me retuerzo como la serpiente, todavía viva bajo la hoja de la lanza—. Yo te ayudaré —me dice el extraño —. Ten, toma mi mano. —Coloca un brazo debajo de mi hombro y me levanta. Me paro con esfuerzo, y los bordes de mi visión brillan como las estrellas nocturnas—. Date prisa.

Me hundo en la oscuridad y no sé nada más.

3

Por una eternidad nado en la corriente entre la vida y la muerte. Existe el consuelo de la voz de mi madre y un olor extraño cuando alguien coloca una compresa fría sobre la herida dolorosa. Hay momentos en los que me despierto pidiendo agua o alivio para las sensaciones que recorren mi cuerpo.

Un extraño sueño se entromete en este pasaje. La serpiente, envuelta en el violeta de los dioses, me habla de tiempos y lugares que no entiendo. Soy el testigo, me dice. Lucho por despertar de la pesadilla, pero los ojos de la serpiente me sujetan a la visión.

Finalmente, regreso del inframundo. ¿Es esta la otra vida? Hay olor a polvo y a humo del fuego. Las ovejas se mueven en algún lugar afuera. Abro los ojos y veo el techo de la cabaña de mi familia.

—¡Audax! —grita mi madre—. Miren, Audax se ha despertado.

Lucho por levantarme y descubro que mi padre, dos hermanos y mi hermana han venido a verme. Afuera de la puerta de la casa, el amanecer tiñe el cielo. No el más allá, sino la vida real, a la que me desperté esta mañana. ¿O no? Recuerdo la serpiente y miro la tela que cubre mi pierna. La mordida ocurrió al mediodía; ahora es un nuevo día. ¿Cuánto tiempo he estado durmiendo? ¿O muerto?

—¿Estoy muerto? —intento decir, pero mi voz es un graznido como el de las ranas en los juncos del gran río.

—No estás muerto, gracias a los dioses —reza mi madre y levanta un cuenco para que pueda beber.

—El hijo de Hapu, Ibiaw, te salvó —explica mi padre—. Estaba explorando mientras Hapu se reunía con funcionarios y vio al áspid atacar. Te ayudó a regresar y aconsejó cómo preparar el ungüento para sacar el veneno. De lo contrario, estarías...

Él no puede continuar, y mi madre se está limpiando los ojos, que ahora veo que están enrojecidos por el llanto o el insomnio.

—¿Cuánto tiempo...? —empiezo a preguntar.

—Dos días —termina mi hermana pequeña—. Pensamos que estabas muerto. —Mi hermana es de las que siempre habla sin rodeos. Me pregunto si su futuro esposo tolerará o elogiará esa cualidad—. Él no está muerto. Audax está vivo —corea mientras sale corriendo de la cabaña para contarles a sus amigos.

Mi madre me ayuda a levantarme, y me limpio del hedor del lecho de enfermo. Mi cuerpo está temblando cuando esto termina, y con gratitud bebo agua y como la comida que ella ha preparado.

—Audax, sal fuera —me instruye mi padre un rato después. —Mis piernas todavía se sienten débiles, y palpita donde la cobra me mordió, pero me alegro de poder salir—. Hijo mío, este es Ibiaw. Él es quien te salvó la vida.

Doy un paso adelante para agarrar su antebrazo.

—Gracias —le digo.

Ibiaw es más alto que yo, con su piel bronceada por el sol.

Su sonrisa es abierta y viste la túnica de lino común a la élite profesional. Yo, en cambio, llevo la ropa del hijo del cervecero que soy.

—Me alegro de que hayas vuelto con los vivos —me dice y vuelve a sonreír.

Suspiro profundamente.

—Los dioses son generosos al guiarte hacia mí. Estoy a tu servicio.

Él agita una mano con desdén.

—No soy más que un mortal que se topó contigo y... —agrega con un brillo en los ojos— tu amiga serpiente.

Mi padre se ríe y el padre de Ibiaw, que ha llegado mientras hablamos, también lo hace. Yo solo me siento mareado, recordando el momento del ataque.

—Vengan —invita mi padre—. Mi esposa y yo acabamos de preparar cerveza. Está fría después de haber reposado en una jarra en el río. Únanse a nosotros y la probaremos.

Más tarde, mientras los padres están absortos en una conversación, me escabullo. Mi pierna palpita y todavía tengo la sensación de otro mundo, que el veneno me trajo a la mente. Me siento en una piedra plana y veo cómo las mujeres lavan ropa en el río. Pronto Ibiaw se acerca y se sienta a mi lado. Se frota una erupción roja en la pierna.

—El veneno todavía me afecta y los sonidos parecen demasiado fuertes. Aquí está tranquilo excepto por... —señalo a las mujeres que están hasta las rodillas en los bajíos— el frufrú de la tela.

—Sí, es pacífico aquí. Mi familia vive cerca del palacio del faraón, y el aire siempre está lleno de sonidos. Y huele mal —agrega, pellizcándose la nariz.

—¿Cómo llegaron tú y tu padre a nuestra aldea? —pregunto.

—Es arquitecto y diseña los canales que canalizan el agua.

—¿Y viniste a aprender la profesión de él?

—Quizás —comenta Ibiaw—. O tal vez diseñaré grandes pirámides para albergar a los faraones y sus consortes en su otra vida.

—Ah, eso sería más interesante que convertirse en cervecero.

Ibiaw mira a las mujeres que están escurriendo la ropa y colocándola en una canasta. Hay una expresión pensativa en su rostro, y siento que en realidad él no las está viendo.

—¿Puedes escribir y contar? —pregunta, volviéndose hacia mí.

—Sí, son habilidades que un maestro cervecero debe aprender. ¿Por qué preguntas?

—Mi padre y yo necesitamos que alguien nos ayude. Ahora eres solo un niño, pero en unos años, tus habilidades podrían ser útiles.

—Sí —le digo, aunque no estoy seguro de cómo podría serles útil. De vuelta con nuestros padres, camino más erguido, esperando que esto me acelere en el camino a la madurez.

4

———

Ahora soy un hombre. Mi nueva esposa y yo hacemos los preparativos para viajar a la ciudad del faraón, donde Ibiaw ya ha hecho un hogar con su esposa e hijo.

Los últimos ocho años, desde la época de la serpiente, han pasado volando como un halcón cazador tras su presa. Promesas que creía cuando era niño (como la que me hizo Ibiaw acerca de ser aprendiz para ayudarlo), pero que, en el espacio entre entonces y su siguiente visita a nuestro pueblo, llegué a creer que eran solo un vago divagar de la juventud, fácilmente olvidado. Ibiaw, sin embargo, insiste en que la propuesta está grabada en nuestros corazones, sólida como símbolos tallados en piedra.

—Mira aquí —me dice Ibiaw en su primer viaje de regreso. Señala la oscura decoloración de su pantorrilla—. El veneno de tu cobra roció mi pierna. —Acaricia la piel.

—Recuerdo haber visto un sarpullido ese día mientras estábamos sentados junto al agua. Fue extraño lo de esa serpiente —le comento. Ibiaw asiente una vez en reconocimiento—. La bestia llevaba una capucha con el color sagrado del Faraón —prosigo.

—Sí, extraño. El veneno causó un sarpullido que empeoró en la noche después de que nos fuimos, y me despertó de una visión extraña.

—¿Una visión?

—Sí, pero... —frunce el ceño— el recuerdo de la extrañeza permaneció cuando desperté, pero los detalles del sueño se perdieron en el día. —Los ojos de mi amigo están enfocados en el horizonte, pero lo que ve no son las colinas rocosas. No estoy seguro de por qué, pero no le digo que yo también tuve una visión mientras nadaba entre los vivos y el inframundo. La mirada de Ibiaw vuelve a mí y sonríe—. No he olvidado, amigo mío, que estamos unidos por el colmillo. Tú, el mordido; yo, el que salvé al niño.

—Yo tampoco lo he olvidado —señalo riendo. La idea de viajar más allá del pueblo donde nací nunca está lejos de mi mente mientras recojo la cebada para que mi madre y mis hermanas la muelan en un puré para hacer la cerveza. En los años transcurridos entre entonces y ahora, mi madre dio a luz a un hijo y una hija y enterró a otro bebé bajo la arena seca.

En algún momento, mi padre debió de haber hablado con el padre de Ibiaw sobre tomarme de aprendiz, porque me dice después de una de sus visitas:

—Hijo mío, hay manos más que suficientes aquí para preparar cerveza. Cuando sea el momento, vete. Los dioses han puesto tu destino en un camino diferente, y debes seguirlo.

Mis padres me prometieron cuando cumplí la mayoría de edad. El nombre de mi esposa es Chara, que significa *felicidad*. El nombre es apropiado; tiene el pelo largo y oscuro en una espesa trenza por la espalda, y su espíritu es alegre, sin importar la tarea. Su olor es el del sol y el mar cuando me acerco a ella por la noche.

Su familia elabora la cerveza espesa como lo hace mi propia familia. Su madre, una mujer desagradable, le advierte a Chara que le traeré infelicidad y miseria por llevarla lejos de nuestra aldea, pero Chara y yo hemos hablado mucho de ello y ella está tan ansiosa como yo.

Recolectamos nuestros pocos enseres domésticos y los suministros que Chara necesitará para hacer cerveza: miel, hierbas secas, piedras de moler, ollas y levadura. Cargamos nuestras posesiones en uno de los botes de suministros que navegan río arriba y río abajo. Nuestras familias se reúnen para despedirnos: mi familia está estoica; la madre de Chara, llorando su infelicidad. No está tan lejos (un largo día de viaje por el agua), pero ella advierte que nunca regresaremos. Con un aleteo de velas desenrolladas y un empujón desde la orilla, estamos en camino.

—Mira, un cocodrilo —exclama Chara mientras navegamos entre los juncos que crecen a lo largo de la orilla.

De vez en cuando la veo colocarse la mano en el vientre mientras viajamos y me pregunto si pronto tendrá noticias sobre nuestra familia. Cuando levanta los ojos hacia mí, sonrío y le rodeo la cintura con un brazo. Una vez más, doy gracias a los dioses porque mis padres seleccionaron una novia que alegra mi corazón y es lo suficientemente valiente como para unirse a mí en esta nueva vida.

Por fin llegamos a la ciudad donde viven Ibiaw y su familia. Contemplamos con asombro el palacio del faraón. Un muro alto lo rodea, ya que los dioses y su familia viven separados de los ciudadanos, pero su presencia es absoluta. Por supuesto, no es la familia real, sino la clase dominante, encomendada por el faraón, la que gobierna al pueblo. El líder actual es quien ha encargado a Ibiaw y su familia la construcción de los canales que conducen el agua en las estaciones secas. Ibiaw y su padre también diseñan las casas y edificios de las clases altas y dominantes. Mientras caminamos, me pregunto qué delicias se esconden detrás de los muros del recinto real.

—Ah, llega mi amigo —exclama Ibiaw cuando al fin nos dirigimos a su casa. La noche ha caído cuando la encontramos;

el sol escapa a su hogar y sale la luna. Ambos tenemos hambre y estamos exhaustos—. Hemos preparado una comida. Por favor, únanse a nosotros.

Llama a un sirviente para que nos lleve nuestras posesiones y nos traiga paños y una jarra de agua fresca. Con mucho gusto nos lavamos la cara y las manos del viaje y nos unimos a Ibiaw y su esposa, Eboni.

Eboni es del sur, encantadora, con piel oscura y rizos apretados sobre la cabeza. Cenamos pescado aderezado con puerros, lentejas y dátiles. Chara toma un sorbo de su cerveza y asiente con aprobación. Es fresca y dulce, con miel agregada, y sabrosa después de un día caluroso en el agua.

Más tarde, se nos muestra la alcoba para dormir, donde esperan nuestras provisiones. Juntamos las colchonetas para dormir juntos. Chara se duerme rápidamente; al menos creo que lo hace. Me toma más tiempo; revivo el día y todas las extrañas vistas nuevas de la ciudad. Justo antes de que me duerma, Chara se mueve.

—Audax, esposo mío —susurra. Me vuelvo hacia ella—. Creo que estoy embarazada.

La alegría llena mi corazón, aunque he adivinado que esto podría ser cierto.

—Un hijo —expreso con asombro.

—Una hija —predice, y puedo escuchar la burla en su voz.

Nuestras vidas pronto toman su ritmo. Nos mudamos a una choza abandonada y le reparo una pared con ladrillos de barro y paja. Chara ayuda a Eboni en la elaboración de cerveza: moler la cebada para hacer pan y luego desmenuzar el pan y agregar hierbas, miel y levadura para fermentar el puré. El embarazo está avanzado y se cansa fácilmente. Su tiempo está cerca y preparamos un lugar en nuestra casa para el bebé.

Veo a mi esposa y su nueva amiga moverse juntas mientras cotillean sobre sus tareas y estoy feliz de que se hayan hecho amigas.

Es duro pero emocionante este nuevo trabajo con mi amigo y su viejo padre. Mi mente, tan acostumbrada a los deberes de mi antigua vida, se esfuerza por aprender las matemáticas que se utilizan para trazar la cuadrícula de las vías fluviales. Esto, por supuesto, es una tarea estacional para después de que las lluvias llenen el río y desborden las orillas. Aun así, aprendo rápido y pronto puedo registrar el progreso del trabajo.

Llevo un registro de las ilustraciones y medidas de los canales, los nombres de los aldeanos que supervisan el trabajo y la velocidad del flujo de agua en un rollo de papiro. Mientras viajamos río arriba y río abajo hacia las distintas comunidades, me doy cuenta de lo diferentes que son la cultura y los ciudadanos de cada pueblo. Aquí pescan, allá crían ovejas y cabras, en otro lugar observo hombres y mujeres trabajando en el campo.

5

Llega el momento de Chara cuando comienza la temporada de lluvias y la luna está llena.

—Audax —llama dándome un codazo en la noche—. Ve con prisa y busca a la anciana, la que ayuda a dar a luz a las mujeres. —Ella gime suavemente y se agarra el vientre.

Rápidamente, me pongo la túnica y me apresuro a través del laberinto húmedo de caminos hacia la casa donde vive la partera. Golpeo junto a la cerca.

—Venga rápido —grito—, mi esposa está dando a luz a un hijo.

—Espere —responde una voz áspera y escucho un gruñido demasiado suave para distinguir las palabras. Finalmente, sale a la tenue luz de la luna a través de las nubes. La comadrona está encorvada y la boca hundida por la pérdida de dientes. Lenta, lentamente, se acerca a mí. Prácticamente bailo con la necesidad de volver con mi mujer—. ¿Este es su primogénito? —grazna ella.

—Sí —respondo y señalo el camino hacia mi casa. Empezó a llover otra vez, pero, aun así, eso no apura a la anciana. En lugar de seguirme, como esperaba, ella se evade en la dirección opuesta—. Por aquí —le indico, pero ella no me hace caso. Chara y Eboni fueron quienes arreglaron este asunto y desearía que estuvieran aquí para hacer que la mujer escuchara.

—Despierta —grita en el patio de una casa vecina—. Viene otro. —Esto es bueno, creo. No confío en la habilidad de esta mujer—. Y trae el aceite —ordena ella, de nuevo a la puerta.

—Ya voy —le dice otra mujer y sale de la oscuridad de su casa. Al menos esta parece más saludable, con la espalda aún recta. Lleva una jarra, sosteniéndola para que la anciana pueda ver. Regresamos, despacio, despacio. Doy pasos rápidos y luego me vuelvo para ver a las mujeres (la joven sosteniendo a la vieja) venir detrás de mí—. ¿Su primero? —pregunta.

—Primero —confirma la mayor.

—El primero viene lento —me dice la más joven—. No hasta que llegue el nuevo día, lo más probable.

Aprieto los dientes. Todavía está oscuro, la luna detrás de las nubes cada vez más finas, acaba de salir del cenit. Chara está sola. ¿Y si pasa algo? Incapaz de soportar su ritmo lento por más tiempo, me lanzo por un camino hacia la casa de Ibiaw.

—Ibiaw, Eboni —siseo en su patio—. Es el momento de Chara.

Escucho movimiento en el interior, pero ya estoy corriendo de regreso hacia las dos mujeres, solo unos pasos más lejos de donde las dejé.

Por fin llegamos. Desde adentro escucho a Chara rezarle al dios Bes. Hay una imagen del dios en nuestra casa: un enano barbudo y deforme, con orejas grandes y piernas arqueadas. Hay una pausa en la oración y ella gime.

—Ah, quizás antes de que llegue el sol —anuncia la joven al entrar.

De hecho, el cielo apenas se está aclarando cuando Chara, agachada sobre los ladrillos de parto (con la partera más joven que sostiene a mi esposa de un lado, Eboni que la sostiene del otro y la anciana arrodillada ante sus piernas abiertas), da un gruñido final y un bebé resbaladizo se desliza hacia las manos de la partera, que lo esperan. Hay un chorro de líquido y de repente me siento débil.

—Siéntate —ordena Eboni mientras me tambaleo a la izquierda, luego a la derecha.

Caigo al suelo, pero mis ojos nunca abandonan al bebé mientras la anciana le limpia el cuerpo y la cara. Veo agitar los brazos y luego un chillido.

—Hijo mío —expreso sin aliento.

—¡Ja!, una hija —dicen al unísono.

Cambio mi mirada del bebé a mi esposa, mientras Eboni y la otra mujer la ayudan a bajar a la colchoneta. El rostro de Chara está sonrojado, pero sus ojos brillan.

—Una hija —repite y sonríe.

Empiezo a acercarme a ella, pero las mujeres me hacen a un lado mientras sacan... ¿otro bebé? No, es solo un saco con un líquido. La anciana ata un paño alrededor del cordón que una vez conectó a la madre y a la niña y, rápidamente, saca una pequeña daga de su túnica para cortar la conexión.

Ahora es el momento del confinamiento de Chara, y me sacan de mi casa para encontrar otro alojamiento hasta el final del período de dos semanas de purificación. Mi última visión cuando casi me empujan hacia la puerta es de Chara, una bebé desnuda en su pecho y la partera más joven frotando aceite maloliente en su espalda para estimular la leche.

6

Nombramos a nuestra hija *Masika*, una niña nacida de la lluvia. Ahora ha vivido tres temporadas de lluvia y hoy Masika me acompaña mientras caminamos para visitar a Ibiaw. Él ha enviado un mensaje a través de uno de los niños del pueblo, en el que me dice que tiene noticias para compartir conmigo.

—Audax, mi amigo. Por favor, ven y siéntate conmigo en el patio, donde el sol nos calentará. —Se vuelve hacia Masika, de pie junto a mi muslo—. Masika, eres tan hermosa como tu madre. Gracias a los dioses, no recibiste la nariz de tu padre. —Se ríe cuando Masika me mira y aprieta su propia naricita—. ¿Y cómo va tu esposa?

Chara ha dado a luz a otro bebé, un hijo, a quien cuando llegue el momento de la ceremonia de nombramiento, llamaremos *Jabari*, uno que es valiente. Este niño nació en el momento de la cosecha y todavía mama del pecho de su madre.

—Mi esposa y mi hijo están bien. Ella envía sus saludos —respondo. Eboni, que ha traído vasos de cerveza y dátiles rellenos de queso de cabra, se sienta junto a su marido. Como patitos, sus dos hijos siguen a su madre al patio y se sientan con las piernas cruzadas al lado de su padre. Charlamos un rato sobre la cosecha (una de las mejores, según dicen) y los rumores sobre los nuevos baños de piedra que el faraón planea agregar al recinto del palacio. Mientras hablamos, puedo ver que Ibiaw está más animado que de costumbre y las luces brillan en sus ojos—. Entonces, ¿tienes noticias para compartir? —pregunto—. Eres como una abeja que mira la miel desbordar el panal.

—Sí, noticias. Como sabes, mi padre no se ha sentido bien.

—Eso es lo que me has dicho —acuerdo y envío una oración silenciosa a los dioses—. Rezo para que mejore su salud.

—Gracias. Su espíritu es fuerte y me dice que aún no está listo para viajar al inframundo. Pero... —Se encoge de hombros y continúa—: El propio faraón le ha encargado que construya los nuevos baños. Él ya los diseñó y dispuso que se trajeran piedras aquí. Con su confinamiento, yo sigo adelante con los planes. Excepto que... —levanta un dedo y veo que la luz ha regresado a sus ojos— deseo modificar los planos como tales.

Ibiaw desenrolla un papiro y coloca piedras en las esquinas para mantenerlo plano contra el suelo. Los baños tienen techos altos abovedados, un espacio dedicado al agua en sí y otro a un área donde se ubicarán los salones curvos. Columnas enormes sostienen el techo y puedo ver en el dibujo que han sido pintadas con escenas de la vida en el reino. Sobre el medio del agua, el baño está abierto al cielo, e Ibiaw ha dibujado urnas altas con llamas, que iluminarán el espacio por la noche. Nunca había visto nada tan maravilloso, y así se lo comento:

—Nunca he visto nada como esto. Realmente será un regalo digno de un faraón.

—Sí —contesta—. Mi padre está impresionado con los cambios. Me reuniré con la corte real cuando salga el sol mañana.

—¿La corte real? —exclamo. El faraón y su esposa viven separados de los aldeanos, que viven fuera de las murallas.

Nunca los he visto desde que llegamos, aunque he oído hablar de sus cacerías y he visto los majestuosos barcos con los que recorren el río.

—Sí.

Masika se inquieta a mi lado. Ha jugado con los hijos de Ibiaw muchas veces y puedo ver que están ansiosos por explorar.

—Vengan —dice Eboni y les indica a los niños que la sigan.

He trabajado junto a Ibiaw desde que Chara y yo llegamos a la ciudad, organizando los trabajadores y los suministros y registrando las actividades y costos del día. Con este cambio, me pregunto si mi servicio continuará o si uno de los funcionarios lo asistirá. Empiezo a preguntar eso cuando él habla:

—Tú, mi amigo Audax, has sido de gran ayuda y respeto nuestra amistad. —Asiento, sin saber a dónde irá la conversación—. Necesitaré un asistente de confianza en esta nueva aventura. —Mi corazón se alegra—. Te veo sonreír. ¿Eso significa que continuarás asistiendo y llevando mis registros?

—Lo haré —acuerdo.

—Bien, entonces nos encontraremos mañana antes del amanecer y nos dirigiremos al palacio del faraón.

Al día siguiente comenzamos cuando el sol comienza a dar la bienvenida al nuevo día. Los muros del palacio, cubiertos de arcilla blanca que captura el rosa y amarillo del amanecer, me asombran. Los altos muros, por supuesto, siempre son una presencia, pero este día (con la anticipación de una mirada al interior que rara vez se ve) parecen brillar con promesas.

En la cena de la noche anterior, le conté a Chara sobre los planes de Ibiaw y la visita de la mañana siguiente. Ella aplaudió con entusiasmo.

—Cuéntame todo sobre el interior —me ordenó cuando le dije que entraríamos al recinto—. Escuché que las paredes están adornadas con las escenas más brillantes de la vida real y hay pieles de tigre para calentar las frías noches. En todas partes hay mosaicos y habitaciones luminosas.

La estrecho contra mí, sobre todo para que deje de hablar. Me temo que demasiado de esto enfurecerá a los dioses y bloquearán nuestra entrada.

—Te lo contaré —le susurro al pelo revuelto por el día—, pero no digas nada más por ahora.

El interior del recinto del faraón me deja boquiabierto y sin palabras. Ibiaw, tampoco, por una vez, puede convencer a las palabras de que salgan por su boca. Un sirviente nos lleva a través de un largo pasillo bordeado de estatuas y a través de pisos de mosaico con diseños intrincados. Viajamos por pasarelas y patios, algunos con plantas y otro con una fuente que refresca el aire. Todavía caminamos. Finalmente, llegamos a unas puertas pesadas, custodiadas por criaturas de piedra con rostro de hombre, pero con cuerpo de bestia.

Entramos, y ocupamos nuestro lugar cerca de un grupo de hombres vestidos con ropas lujosamente decoradas. En un estrado elevado al final de la gran sala, se ubican los tronos del faraón y de su gran esposa real. Los sirvientes que los atienden se aseguran de inclinarse mientras sirven la comida y bebida y agitan el aire caliente con abanicos. Junto al estrado hay guardias que permanecen estoicos y vigilantes. Cuando es nuestro turno, se nos indica que avancemos y nos arrodillamos para honrar a los dioses vivientes.

Me alegro de que la presentación lleve tiempo y de que mi frente deba tocar el suelo mientras me inclino porque me da tiempo para ordenar mis pensamientos y velar mi sorpresa. Las pinturas de la familia real que adornan los edificios estatales los muestran como majestuosos: altos, de extremidades flexibles y piel inmaculada. No puedo reconciliar estas imágenes con el faraón y su esposa sentados en sus elaborados tronos.

Ambos tienen la piel pálida, lo que no sorprende, ya que marido y mujer también son hermanos. Él es suave y su vientre sobresale por encima de su shenti. Se inclina hacia un lado como si su tocado fuera pesado, pero para mí, parece que su espalda está torcida. Su esposa, la reina, no es tan gorda, pero un ojo vaga en dirección diferente al otro, como si buscara algo en las sombras. El ojo que se enfoca en Ibiaw mientras explica los planes, sin embargo, es astuto y ella mueve su mirada entre su esposo y un hombre alto y moreno con cabello rizado como Eboni, que descansa en una silla baja al lado de ellos.

—El hijo de la hermana de mi madre —explica el faraón sobre el hombre de pelo rizado. No se parece mucho a sus primos y me pregunto si este joven fue producto del matrimonio o de uno de los consortes de la tía.

Mientras el rey y la reina comen del pan bañado en miel que sostienen ante ellos esclavos arrodillados, el primo escucha y le hace preguntas a Ibiaw. Los ojos del faraón se entrecierran después de un rato, pero la reina escucha con atención; su único ojo bueno va y viene entre mi amigo y su primo.

Ibiaw deja de hablar. El rey está dormido, y la baba resbala por una comisura de la boca abierta. La reina está estudiando los planos de nuevo.

El primo mira a su reina, quien asiente una vez con la cabeza. Ella le da un codazo a su esposo-hermano.

—Así será —declara el faraón después de que se despierta, y nos hacen salir de la habitación.

Chara no me creerá, pienso, mientras los guardias nos llevan de regreso a través de las habitaciones y patios hasta el lugar donde se construirán los baños.

Allí volvemos a encontrarnos con el primo anónimo.

—Aquí, te mostraré dónde se construirán los baños —le dice a Ibiaw y nos lleva a una gran área vacía dentro de las paredes del complejo—. Los trabajadores quitarán la pared exterior para que los baños puedan dar al gran río —nos dice, señalando en esa dirección. El complejo real está construido sobre una elevación para que no se inunde cuando llegue la lluvia. Da una vista del río y más allá de las colinas arenosas del otro lado. Ibiaw recorre el sitio mirando al norte y al sur y luego al este y al oeste. Por la mirada atenta en su rostro, sospecho que está revisando los planos nuevamente para aprovechar la vista y la luz de la mañana—. ¿Tu padre ha comenzado los arreglos para los trabajadores y la piedra? —le pregunta a Ibiaw.

—Así es. —Luego, como si acabara de darse cuenta de que yo estaba allí, se vuelve hacia mí—. Mi amigo Audax estará asistiendo. Conoce las medidas y registrará las actividades de cada día.

El primo real me lanza una mirada evaluativa. Me mantengo más erguido y no busco sus ojos como señal de respeto.

—Tenemos escribas que pueden dejar constancia de esto —le dice a Ibiaw.

—Sí, pero la escritura de Audax es fácil de entender para mí. Confío en sus cálculos y somos amigos desde la infancia. —Su boca se ensancha—. Salvé al niño del áspid. —Ibiaw cuenta la historia—. Mi lanza fue precisa, y la serpiente murió clavada en la arena.

—Ah —asiente el primo real, y así, estoy aprobado para ser el guardián de los registros.

7

La construcción de los baños reales lleva varios años. En este tiempo, el padre de Ibiaw viaja al más allá. Eboni da a luz dos hijos más, uno que no sobrevive. Ibiaw, su paso todavía tan seguro y fuerte como cuando nos conocimos, ha adquirido hebras plateadas en sus sienes. Chara da a luz a otro hijo y luego a una hija, dulce como la miel. Sigue siendo tan hermosa como lo fue como mi novia a pesar de los años que han adelgazado su rostro y plateado su pelo oscuro. Me vuelvo más competente para registrar el progreso de la construcción. Pronto conseguimos una casa más grande para albergar a nuestra familia en crecimiento y un esclavo para mantener la casa.

Chara y Eboni todavía trabajan en sociedad para hacer cerveza, y no quieren clientes. Mi hija Masika, que me recuerda mucho a mi franca hermana pequeña, está aburrida de preparar cerveza y pasa cada vez más tiempo conmigo.

A la familia real no le va tan bien. Todavía estoy asombrado cada mañana cuando los guardias se hacen a un lado y me permiten entrar por las puertas del palacio del faraón, aunque rara vez lo vemos a él y a su gran esposa real.

Nos enteramos por otros de que el faraón y su hermana-esposa tuvieron un hijo varón. Los rumores del palacio decían que el niño nació retorcido y muerto. Otra, una niña, murió en la infancia. Finalmente, la esposa real da a luz a un hijo que, aunque libre de una deformidad física, tiene una mente que ve, pero no comprende el mundo que lo rodea.

El primo, cuyo nombre es Khnurn, es más afortunado. Como es costumbre, se casó con una sobrina de su primo, el faraón. Tuvieron un hijo fuerte y saludable, pero la esposa de Khnurn murió más tarde dando a luz a su segundo hijo. Ni el médico, ni el sacerdote, ni las oraciones a la diosa de la cual se dice que tiene poderes curativos pudieron salvar a la madre y al bebé.

El hijo de Khnurn es un niño brillante e inquisitivo, que sigue a su padre mientras supervisa los asuntos del palacio. A medida que la salud del faraón se deteriora y se encorva cada vez más en el trono, Khnurn asume más responsabilidades.

—Mi hijo mató a un leopardo ayer —nos cuenta Khnurn un día cuando viene a ver a los trabajadores colocar pilares de piedra que sostendrán el techo de la bañera.

—Excelente, Aten —lo felicita Ibiaw y le hace una pequeña reverencia al niño—. Eres muy valiente.

Aten, que a los cinco años es tan pequeño como el cachorro de leopardo que mató, hace una pantomima de apuñalar a la bestia, y los tres nos reímos.

Ibiaw, que se aburre fácilmente, está esbozando planos para una pirámide mientras hablamos.

Khnurn observa el dibujo, con una expresión de perplejidad.

—No es recta como otras —comenta.

—La estructura es más fuerte de esta manera —responde Ibiaw, señalando los lados escalonados—. Además, el revestimiento exterior es más estable, ya que la parte inferior no tiene que soportar el peso de la parte superior.

—¿Estás haciendo eso para el faraón? —pregunta Khnurn.

—Solo estoy jugando con una idea, como tu hijo juega con la daga —bromea Ibiaw—. La gente del faraón no me ha encomendado hacer planos ni yo he propuesto la idea.

—Mi primo, el faraón, no se encuentra bien —admite Khnurn a mi amigo—. Es posible que pronto necesite un monumento en su honor, pero ya hay uno en construcción desde que los dioses lo designaron. —Señala hacia el oeste, donde toda la ciudad puede ver la pirámide que se eleva desde la arena.

Calculo que, para cuando vuelva a llover, el monumento al faraón estará casi terminado y los artesanos habrán llegado para ilustrar la historia del reino y su gente. Los escribas reales hacen el registro del progreso de la pirámide. En cuanto a mí, sigo haciendo un recuento de la construcción de los baños y plasmo un registro de la actividad del día en los rollos de papiro. A medida que se llenan los pergaminos, los escribas del palacio vienen a recogerlos para almacenarlos. Trabajo con los artesanos mientras crean las escenas que adornarán los pilares y las paredes. En estos, el faraón es esbelto, con la espalda recta, y la gran esposa real está siendo ungida con aceites fragantes y colores que resaltan sus ojos. Hay escenas del hijo del faraón en las que lucha contra hipopótamos y otras en las que tiene halcones encapuchados sobre la muñeca. Yo conozco la verdad sobre el niño dañado, pero solo se lo he comentado a Chara y le hice jurar que guarde el secreto en su corazón.

Después de que vuelven las lluvias y el gran río se desborda, Khnurn llega al sitio de los baños con un Aten enrojecido.

—Por favor, descansa, hijo mío —le dice mientras consulta con Ibiaw.

Este mira al niño.

—Una enfermedad invade a tu hijo —comenta, aunque ninguno de nosotros podría perderse la tos ronca y los ojos febriles mientras el niño se sienta al borde de lo que será una piscina.

—Trato de mantenerlo quieto, pero él insiste en seguirme —explica Khnurn en voz baja para que su hijo no pueda oír.

—¿Has llamado al médico? —pregunto.

—Sí, y a los sacerdotes. Le dieron leche de sirvientas que habían dado a luz y cantaron los hechizos de curación. Incluso lo frotamos con un panal para sacar los espíritus que bloquean los caminos del cuerpo. Nada ha ayudado. El médico jefe lo obligó a tomar una tintura para desbloquear su respiración, pero solo empeora.

Ibiaw se acerca al niño y le pone una mano en el pecho.

—Arde por dentro —señala con una mirada de preocupación.

Aten niega con la cabeza y aparta la mano de Ibiaw.

—Frío —gime. Intenta sentarse, pero su cuerpo se dobla sobre sí mismo y cae al suelo.

—¡Aten! —grita Khnurn.

—Ve rápido a mi casa —me susurra Ibiaw—. Dile a Eboni que necesitamos las hierbas para el fuego en el cuerpo. Anda.

Me doy vuelta, corro lo más rápido que puedo fuera de los baños, a través de las puertas del palacio, y por los caminos que llevan a la casa de Ibiaw. Mi corazón late con fuerza y respiro profundamente, entrecortado.

—¡Eboni, Chara! —grito, buscando primero en su casa y luego en la cervecería en la parte de atrás.

Chara ve mi estado de ánimo y se lleva las manos a la boca.

—¿Mi esposo? —grita Eboni.

—Él está bien —jadeo, inclinándome para tomar el aire—. Niño... enfermo. Ibiaw dijo que traiga hierbas para la mala respiración y el fuego en el cuerpo.

Eboni corre hacia su casa mientras Chara me sirve un vaso de cerveza de la jarra.

—Bebe esto, esposo mío, ya no puedes correr como un niño.

Tomo la taza y bebo profundamente. Cuando puedo hablar de nuevo, le explico:

—El hijo de Khnurn está enfermo con fiebre. Su tos es como la de una gran rana.

—Ven —ordena Eboni mientras trae una bolsa de lino llena de algo dentro—. Iré contigo para ayudar.

Para cuando volvemos con ellos (Eboni corre delante de mí), Ibiaw ha envuelto a Aten con ropa de cama empapada en agua y está abanicando el aire con una hoja de palma. Eboni ya ha encendido las hierbas secas en un cuenco y está animando a Aten a respirar profundamente el humo. Khnurn está a la cabeza de su hijo, colocando paños húmedos sobre su frente y cambiándolos después de que han absorbido el calor de la cabeza del niño.

Aten está temblando violentamente a pesar del fuego en su interior. Eboni continúa instándolo a respirar el humo. Aten tose con fuerza, se inclina hacia un lado y vomita grandes copas de baba en el suelo. Una vez más, Eboni lo anima a respirar el humo y de nuevo tose con fuerza y tiene arcadas.

—Bien —dice Eboni.

Me pregunto cómo podría ser bueno esto. La baba es verde y resbaladiza, con grumos amarillos y rojos.

El tiempo pasa, Aten se calma y su cuerpo deja de sacudirse. Una vez más tiene arcadas, pero esta vez sale poco. Ibiaw continúa mojando las sábanas en agua y colocándolas sobre su pecho y cuello. Eboni hace ruidos tranquilizadores como lo hace con sus propios bebés.

—Padre —expresa al fin Aten muy débil, tratando de sentarse. Ibiaw y yo lo ayudamos. El fuego ha disminuido un poco y no está tan sonrojado.

—Gracias a los dioses —declara Khnurn y rodea a su hijo con un brazo.

8

Antes de que llegue el momento de la cosecha y se complete la tumba para proteger sus restos terrenales, el faraón enferma. Aunque Ibiaw y yo nunca nos presentamos ante la realeza después de la primera vez que lo visitamos, escuchamos los chismes de sus asistentes y los trabajadores del palacio. Khnurn suele estar ausente cuando terminamos los baños, aunque Aten se acerca para visitar y ver trabajar a los artistas.

Fuera del complejo real, la actividad se ha acelerado en la nueva pirámide, una señal de seriedad para la salud de la familia real. Los fuegos iluminan la noche para guiar a los trabajadores después de que duerme el sol. Los aldeanos continúan cotilleando sobre la familia real. Solo Ibiaw, Chara, Eboni y yo sabemos cuán pronto hará el viaje al más allá. Mantenemos el secreto para no enojar a los dioses.

Cuando Khnurn está presente, él e Ibiaw se juntan y hablan. Escucho mientras sigo inscribiendo el progreso y dirigiendo a los artesanos.

—El rey y la reina no tienen otros hermanos para casarse. Ella gobernará sola —murmura Khnurn.

—Tiene un primo —añade Ibiaw y arquea las cejas—. Uno

cuya esposa se ha ido al más allá y que ahora está solo con su hijo.

—Oh... —responde Khnurn—. Ella es capaz por sí misma y tiene consortes si desea compañía.

—Eso es cierto, pero sus ojos buscan tu atención, ¿no es así? Tú, amigo mío, tienes un pie en el mundo de los dioses y el otro en los matices de la vida fuera de los muros. Juntos podrían... —Ibiaw deja la frase sin terminar. Uno de los artistas tiene preguntas y me aparta, así que no sé si la pregunta tácita de Ibiaw ha sido respondida.

Los dos se han hecho amigos rápidamente, a pesar de las costumbres sociales que separan a la corte real de los trabajadores y artesanos que residen fuera de los muros. Esto, creo, vino primero por la cercanía de sus edades y el humor amable con el que Ibiaw interactúa con todos. En segundo lugar, Eboni, convocada por su esposo, salvó a Aten cuando estaba enfermo, y la compañía es el precio que Khnurn le paga voluntariamente a mi amigo.

—Podría ser peor —le dice Ibiaw a Khnurn otro día—. Un ojo ve todo lo que sucede a su alrededor y el otro —se golpea el ojo, el izquierdo como el ojo desviado de la reina— comprende todo lo que los mortales no vemos. —En otra ocasión, Ibiaw responde a la tranquila pregunta de Khnurn—: Sí, pero, aunque eres un hijo de la tía de la reina real, la fuerza corre por tu cuerpo y tu mente.

Ibiaw coloca una mano suave sobre el antebrazo de Khnurn cuando lo dice. Lo que quiere decir es evidente para mí: los miembros de la realeza tienen la piel pálida, del color de la arena al sol. La piel de Khnurn es más oscura y su cabello rizado como el de una oveja. ¿Fue engendrado por uno de los consortes de la tía? No sabría de tal asunto, pero la verdad está escrita en el cuerpo de Khnurn. El linaje real debe permanecer fiel dentro de la familia, esto es así, pero es de conocimiento común que, con las cabras y las ovejas, se deben evitar estos acoplamientos familiares.

Ibiaw continúa sus conversaciones con Khnurn, nuestro trabajo en los baños concluye y la construcción de la tumba del faraón continúa durante la noche durante tres lunas más. Al final de ese tiempo, Chara y yo nos despertamos antes del amanecer con lamentos en los caminos. Nos levantamos, nos vestimos y nos paramos con nuestros hijos en la puerta de nuestro patio como dolientes, con los rostros cubiertos de barro, gritando que el faraón ha muerto en la noche.

—Nuestro dios, nuestro dios —grita la gente que nos rodea. Ni la identidad de la realeza que murió ni el pronunciamiento son inesperados para Chara y para mí pero, aun así, lloramos con los demás y nos deslizamos barro por las mejillas, en señal de duelo.

Pronto llega el momento de que el cuerpo del sagrado faraón, habiendo sido bendecido por los sacerdotes y preparado para el viaje al más allá, sea colocado en un recipiente tallado, adornado con su imagen. En un palanquín, llevado por cuatro esclavos solemnes, y luego en un bote a través del gran río, el faraón es transportado a la tumba y a su vida eterna. Los aldeanos se alinean por el camino llorando y esforzándose por vislumbrar el sarcófago sagrado. Siguiendo al faraón hay un segundo palanquín, más grande, llevado por ocho esclavos. Un dosel del que cuelgan tapices de colores y velos esconde al pasajero. Ocasionalmente, cuando una brisa mueve la tela, vislumbres de la gran esposa real y su hijo mudo aparecen brevemente entre los vítores de la multitud. Los siguen carros que llevan la comida y el vino, vasijas y urnas decorativas, lanzas y objetos sagrados, literas cubiertas de tapices, y otros objetos necesarios para una eternidad en el más allá.

—Mira —me dice Chara y señala al hombre que camina junto al palanquín de la gran esposa real, viuda ahora del faraón. Por supuesto, es Khnurn. Su mano descansa sobre el borde de una manera íntima y consoladora. Cuando la procesión llega al gran río, todavía lleno de agua, se detienen y suben a las barcas que los llevarán al otro lado, y luego al sepulcro.

—Es un día triste —señala Ibiaw cuando nos reunimos a lo largo de la orilla del río para observar las actividades al otro lado. El dios muerto y su séquito han entrado en la cámara de la tumba, mientras afuera los trabajadores se apresuran a terminar el monumento.

—Sí —respondo—, pero no inesperado. ¿Cómo sería —me pregunto en voz alta— ver todos los días el levantamiento del lugar en el que uno pasará su eternidad?

—¿Qué quieres decir? —pregunta Ibiaw, volviéndose hacia mí.

—Quiero decir, mientras nuestro dios veía la construcción, ¿sufrió por quedarse en este mundo hasta que estuviera terminada, o la vio como un presagio... cuando estuviera terminada, su tiempo también estaría terminado?

—Es algo para contemplar —comenta Ibiaw sonriéndome—. Una pregunta para incluir en tu narrativa.

—¿Qué hay de Khnurn? —continúo—. Lo vi caminando al lado del cargador de la reina. —Sabía que Ibiaw había sido llamado varias veces al complejo real, esencialmente, para hablar sobre otros proyectos que la pareja real había solicitado. No lo había acompañado en estas misiones porque tenía otros proyectos que supervisar.

—Khnurn y yo hemos hablado mucho —admite—. Es cierto que la apariencia de la reina no es como las imágenes que se hacen de ella, pero no es ninguna tonta. Es un camino estrecho que debe recorrer Khnurn. Por un lado, está el antiguo dios faraón y todas las intrigas y chismes que siguieron a su enfermedad y muerte. Del otro lado está el futuro del reino y la dirección que tomará.

Me río.

—Hablas con acertijos, amigo mío.

Él también se ríe.

—Y es tu don dilucidar la respuesta de mis acertijos.

No me sorprende que, antes de que vuelva la temporada de cosecha, se anuncie que la reina ha tomado a Khnurn como su marido.

9

La finalización del baño real no pone fin a nuestra asociación (la de Ibiaw y yo). Durante todo el tiempo de construcción de los baños, dibuja otros planos, con un palo en la tierra a sus pies y en rollos de cañas de papiro secas.

—Miren —explica mientras nuestras familias comparten una comida en nuestra casa—, si coloco paletas en ángulo como esta alrededor de un eje, sacarán el agua más rápido a través de los canales. Y —continúa mientras caminamos por los canales para monitorear el progreso del agua—, si agregamos estos fragmentos de piedras molidas a la mezcla de barro de los ladrillos, no se desmoronarán tan fácilmente.

Estas y otras ideas son las que Ibiaw hace realidad a medida que nuestros hijos se abren camino hacia la edad adulta y nosotros envejecemos.

La construcción no es su único interés. La gente llega a su puerta con cortes en las manos, llorando y sucia. Él y Eboni preparan compresas para extraer el veneno. Los padres buscan atención para los niños calientes con fiebre, con huesos rotos o con el vientre extendido por parásitos. Algunos de estos visitantes se curan, otros no. Independientemente, Ibiaw llega a ser tratado como médico.

A lo largo de los años, continúa visitando el palacio real y asesorando a Khnurn, pero yo no formo parte de estos asuntos.

Por fin, llega un momento en que reconozco que pronto haré mi viaje al más allá. Mi viejo cuerpo está fallando, el dolor en mi centro se abre camino y consume lo poco que como, lo que me deja marchito y arrugado. La muerte no es algo que temo, ya que volveré a ver a mi amada Chara y a nuestra niña, que se ahogó en el gran río.

Me consuelo por mis hijos. La vida ha sido buena desde que Khnurn se convirtió en faraón. Bajo su dirección y la de la reina esposa real, los bienes fluyeron sin problemas entre las comunidades que bordean el gran río. Es una época de paz y prosperidad. Ibiaw continúa visitando el palacio y brinda consejos cuando se le pide, aunque su cuerpo también se ha endurecido con la edad y su pelo se hizo más fino. Viene a verme con historias de cacerías y el progreso de la tumba de Khnurn. Tiene los lados escalonados, como en el dibujo que hizo Ibiaw hace todas esas temporadas. No viviré para verla terminada. Quizá mi amigo tampoco, ya que hablamos mucho de sus dificultades para realizar la caminata para inspeccionar la obra.

Khnurn y la esposa real tienen un hijo y luego otro. A Aten le gusta enseñar a sus medio hermanos cómo usar una lanza y cómo trepar al techo del baño que construimos para ver los barcos ir y venir. Como predijo Ibiaw, los tres hijos tienen cuerpos fuertes y mentes rápidas. Confío en que, aunque no lo veré, el reino seguirá prosperando bajo el gobierno de sus hijos.

Por un tiempo, continúo registrando las actividades del reino junto con los otros escribas reales. Al menos lo hago hasta que la bestia dentro de mí comienza su batalla y me vuelvo demasiado débil para caminar hasta el recinto del palacio.

Ahora me acuesto en una cama que apesta a enfermedad mientras mi hija, Masika, intenta poner cerveza y caldo en una cuchara para llevarlos a una boca que ha perdido todo placer en la nutrición. Estoy orgulloso de ella, mi hija. Ella y su esposo me han traído una nieta que se parece tanto a Chara que su risa feliz me hace llorar. Mi hijo, Jabari, y su familia viven cerca, al igual que mi otro hijo, y él continúa con la importante labor de escriba.

Sueño a menudo con la serpiente que nos ató a Ibiaw y a mí. A veces aparece como un profeta, otras como un dios malévolo. Habla, pero no entiendo las palabras.

¿El veneno había permanecido dormido dentro de mí esperando un momento de debilidad para despertarse y comerme por dentro? Si lo hizo, llegó cuando consigné a mi amada Chara, lavada y envuelta en lino, a la tierra. Pronto volveré a escuchar su voz y tocaré la suave piel de su rostro. Esto lo sueño mientras los colmillos de la serpiente me atraviesan una vez más desde dentro.

PARTE II

10

"Los hombres hacen planes —les dijo la serpiente en el tiempo intermedio—, y los dioses se ríen".

China
C. 1000 a. C.

Mi primo llega al mundo graznando su indignidad al ser retirado del cálido abrazo de su madre.

"Yam", afirman que dije cuando lo vi por primera vez. No tengo memoria de esto, ya que estaba solo en mi segundo año, pero el nombre permanece.

Mi familia vive bajo la protección de mi tío abuelo, el viejo emperador, así que Yam y yo pasamos gran parte de nuestro tiempo explorando.

—Ven aquí, Yam, y mira —lo llamo mientras nos paramos en el dique entre los campos de arroz inundados. Se une a mí y señalo el lugar donde la espalda húmeda y resbaladiza de una nutria se desliza sobre la orilla.

—Gran serpiente —me dice.

—Una nutria —corrijo.

Otras veces corremos a caballo por las colinas o cazamos liebres armados con arcos. La tierra de la guerra en la que el abuelo de Yam, el emperador Wen, una vez participó con otros clanes, se encuentra muy lejos, tanto en tiempo como en distancia. Para Yam y para mí, la infancia es pacífica y el emperador, benevolente.

Fueron tiempos fáciles, pero mi primo y yo nos hemos convertido en hombres, y ha pasado mucho tiempo desde la ceremonia del pelo, que marca el comienzo de la edad adulta. En la coronilla de la cabeza de Yam, debajo de su gorra, sobresaliendo como una montaña, está el comienzo de una trenza larga, gruesa y fuerte. Su barba oscura tiene toques de nieve. La mía también ha adquirido huellas de nieve de montaña.

Somos de la clase Zhou, una vez guerreros, pero ahora eruditos y funcionarios reales. El primo al que todavía llamo *Yam* tiene, al menos hasta que su joven sobrino llega a la mayoría de edad, las riendas del poder en nuestra dinastía. Hoy, Yam está vestido con una túnica roja bordada; el período de luto por su hermano y el uso de ropa blanca han pasado. Puedo ver por sus modales que la responsabilidad de este día trascendental recae sobre él.

Su hermano mayor, el emperador Wu, murió, y su hijo pequeño quedó como líder de la dinastía real. Mi primo actuará como regente del niño emperador hasta que este haya madurado.

Es una gran responsabilidad, agravada por los rumores de disturbios generados por los parientes del exgobernante, conquistados años antes por el padre del emperador Wu. Muchos miembros de la antigua familia real fueron asesinados y los que quedan han hervido de rabia en lo que sienten que es la injusticia. Con la muerte del emperador Wu y la inexperiencia del niño gobernante, los conquistados ahora ven una oportunidad para usurpar al niño emperador. Otra fuente de disidencia proviene del interior de la familia. Yam era el hijo menor, aunque el más sabio, y sus hermanos mayores lo resienten por el honor de regente del joven gobernante. Estas preocupaciones a las que se enfrenta mi primo se suman a las responsabilidades de su propia familia.

—¿Todo está listo? —pregunta Yam a sus ayudantes. Ellos se inclinan y responden que sí—. ¿Recuerdas mis instrucciones? —le pregunta a su sobrino, que está inquieto mientras se sienta en una silla elaboradamente tallada de madera oscura y oro. El cojín de la silla es lo suficientemente ancho como para que el niño pueda sentarse con las piernas cruzadas, pero su tío coloca una mano sobre su rodilla para detener la acción.

—Sí, tío —contesta el niño de manera solemne.

—Llamen al astrólogo —ordena Yam.

Entra un hombre bajo y gordo. Está vestido con una túnica finamente cosida: la seda blanca es un lienzo donde aparecen dragones de combate elaborados bajo un cielo lleno de estrellas doradas. Detrás de él hay sirvientes que llevan cartas de papel enrolladas y un gran disco de astrología con escrituras intrincadas y marcadas con anillos y divisiones. El último sirviente lleva un globo con incrustaciones de paneles abisinios impresos con constelaciones y escritura garabateada.

—Su Santidad y Eminencia —le expresa al niño. Se deja caer de rodillas, y la cabeza casi toca el suelo al inclinarse.

—Puedes levantarte —le dice el nuevo emperador con la voz aguda de un niño.

Se ha traído una mesa baja para sostener las herramientas del oficio de astrólogo. El hombre desenrolla un pergamino, y coloca pesas de hierro fundido con la forma de un perro, un dragón, un gallo y un caballo en cada esquina para mantenerlo plano. Junto a eso está el disco de astrología.

Con las herramientas cuidadosamente dispuestas en el orden correcto, comienza el astrólogo:

—Le preparé una nueva carta después de la muerte de su padre, nuestro amado líder. —Él inclina la cabeza y luego se aclara la garganta—. Aquí lo ve. —Señala una columna de letra impresa—. Esta es la hora, el día y el año de su nacimiento. Nació en el año del caballo; su padre, en el año del gallo.

Y así prosigue. Escucho atentamente cualquier mención del descontento que he escuchado de parte de la antigua dinastía derrotada, así como del descontento de los tíos por el nombramiento de Yam.

—Estoy preocupado por los hallazgos del astrólogo —me comenta Yam más tarde, el día después de que los visitantes se fueron y el niño se retiró a su colchoneta. Yam y yo estamos en el patio donde hace más fresco. El calor del día ha desaparecido con el sol. Toma la jarra de baijiu y sirve otra taza del licor blanco—. ¿Tú? —pregunta, apuntando la jarra a mi taza.

—Todavía no —respondo, ya que la taza aún está medio llena—. Mi mente está llena de un poema que quiero escribir más tarde esta noche y la bebida fuerte tiende a adormecerme.

Yam asiente, vuelve a dejar la jarra y continúa:

—Me temo que el rey Shang, al que mi hermano nombró diputado de la tierra conquistada para mantener la paz, aproveche esta oportunidad para usurpar al joven emperador y mi autoridad. Eso, más los celos de los míos. —Suspira y mira las estrellas en lo alto, que acaban de dar a conocer su presencia. Agrega suavemente—: Ojalá Wu hubiera vivido más tiempo para supervisar el reino, pero ese, por desgracia, no fue el destino escrito en sus estrellas.

—Primo, he completado la tarea que me asignaste de transcribir el Mandato del Cielo. Ahora, simplemente paso mis días elaborando la poesía que florece en mi mente mientras realizo mis deberes. Dime qué necesitas para disipar tus preocupaciones.

Él toma un sorbo de baijiu y me mira como evaluándome.

—¿Recuerdas la historia sobre la creación del zodíaco, en la que hubo una carrera?

—Por supuesto, desde la infancia.

—¿Y que la serpiente monta en el casco del caballo?

—Y al final de la carrera, la serpiente se lanza del casco, y golpea así al caballo —termino.

Me estremezco al pensar en la serpiente que se suelta y se lanza para hundir sus colmillos en algo suave y flexible. Siempre he odiado a esas criaturas, el deslizamiento plateado de sus cuerpos oscuros mientras se menean en un campo de arroz.

—Sí. El dragón pierde la carrera porque se detiene para ayudar a los demás. La serpiente solo se ayuda a sí misma. —Me quedo callado. Él, a su debido tiempo, me dirá el motivo del viejo cuento—. El astrólogo también preparó una carta para el antiguo emperador Shang. —Levanto los ojos, aunque en el patio que se oscurece, es difícil leer su expresión—. El emperador derrotado nació en el año de la serpiente —concluye.

—Ah —asiento—. ¿Y temes que el reino de la serpiente use el caballo en la forma del joven emperador?

—Así es. —Nos quedamos callados un rato escuchando los sonidos de la noche y de la casa, donde se preparan para dormir—. Me gustaría que cabalgaras hasta los límites del reino, a las tierras fronterizas donde derrotamos a los Shang. No como un enviado del emperador, sino disfrazado de comerciante, o quizás de poeta. Escucha lo que se dice.

Doy mi consentimiento inclinándome.

—Creo que ser poeta me permitirá hacer preguntas. ¿Cuándo debo empezar?

—Cuando estés listo.

11

———————

Se necesitan varios días para preparar el viaje al extremo oriental del reino. Selecciono una yegua favorita, gris moteada con un pecho grueso y melena y cola oscuras. Un soldado me acompañará disfrazado de compañero con un buey y una carreta. El carro cubierto almacena las provisiones necesarias para el viaje, además de ofrecer un lugar seco para dormir en caso de que la lluvia amenace.

Cho es el nombre del sirviente, un soldado de profesión. Es un hombre corpulento, más joven que yo, lleva una espada al cinto y una expresión feroz en su rostro. Aun así, es bastante amigable, y su presencia y su espada me reconfortan.

Son seis días de camino hasta el borde del límite, donde comenzaré mi interrogatorio. Saludamos con la cabeza a otros viajeros que nos encontramos en nuestro viaje y compartimos una camaradería fácil cuando nos detenemos para preparar nuestra cena. Nadie me reconoce como miembro de la familia real. Eso es porque me he cuidado de dejar atrás cualquier evidencia de riqueza o privilegio. En lugar de seda, uso los pantalones y la camisa larga de una persona común. El material es áspero y lucho contra la necesidad de rascarme donde se me pega la piel.

Por fin llegamos a una aldea cercana a la frontera, la más grande que hemos visto hasta ahora. La fortuna brilla porque es día de mercado. Por unas pocas monedas, puedo conseguir un pescado y puerros para agregar a nuestro arroz. Mientras exploramos el mercado y nuevamente después de la cena, me presento como un poeta a los habitantes reunidos para beber vino y cotillear.

—¿Un poeta? —pregunta un anciano.

—Sí, escribo sobre el amor y la guerra.

—Dime uno —implora—. Pero soy demasiado mayor para el amor y he visto demasiadas guerras. —Hace una pausa, hasta que la atención de todos se centra en él—. O tal vez sea al revés.

Los hombres reunidos en las puertas se ríen y yo me uno.

—Les contaré uno sobre el patito que sumerge su pico en el estanque y ve el futuro en los círculos que se mueven en espiral.

—Cuéntalo —pide un hombre con una barriga de barril que habla de demasiado vino de arroz—. Me da hambre imaginar el futuro del pato.

Relato el poema sobre el pato que sumerge su pico en el agua y, más allá del borde de las ondas que se expanden, ve el reflejo de un cazador con el arco levantado, y aún más allá, a un guerrero blandiendo una espada hacia el cazador. Al final del poema, el grupo asiente con la cabeza.

—Estoy haciendo uno nuevo —les anuncio—. Es uno sobre traición y la batalla que sigue. No estoy seguro por dónde comenzar. ¿Conocen alguna historia de guerra o traición que pueda resultar valiosa?

Hablamos hasta la noche. De vez en cuando, las historias son tristes, en ocasiones divertidas cuando la traición se vuelve sobre el traidor. Hablamos de reinos que surgen y caen y de circunstancias y oportunidades. No aprendo nada sobre la satisfacción o insatisfacción con el niño emperador que pronto gobernará una tierra o con sus tíos mayores.

Finalmente, me estiro, bostezo y me despido. Mi compañero de viaje, Cho, siguió su propio camino después de que comimos. Le preguntaré mañana si se enteró de algo. Cuando llego a la carreta, Cho está roncando ruidosamente adentro. Tomo una manta y armo una cama debajo de la carreta.

12

Es media mañana antes de que levantemos campamento y yo ensille la yegua gris. La madrugada, la bebida y el suelo duro me han dejado la cabeza confundida. El mijo frío que desayunamos se ha asentado como una piedra en mi vientre. Es un largo día de viaje hasta la siguiente ciudad, y no deseo terminar el viaje en la oscuridad, así que por fin comenzamos.

El día comenzó con cielos del color plomizo de mi yegua. Pronto, una densa niebla se desliza y empapa mi ropa. El carro donde Cho se sienta detrás del buey ofrece cierta protección contra la humedad, pero el camino es accidentado y temo que los suministros que van dentro me golpeen si viajo en él. En su lugar, me acerco a Cho y le pregunto si se enteró de algo la noche anterior.

—Los soldados hablan de todo, menos de las viejas batallas —responde—. Es solo después de beber mucho que las palabras salen a borbotones. —Le doy espacio para ordenar sus pensamientos. Un pequeño ratón de preocupación comienza a mordisquear mi mente. ¿Cuánto de mis monedas se utilizó para comprar la bebida que les soltó la lengua? No sería bueno que un poeta pobre y su compañero de viaje fueran vistos ofreciendo dinero a cambio de información—. Hay rumores —prosigue Cho, finalmente— de que el hermano que reina en esta parcela no está contento de que, como el próximo mayor, no haya sido seleccionado para guiar al niño emperador.

—¿Cómo surgió este rumor? —pregunto, manteniendo el ritmo mientras hablamos. La yegua no está contenta con la proximidad del buey y es difícil mantenerla lo suficientemente cerca para escuchar la débil voz de Cho.

—La hermana de uno de los soldados que conocí ayer trabaja en el complejo del hermano de lord Wu. Ella le contó a su hermano y, a su vez, él me lo contó a mí. Ella dice que la familia visita desde sus distritos y que hay mucha conversación que se lleva a cabo a puerta cerrada.

—Ah. —Esa es información útil—. ¿Y cuántas compras de licores se necesitaron para saber esto?

Me lanza una mirada teñida de lo que creo que es culpa, y el ratón vuelve a mordisquear dentro de mi cabeza.

Seguimos abriéndonos paso a través de la llovizna. El único sonido que escucho es el de cascos que marcan un ritmo en la carretera. El sendero se adentra en una arboleda de secuoyas, que nos resguardan de la lluvia. Aquí está más oscuro; el día lúgubre se ve agravado por un dosel alto de hojas, que bloquea la tenue luz.

Está silencioso, demasiado silencioso. Incluso los pájaros han acallado sus cantos. Miro a mi alrededor, desconfiado de los ladrones. Le indico a Cho que se detenga. La lluvia está cayendo más fuerte ahora, goteando por las hojas en globos de humedad, que se deslizan por la parte posterior de mi cuello. En el silencio, nada se mueve en las sombras. Aun así siento una presencia malévola. Cho está alerta y ha puesto una mano en el mango de su espada mientras mira la maleza a los lados del camino. El ratón ocupado en mi cabeza comienza de nuevo y me temo que no son ladrones (quienes pueden verse frustrados por las pocas monedas que llevamos para tales situaciones), sino el descubrimiento de que somos espías.

Mi yegua estira el cuello y relincha. Hay un relincho en respuesta, interrumpido.

El bosque parece tomar un respiro, luego los jinetes atraviesan la maleza y se lanzan sobre nosotros blandiendo espadas. El buey da un paso, se detiene, encorva el lomo. Mi caballo baila, tratando de apartarse. Cho, que había sido arrullado por el día lúgubre y el caminar lento del buey, intenta sacar su espada, pero se engancha en una parte del carro y es demasiado tarde. Todo esto sucede en un instante. Saco mi daga mientras la yegua se desvía, buscando un escape. Veo a Cho levantarse tratando de liberar su espada, y luego uno de los espadachines se balancea, y la cabeza ensangrentada de Cho rueda por la grupa del buey. El buey entra en pánico y arremete hacia adelante, con un Cho sin cabeza que rebotaba en el asiento.

Giro a la yegua para que salga disparada, pero un segundo hombre está sobre mí. Por el rabillo del ojo, veo una silueta encapuchada; su caballo se mueve debajo de él. Me agacho sobre la cruz de la yegua, y mis talones golpean contra sus costados. Tengo un dolor terrible en la espalda, y mis piernas rehúsan su orden de agarrarse fuerte. Empiezo a deslizarme, mi fiel yegua se hace a un lado y luego hay otro golpe en mi cuello. Flotando por encima de la batalla, veo cómo mi cabeza cortada se aleja de mi cuello y luego no sé nada más.

PARTE III

13

"Un regalo se hace más valioso por el anhelo —les dijo la serpiènte en el tiempo intermedio—. Ese es el verdadero regalo".

Tierras bajas de Yucatán, México
C. 600 a. C.

—Eres lento como una niña —grita mi hermano, Ian, mientras corremos por los viejos jardines, que comienzan a ser alcanzados por arbustos descuidados.

—Soy una niña —respondo, y salto por encima de una pila de piedras que se usan para hacer los canteros del jardín. Tomando velocidad, con las piernas morenas bombeando, paso volando a mi hermano—. ¿Quién es lento?

—Ufff —exclama Ian, no dispuesto a admitir su derrota.

Aapo nos alcanza, riéndose mucho de la comedia de ver competir a hermano y hermana pequeña.

—Akna es solo un ratoncito, pero sus pies son rápidos.

Aapo es tres temporadas de lluvia mayor que yo y una mayor que Ian. Ya ha adquirido el porte orgulloso de la clase dominante. Su perfil es guapo, con la misma piel morena cálida y ojos oscuros de toda nuestra gente, aunque lleva los tatuajes en la frente que indican su rango. Su largo cabello negro está recogido y atado, y un collar de cuentas de jade envuelve su cuello. Porque es el tercer hijo del rey, o el tu; el peso de la sucesión no pesa tanto sobre sus hombros como sobre su hermano primogénito, por lo que es libre de vagar.

Somos Xi, lo que algunos llaman *olmecas*, la gente del caucho, por el caucho que hacemos con la savia de la palma de hojas ovaladas y la enredadera que florece flores blancas en la noche, como la luna. Lo usamos para cubrir la cabeza y para hacer pelotas para los juegos, así como para adornar las faldas que se usan por modestia.

Reducimos nuestro paso y continuamos hacia el lugar donde se ha quemado la tierra para los nuevos jardines. Se acerca la temporada de lluvias y nos unimos a otros de nuestro pueblo para plantar maíz, frijoles y calabacines.

A medida que mi corazón se ralentiza, puedo sentir la ternura de mis botones mamarios. Pronto llegará el momento de las ceremonias de mayoría de edad de las niñas con banquetes y celebraciones. Mi hermano ya ha cumplido la mayoría de edad y es libre de buscar esposa. Aapo también mira a las muchachas del pueblo, aunque su padre, tu Kele, ya ha elegido una novia adecuada para él.

Ya sé quién buscará ser mi pretendiente. Xia, un niño cercano a mi edad ha dejado regalos: un nido de pájaro diminuto con un pequeño huevo de color obsidiana y un collar de concha de almeja (el interior de la concha brilla con colores). Esto lo llevo puesto de vez en cuando; lo suficiente como para que sepa que reconozco el regalo, pero no tanto como para que piense que estoy demasiado ansiosa. Es guapo, con la piel aún no marcada por heridas de caza ni tatuajes, y su nariz está perforada con un tapón de madera pulida. Xia es un tallador de piedra, como su padre, por lo que no se une a nosotros este día de la siembra.

Aapo, Ian y los otros hombres caminan en fila por el jardín y clavan palos en el suelo ennegrecido por los incendios que despejaron la tierra. Las otras mujeres y yo los seguimos, colocando semillas en los agujeros que se cultivarán juntos para convertirse en maíz, calabaza y frijoles. Mientras atravesamos el campo, hablamos, cantamos y rezamos al dios del maíz por una buena cosecha.

14

Los dioses han sido generosos. El dios del maíz aceptó nuestras ofrendas de sangre y comida antes de la siembra y ahora, con la cosecha, nuestros estómagos están llenos. Celebramos estos días sagrados con bailes y juegos en la plaza.

Ian une su vida con Itzel, la hija de un ku vecino, o gobernador. Los padres de Xia y los míos han negociado con éxito nuestro matrimonio y, como dicta la costumbre, nos mudamos a la casa de mis padres hasta que llegue el primer bebé. Con Xia y yo, madre y padre, y la adición de mi hermano y hermana pequeños, la casa familiar está llena. Padre e Ian suelen estar ausentes asesorando, como hacen los sacerdotes, con tu Kele y su primogénito, Bada.

Espero las señales que me dirán que estoy embarazada, pero no llegan.

—Bebe esto —me dice mi madre—. Está hecho de las plantas que ayudan a producir el embarazo.

Es amargo, pero no protesto.

Llega la estación seca y luego las lluvias. Aun no hay señales. Mi madre frunce el ceño cada vez que tengo mi periodo, y yo escapo a la jungla para rezar a los dioses. ¿Los he ofendido de alguna manera? La bandeja que contenía la ofrenda que había puesto en el altar en la ceremonia que me liberó de la infancia había sido pesada. ¿El dios pantera me pensó débil? ¿Se había ofendido el dios del maíz por la forma en que coloqué semillas en los huecos del jardín? Le pregunto a la anciana que ayuda a dar vida a los bebés. Ella solo me da más de la bebida amarga.

Doy la bienvenida a mi esposo a nuestra cama, pero en su cara veo que está preocupado porque no ha venido un niño.

Ian siente la tristeza en mí.

—Ven conmigo, hermanita. Puedes ayudar con el cuidado de las posesiones del sacerdote e inscribir el registro de las ceremonias. —Ian y Aapo se han mantenido unidos y paso tanto tiempo con ellos como puedo. Agradezco que me brinde escape de mis penas y del ojo crítico de mi madre. Llega un día, después de que ha pasado otra temporada de lluvias, cuando mi dolor se hace pequeño—. Reúne el cuenco, la espina de mantarraya y los amuletos —me dice Ian cuando me dirijo al templo—. Ah, ahí estás —anuncia, volviéndose cuando llega Aapo.

El derramamiento de sangre no es inusual. Se hace antes de la siembra y dos veces al año, cuando el día y la noche cambian de dominio; por turnos, uno comiendo menos del día y el otro más. Este no es ninguno de esos momentos y me apresuro a reunir lo que se necesitará, mientras me pregunto para qué.

—El veneno del dios serpiente emplumada ha perforado el vientre de tu Kele —explica Aapo.

Me estremezco. Las serpientes no son infrecuentes aquí y solo unas pocas llevan el veneno que mata pero, aun así, no me gusta encontrarlas en los campos. Tampoco disfruto de la imagen de la serpiente emplumada que está tallada en la gran piedra que descansa al borde del lugar santo.

A medida que se esparce la noticia de la enfermedad del rey, los aldeanos se reúnen en la plaza para gritar oraciones por la recuperación de tu Kele y bailar hasta bien entrada la noche. Por la tarde-noche, los mejores jugadores se reúnen en la plaza para jugar con la pesada pelota de goma. Formamos un gran rectángulo alrededor de los jugadores, animando cuando un jugador salta para golpear la pelota con la cadera o gritando una advertencia cuando un jugador se precipita para evitar que la pelota toque el suelo. Mientras tanto, el sacerdote y el chamán cantan y gritan, y hacen sonar calabazas secas. Aumentamos el ruido golpeando nuestros pies para confundir al inframundo para que no puedan encontrar a nuestro tu y arrebatárselo.

Cuando el sol cae por debajo del horizonte, los hombres llevan a tu Kele por las laderas escalonadas de la montaña sagrada hasta el templo en la cima. Los siguen sus tres hijos: Bada, Yopa y nuestro amigo Aapo. Luego vienen mi padre y mi hermano (los sacerdotes), un curandero y el chamán con su máscara.

La multitud se calla hasta que desaparecen en el interior y luego, de nuevo, golpeamos con nuestros pies y cantamos oraciones a los dioses.

Tengo hambre, como los demás, pero esto también lo sacrificamos por nuestro rey, que ha sido imbuido por los dioses para gobernar.

En algún momento de la noche, vienen por el jugador que mantuvo la pelota en el aire por más tiempo. Se lamenta suavemente mientras lo toman de los brazos y lo guían por la ladera. Observamos, bajo la luz de la luna, mientras mi padre corta su garganta y recoge la sangre en el cuenco que yo había seleccionado para mi hermano.

Nuestros esfuerzos no son suficientes. Cuando los nuevos rayos del sol iluminan el mar, se oye un gemido desde lo alto de la pirámide. El chamán, con la máscara de jade del hombre-jaguar y una capa de brillantes plumas de pájaro y espejos que reflejan el sol de la mañana, corre a lo largo de los niveles de las pirámides, arriba y abajo, gritando que tu Kele ha regresado al inframundo.

Un murmullo corre entre la multitud, y yo apoyo la cabeza en el hombro de Xia y lloro.

15

Comienzan los preparativos para la transformación de tu Kele para el más allá. Xia talla las hachas de jade que acompañarán al soberano. Observo cómo mi esposo coloca arena y agua en la piedra y luego hace girar el hueso afilado del pájaro entre sus palmas para tallar los diseños. Es un proceso largo y cuando lo visito, masajeo los músculos de sus hombros para aliviar la tensión.

—Ven a ayudar y anota las instrucciones para que los que vengan después sepan lo que se debe hacer —me dice mi padre después de que el cuerpo de tu Kele es bajado de la casa sagrada en la cima de la montaña. Esta es la primera vez que Ian prepara un cuerpo real y siento su nerviosismo. Aapo está allí, así como Bada, el primogénito, para observar. Busco a Yope, el segundo hijo, pero no lo veo. Conozco a Aapo desde la infancia, pero rara vez se ve a Yope y se rumorea que a menudo no se encuentra bien—. Sostén esto, Akna —me instruye, y alcanzo el recipiente con agua y jugo de la planta de jabón, que se usará para limpiar el cuerpo. Un paño cubre sus genitales y agradezco la modestia que ofrece.

Ian quita la cubierta de la cabeza, lo que revela la cabeza

alta y estrecha como una montaña, moldeada cuando tu Kele era un bebé. A continuación, quita los aros de goma, los gruesos collares y las pulseras. Todo esto se hace mientras mi padre e Ian hablan como los muertos a menudo pueden oír.

—Pido permiso para quitar estas cosas —dice Ian en voz baja.

—Prepararemos su viaje al más allá como corresponde a un dios —agrega mi padre. Ian comienza a quitar la tela alrededor de los genitales del rey muerto, pero mi padre lo interrumpe—. Akna, tu hermano necesitará el polvo cinabrio. ¿Sabes dónde está?

Aparto la mirada y me apresuro a buscarlo.

Para cuando regreso, Ian está envolviendo el cuerpo limpio y vestido con una tela de algodón. Toma el mineral rojo, un símbolo de sangre y renacimiento, y lo rocía sobre el cuerpo y entre cada capa de la envoltura. Antes de envolver la cabeza, coloca una cuenta de jade y granos de maíz en su boca: pago por el pasaje y comida para su viaje. Por último, Ian coloca la máscara de jade sobre su rostro, que hizo el padre de Xia cuando Kele se convirtió en tu para que pueda ser reconocido como élite. Hecho eso, Ian completa la cobertura de su cabeza. Antes de que se cubra la máscara, admiro por última vez el trabajo realizado para capturar su imagen.

Habrá ayuno hasta que tu Kele pueda ser enterrado junto al templo que usó para reunirse con sacerdotes y gobernadores. Solo después de que esté asentado en el suelo y el sol se haya ido del cielo, podremos reunirnos para la fiesta. Cuando regreso a la casa de mi madre, descubro que está preparando la comida para cuando llegue el momento de la celebración.

—Ven a ayudar, hija —ordena—. Estos son los deberes de una esposa. No... —Ella agita su mano en la dirección en la que vine.

La ayudo a clasificar los granos de maíz que ya han sido empapados en lejía y los convierto en harina. Se agrega agua a la mezcla y, a medida que se alarga el día, damos forma y aplanamos la masa para que se pueda hornear sobre piedras calientes.

Los aldeanos ya recolectaron los mejores frijoles y chiles de sus tiendas para ser enterrados con tu Kele para que tenga comida para su viaje al inframundo. Ahora se inician fuegos para cocinar frijoles, calabacines, hierbas, chiles y la presa capturada anteriormente por los cazadores. Otros preparan los frascos de bebida de cacao.

Finalmente, es el momento. El retumbar de los tambores convoca a los que no están ya reunidos en la plaza. El cuerpo de tu Kele se coloca en el agujero, con la cabeza hacia el norte, como corresponde. Antes de volver a verter la tierra, se colocan a su alrededor hachas de jade, estatuillas de piedra, mazorcas de maíz de jadeíta, plumas de aves brillantes atadas con fibra de vid y ofrendas de comida. Luego, cuando el sol regresa a su hogar nocturno, y con un último lamento de dolor, llevamos a tu Kele al más allá.

16

Antes de que el primogénito del tu, Bada, pueda gobernar, debe buscar la bendición de los dioses. Para eso, él y un consejero santo viajarán dentro de la cueva sagrada al mundo de los muertos, lo que llamamos *Xibalbá*. Hay mucha discusión y consulta entre Bada, mi padre, Ian y el chamán, pero de esto, no soy testigo. Lo que sé es que se decidió que mi padre, no Ian, debe acompañar a Bada en este importante viaje. Ian y el chamán viajarán con ellos hasta la boca de la cueva sagrada, donde esperarán el regreso de tu Bada. El viaje a este lugar sagrado tomará dos días, y ayudo a preparar la comida y a recolectar los botones en forma de hongo necesarios para las visiones, las espinas de mantarraya para el derramamiento de sangre y los otros objetos sagrados que necesitarán.

Tengo curiosidad y quiero seguirlos para ver dónde está la entrada de la cueva, pero mi periodo vuelve a venir, y no puedo hacerlo. Cada ciclo lunar tengo esperanzas, pero llegan y se van sin la anidación de un bebé y me temo que soy estéril.

Xia todavía viene a verme por la noche, pero se ha vuelto distante. Me preocupa que rompa el matrimonio y yo viviré para siempre en la casa de mi madre enojada.

En cambio, las palomas y los conejos que criamos para comer necesitan cuidados, así que voy al palomar para darles de comer y limpiar los excrementos para ponerlos en los campos. Con las liebres, hago lo mismo, y lleno una olla con sus desperdicios.

Al tercer día, estoy de camino a los jardines cuando los dioses del inframundo sacuden la tierra. Dejando caer la olla, me apresuro a regresar, todo el tiempo asustada por lo que esto significa y por si el dios serpiente emplumada, que vive en el inframundo, empujará vapor y rocas fundidas como en las historias de nuestros antepasados.

—Temo por mi hermano —me dice Aapo cuando nos encontramos en la plaza central junto a la montaña sagrada.

—Sí, y yo por mi padre —respondo.

Mi gente no tiene rumbo ni asesores y buscamos señales. Los ancianos analizan las estrellas en los cielos nocturnos en busca de respuestas sobre nuestro destino. Entro al bosque y observo las acciones de los pájaros. Serán los primeros en advertirnos del peligro.

El segundo día después de que la tierra tembló, me dirijo a hablar con la esposa de Ian, Itzel, cuando escucho el graznido de los pájaros mientras emprenden el vuelo. Cuando voy a buscar el motivo de su alarma, encuentro a mi hermano, demacrado y exhausto. A su lado, en el suelo, el chamán se estremece, los músculos de su piel se contraen bajo los tatuajes que cubren la mayor parte de su cuerpo y rostro. Los espejos atados a su ropa traquetean y hacen rebotar la luz. La vista me aterroriza.

—¡Akna! —grita mi hermano—. Ayúdame a llevarlo de regreso al templo para que pueda adivinar lo que debemos hacer. —Las lágrimas asoman a sus ojos—. Y el destino de Bada y nuestro padre —añade.

Con esas palabras, el calor me invade y mis piernas se debilitan.

—¿Nuestro padre? —pregunto. Es casi un susurro.

Ian no responde. En cambio, ordena:

—Ven. Ayúdame a levantar a este hombre.

Mientras nos dirigimos hacia el centro del pueblo pidiendo ayuda a gritos, escuchamos voces que se alzan en respuesta. Cuando nos ven, Ian y yo a cada lado del chamán, los aldeanos corren hacia nosotros, balbuceando tanto que no puedo reconocer una voz de la otra.

La tierra vuelve a temblar y la multitud gime y se arremolina aún más. Ian pronuncia una orden y cuatro jóvenes vienen a llevar al chamán, que ha perdido estabilidad, al templo.

—Mi esposo, mi esposo —llega un grito, y la esposa muy embarazada de Bada corre hacia Ian.

—Lo buscaremos —le asegura Ian, con el rostro pálido y los ojos inseguros. La implicación de esto hace que mi corazón se acelere y el sudor corra entre mis senos—. Reúnan las herramientas de excavación —ordena, y hombres y mujeres se apresuran a encontrar lo que puedan usar—. Vengan —les dice cuando regresan.

Veo a mi madre sostener la mano de mi hermano y hermana pequeños. Sé que están a salvo, así que, en lugar de ir hacia ellos, me vuelvo para unirme a mi hermano y los hombres con sus hachas, azadas y palos de excavación.

Ian se alejó a un ritmo acelerado, seguido de los demás. Lo alcanzo y, aunque veo que su energía casi se ha agotado, corremos juntos como lo hacíamos de niños tantas temporadas atrás. Esta vez la carrera no es una broma y envío una oración a los dioses para que nuestros esfuerzos no sean en vano.

Durante un día y una noche, corremos, deteniéndonos brevemente para comer y beber en las aldeas en el camino. Algunos de ellos se unen a nosotros con sus propias herramientas y cantamos mientras viajamos rápidamente. Para cuando llegamos a la entrada de la cueva sagrada, ha comenzado un nuevo día y somos muchos.

Había estado cantando mis propias oraciones por el regreso seguro de mi padre y de Bada, pero cuando llegamos a la entrada, descubro que las oraciones no han sido respondidas. Solo el derrumbe de piedras nos recibe.

—¿Este es el lugar? —pregunta un hombre mirando a su alrededor, ya que no se ve una entrada.

Ian solo tiene fuerzas para asentir, señalar y decir:

—Quiten las piedras.

No toma mucho tiempo sacar los escombros de la boca de la cueva. Podemos escuchar los sonidos de otras piedras cuando caen al agua debajo.

Empieza a llover y el olor del inframundo se eleva para recibir la lluvia.

—¡Santos! —grita la gente en la entrada, pero no hay respuesta.

Cansado, Ian se levanta de donde ha estado observando y se dirige a la entrada. Lo sigo, pero él niega con la cabeza.

—No, ratoncito, yo debo hacer esto.

Dos de los gobernadores de la aldea se habían unido a nosotros e Ian les hace señas para que ellos y algunos hombres fuertes lo siguieran. Bajan al agujero de la cueva; uno de ellos lleva una antorcha encendida con una brasa que habían llevado en una olla.

—Dios serpiente, sácalos —grita alguien. Otros murmuran oraciones a los dioses del inframundo mientras nos reunimos en la entrada.

—Retrocedan —ordena una mujer— para que el dios del sol pueda iluminar la abertura.

Con vacilación, nos retiramos; ninguno de nosotros quiere dejar de ver.

De vez en cuando escuchamos sonidos: el rechinar de piedras en movimiento, el chapoteo del agua, gritos de instrucción. Luego, ya no hay sonido, solo el olor almizclado de Xibalbá y agua.

Finalmente, cuando hace mucho tiempo que el sol ha pasado el cenit, emergen. Ian ha perdido la gorra, su cuerpo está cubierto de tierra húmeda y sus brazos rodean los hombros de los dos hombres. Sé por su rostro y el tropiezo de sus pies, que no encontraron a mi padre ni a Bada.

Alguien le pasa a Ian una jarra de agua y, después de un largo trago, anuncia:

—El dios serpiente los ha llevado al inframundo.

Se eleva un gemido y me doy cuenta de que viene de mí. El sonido se eleva y el dolor se mueve como la marea entre la multitud. Mi corazón se aprieta y estoy fría y luego caliente por el dolor.

17

No hay cuerpos para preparar para el viaje al más allá. Xia y su padre tallan cabezas de piedra con la imagen del sacerdote y de Bada. Abrimos hoyos en el suelo mojado por la lluvia. La tumba de Bada está cerca de donde descansa tu Kele y la de mi padre también está cerca. Se entierran sus imágenes de piedra, junto con regalos y ofrendas de comida para ayudar en el viaje. Incluso mientras inscribo en símbolos el registro del evento, lloro como si fuera carne asignada a la tierra en lugar de sus imágenes.

A medida que pasan los días, descubro que la serpiente emplumada ha hecho un pequeño obsequio en compensación porque me encuentro encinta. Xia y yo nos alegramos, y él comienza a trabajar en la casa que pronto será nuestro nuevo hogar. Mi barriga se agranda, así que ayudo atando hojas de palmera para formar el techo mientras Xia y nuestras familias y amigos moldean barro y piedra para levantar el piso y luego golpean estacas y tejen zarzos entre ellos para las paredes. Por último, el barro espeso se alisa sobre la superficie.

Antes de que se pueda completar la casa, nace nuestro

bebé, una hija. La anciana que ayuda con el parto chasquea la lengua en señal de aprobación por los fuertes gritos que hace.

Xia deseaba un hijo para su primogénito, pero es tierno con su hija y mi corazón se llena de felicidad.

Después de un tiempo adecuado para la recuperación, la vida vuelve a sus ritmos normales: cuidado de los patos y liebres, el trabajo de la huerta y las tareas de preparación de las comidas. Le canto a Bembe (así es como la llamamos), mientras trabajo con las otras mujeres.

Una tarde después de que terminan las lluvias y los días se alargan hacia el solsticio de verano, el chamán anuncia que es hora de que Yope, el segundo hijo del tu, se convierta en gobernante.

—Ven a ayudar, hermanita —me pide Ian, y llevo a Bembe al templo para ayudar a preparar la ceremonia.

Con preocupación, le pregunto:

—¿Llevarás a Yope al inframundo para que los dioses puedan hablar con él? —Perder a mi hermano por la misma suerte que mi padre me hace estremecer de miedo.

Ian y Aapo, que está supervisando el proceso, intercambian una mirada que no entiendo.

—No esta vez —dice Aapo, pero no da más explicaciones.

Ayudo a Ian a colocar el elaborado tocado con sus brillantes plumas de pájaro, amuletos tallados y espejos en su cabeza. El tatuador ha añadido más a los de la espalda y la cara: puntos en las crestas de los pómulos y símbolos que recorren su espalda.

Yope llega mientras Ian se pone los brazaletes en las muñecas. No me consuela este segundo hijo de tu Kele. Al igual que sus hermanos, su cabeza ha sido moldeada en forma de montaña, pero las tablas utilizadas deben de haber estado demasiado apretadas, ya que Ian tiene que repetir sus instrucciones para los rituales de la ceremonia porque parecen flotar en la mente de este segundo hijo. Además, los pies de Yope se doblan y tropieza con frecuencia. No estoy segura de lo que pensarán los dioses de este gobernante imperfecto.

Finalmente, Yope también está vestido como corresponde a un rey con joyas, tocados y cetro tallado en sus lugares apropiados.

—¿Tengo que entrar en la cueva? —le pregunta a Aapo, con miedo en sus ojos.

Ian habla:

—Tú, el chamán y yo iremos a un lugar en la jungla donde vive el hombre-jaguar. Allí tomarás los hongos y esperarás a que el dios te hable.

—¿Qué le digo? —pregunta, comenzando a temblar.

—Debes escuchar, no hablar —le dice el chamán, uniéndose al grupo.

—¿Está lejos? —pregunta Yope.

—Es lo suficientemente lejos —responde mi hermano.

De nuevo, él y Aapo comparten una mirada que no entiendo.

En ese momento, Bembe comienza a gimotear en el cabestrillo para bebés enrollado alrededor de mi cuello y hombro.

Yope mira fijamente al bebé, con enojo en su rostro.

De regreso a casa, acomodo a Bembe en el cabestrillo para poderla amamantar mientras camino y pienso en lo que presencié. Nuestra gente estaba feliz y los estómagos se llenaban mientras Kele era tu. Bada fue llevado al inframundo antes de que pudiera convertirse en rey. Y ahora Yope, el segundo hijo, va a hablar con el dios de los gobernantes. No me reconforta lo que veo en él y me preocupa que las palabras del hombre-jaguar salgan volando como un pájaro de su mente. Hay que hacer muchas cosas correctamente para complacer a los dioses, de modo que los jardines produzcan su generosidad y el mundo se mantenga en equilibrio. ¿Puede Yope hacer eso?

Me estremezco al recordar su molestia con Bembe. Tampoco es un buen augurio, tanto para mi hija como para Ian.

Tres soles después, Ian, Yope y el chamán regresan sanos y salvos. Suspiro de alivio.

La ceremonia de tu Yope está llena de bailes, juegos de pelota y banquetes. Se lleva a cabo en el día más largo del verano y, cuando finalmente oscurece, se encienden fuegos para que la celebración pueda continuar hasta el amanecer.

Ya sea por la mente débil de tu Yope o porque nuestras ofrendas y sacrificios no son suficientes, a medida que las noches se alargan, nos damos cuenta de que los dioses no están complacidos.

Primero, las lluvias se retrasan y las semillas que plantamos no se despiertan en el suelo. Se derramó sangre para apaciguar al dios del maíz pero, aun así, las plantas crecen delgadas en los días que se acortan.

Xia llega a casa exhausto por el trabajo, con los dedos ensangrentados donde las herramientas utilizadas para tallar la piedra le han cortado la carne.

Yope vacila en sus discursos para asegurar a los aldeanos. Ian adelgaza con los esfuerzos por adivinar lo que nuestra gente debe hacer para complacer a los dioses. El chamán pasa largas horas en la jungla buscando respuestas.

Bembe, sin embargo, se hincha con mi leche y con los trozos de comida que le meto en la boquita.

Hay muchos derramamientos de sangre en la cima de la montaña sagrada, pero no tengo corazón para presenciarlos y explico que el bebé y mis deberes como esposa me mantienen alejada.

—Temo por nuestra gente —le digo a Xia en la noche y nos abrazamos.

18

Llega un día en que tomo las redes y me uno a Itzel, la esposa de Ian, y otras madres con niños pequeños, y caminamos hacia el mar para pescar. Es un acontecimiento feliz. Bembe está aprendiendo a caminar ahora, y sus primos la toman de las manos para que pueda tambalearse hasta el borde, donde las olas lamen la arena.

Charlamos mientras tiramos las redes.

—Ian adelgaza —le comento a Itzel.

Itzel suspira.

—Él y el chamán intentan interrumpir las señales para apaciguar a los dioses, pero es difícil sin la guía de su padre. —Mira a su alrededor para asegurarse de que nadie esté escuchando—. Tu Yope lucha por comprender los rituales, e Ian se impacienta. —Su voz se vuelve aún más suave—. Tu hermano se perfora el prepucio para la ofrenda de sangre y el recuerdo lo hace gemir en sueños. Todo esto y aún se marchitan las enredaderas de judías y calabazas. —Las risitas atraen nuestra atención hacia los niños. Vemos las gordas piernas de Bembe pisando fuerte en las olas mientras chisporrotean por la playa —. Esa —señala a mi hija— se vuelve fuerte y dulce.

Sonrío con orgullo y volvemos a la tarea de tirar de las redes.

Nuestra pesca no es tan buena como otras veces, pero es suficiente para alimentarnos a todos este día y recogemos los pescados para llevarlos a casa.

Cerca de la hora de nuestro regreso, el aire se vuelve brumoso y la brisa que nos había refrescado se detiene, lo que hace que el aire caliente brille.

Itzel y las otras mujeres se van, pero Bembe se ha ensuciado y yo huelo a pescado, así que la llevo hasta donde el agua me llega a las rodillas y la lavo. Salimos del agua cuando veo al chamán al borde del mar. Sosteniendo los brazos en alto, canta algo, pero estoy demasiado lejos para entender las palabras. Cuando me ve, grita y señala a lo lejos, hacia donde vuelve el sol por la mañana.

Cuando me vuelvo para ver dónde apunta, veo una línea gruesa de color azul oscuro sobre la superficie del agua. En ese momento, el viento comienza a soplar, pero no son las suaves brisas de antes, sino los latigazos de aire que agitan las olas.

He visto esto antes, cuando era niña. Es el signo del dios tiburón que surge del mar y golpea la tierra con viento y lluvia.

—Debemos darnos prisa, Bembe —le digo y rápidamente recojo las redes y el pescado, y me apresuro hacia casa.

Los tambores empiezan a retumbar cuando nos acercamos a la plaza central. La gente se está reuniendo debajo de la gran montaña. Veo a Xia y viene a unirse a nosotros. Estoy a punto de contarle lo que vi cuando Ian sale de la casa sagrada en la cima de la montaña. Se pone las manos en las caderas, el tocado lo hace más alto. La multitud se queda en silencio.

—El dios tiburón se ha despertado y debemos estar preparados. Vayan ahora y prepárense para su ira.

En la noche rugen los vientos, la lluvia golpea como tambores y nos acurrucamos en la parte trasera de la cabaña, donde dormimos para resguardarnos. Cuando parte del techo frondoso sobre la entrada se rompe, Xia y yo nos apretujamos debajo del catre para dormir y abrigamos a una Bembe llorosa entre nosotros.

Por fin, los vientos se calman y empujo el agua hacia afuera mientras Xia intenta reparar el techo. Agradezco al dios tiburón por entrenarnos, pero no ha terminado y la tormenta golpea de nuevo.

La mañana nos encuentra mojados, cansados y Bembe en silencio por el agotamiento.

—¡Están vivos! —Mi madre aplaude, embarrada, pero con sus brazos alrededor de mi hermano y hermana menores.

Itzel, con los ojos enloquecidos y los niños a cuestas, corre de casa en casa.

—Ian, mi esposo. No lo puedo encontrar.

Ante eso, mi corazón se acelera y me llevo las manos a la boca.

—¿No está contigo? —pregunta Xia.

—Se quedó en la cabaña sagrada en la cima de la montaña para suplicarle al dios tiburón que nos perdonara.

Mi madre comienza a llorar, y eso asusta a los niños. Bembe se despierta y sus gritos se unen a los de los demás. Rápidamente nos dirigimos a la pirámide. No somos los únicos en duelo. Pasamos por una choza derrumbada y veo a los aldeanos sacar los cuerpos de una mujer y un niño. Agarrando aún más fuerte a una Bembe llorosa, continúo con los demás.

La vista de la montaña sagrada me quita el aliento: el templo en la parte superior, hecho para la oración y los rituales, ha desaparecido. Hay un barranco profundo donde la lluvia ha lavado el costado. La gente está dando vueltas y hablando con otros.

No hay rastro de Ian.

—Ian, mi esposo —grita Itzel.

Intenta trepar por el lado embarrado, pero la tiramos hacia atrás.

—Déjame mirar —le dice Xia gentilmente—. Volveré y les contaré lo que encuentro.

Queda sin decir la pregunta de si lo que encontrará serán muertos o vivos.

—Ven —le digo a ella—. Reuniremos a los niños y buscaremos un lugar para esperar. —Otros han venido a consolar a mi madre y por eso me siento aliviada.

Mientras esperamos, veo a la gente ir y venir, algunos pidiendo ayuda para encontrar a sus amigos y familiares, otros deambulando para evaluar los daños.

Xia regresa, pero veo por su expresión que no ha encontrado a Ian.

—La cabaña está rota y los objetos usados en los rituales, esparcidos, pero tu esposo no está allí —le dice a Itzel.

—¿Miraste a través de lo que queda del templo? —pregunta ella.

—Lo hice, pero él no está allí.

—¿Dónde entonces...? —empiezo a preguntar, pero antes de que las palabras puedan sonar, hay gritos y gente que salta de alegría. Otros cantan.

Por encima de todo, viene un tocado de goma y plumas de color verde brillante. Los espejos hacen rebotar la luz a través de la multitud.

—¡Ian! —grita Itzel, y ella y los niños corren para saludarlo.

Me siento en un banco de piedra; mis rodillas están demasiado temblorosas para sostenerme.

19

———————

Enterramos a los muertos, reparamos casas, reconstruimos la montaña sagrada y volvemos a construir el templo en la cima. Durante ese periodo, vuelco la historia del ascenso del dios tiburón del mar en papel hecho de corteza, mientras Xia registra lo mismo en piedra.

El dios tiburón ha envenenado los campos con agua de mar, ha empujado arena del fondo del océano y las cosechas mueren.

El hambre nos roe el vientre. Los hombres viajan más y más hacia el interior del terreno en busca de pavos, armadillos y otras presas. Las mujeres pescan con redes y excavan las raíces comestibles. Todos ayudan a preparar nuevas tierras para huertos y a sembrar frijoles, calabazas, y pimientos.

Nuevamente, ofrecemos sangre y honramos a los dioses con bailes y juegos. Ayunamos para reservar la escasa comida para el dios del maíz. Una vez más, las lluvias, cuando finalmente llegan, son escasas.

En una ceremonia para atraer la bendición del dios de la lluvia, Yope hace una aparición inusual. Él, Ian y el chamán suben los escalones del templo en la cima de la montaña sagrada.

—Oh —murmura la multitud cuando Yope tropieza, e Ian y el chamán tienen que tomar sus brazos para darle apoyo.

—Estamos condenados —dice un anciano mientras ve el tropiezo en el ascenso del tu y el agarre del dios gobernante por parte de sus consejeros.

Al sonido de la voz del anciano, Yope se vuelve hacia nosotros para encontrar al traidor en medio. La gente se apiña alrededor del anciano para ocultarlo de la vista de Yope, aunque eso también desagradará a los dioses.

Me inclino hacia Xia en busca de apoyo, y Bembe extiende sus brazos queriendo que Xia la levante sobre sus hombros para que pueda ver. Ella todavía está regordeta, mi preciosa hija, comiendo hasta hartarse incluso cuando su padre y yo atemperamos nuestra propia hambre.

Los tres santos llegan a la cima y se vuelven hacia la multitud. Yope todavía se ve enojado y sostiene el cetro en un puño apretado.

Bembe reconoce a su tío y lo llama; su dulce voz se extiende sobre los silenciosos aldeanos.

Antes de que pueda decirle a Xia que la baje de sus hombros y la deje fuera de la vista, tu Yope nos reconoce, levanta su cetro y apunta a mi hija, que todavía aplaude a su tío.

—Esa —ordena—. Ella dará su ser para complacer a los dioses.

Ian se sobresalta, pero el chamán sacude la calabaza con las semillas secas, y la multitud se aleja de nuestra pequeña familia.

Mi corazón late con fuerza y escucho un rugido en mis oídos. No la niña que tanto tiempo he deseado, que nunca ha sentido la incomodidad del hambre ni las piedras afiladas bajo sus pies. Es un honor ser seleccionado para ser sacrificado, pero no a esta, no a mi única hija.

El sacerdote, el hermano que adora a su sobrina, permanece rígido mientras el chamán baila escaleras abajo, con plumas que adornan su cabeza y hombros y la aterradora máscara de pantera en su rostro.

Las lágrimas corren por mi rostro y, a mi lado, Xia tiembla, pero no podemos vacilar para que los dioses no condenen a nuestra gente para siempre.

Giro la cabeza y me tapo los oídos para no poder ver ni oír los gritos de mi hija mientras el chamán se la quita a Xia y regresa a la montaña sagrada.

—Date la vuelta, Akna —dice mi marido en voz baja—. Nuestros corazones deben ser fuertes.

Con dificultad, mientras las lágrimas fluyen de mis ojos en silencio, lo hago.

Ian toma a Bembe, que ahora llora frenéticamente, y ella envuelve sus piernas alrededor de su cintura y entierra su rostro en la piel de pantera envuelta alrededor de sus hombros.

Yope le dice algo a Ian, pero este niega con la cabeza y lleva a Bembe al templo. Tu Yope y el chamán lo siguen.

—Al menos no tenemos que mirar —señala Itzel, que se ha acercado a nosotros. Ella también llora, y los niños le agarran la falda.

Me tapo los oídos para no escuchar la última y dolorosa súplica de mi hija. La multitud está callada y, cuando miro a mi alrededor, veo expresiones de dolor y alegría de que este último sacrificio seguramente apaciguará a los dioses.

Nos quedamos allí durante mucho tiempo esperando en silencio a que se haga el asunto. Finalmente, cuando el sol alcanza el cenit, escucho el traqueteo de la calabaza del chamán y este sale. Miro hacia abajo porque no deseo presenciar el pequeño corazón que seguramente sujetará en su otra mano.

—Akna, mira —dice Xia. Cuando levanto los ojos, veo a los tres en una fila y a Bembe, no ensangrentada y flácida, sino moviéndose en los brazos de Ian mientras nos busca—. Ella está viva. ¿Qué significa eso? —susurra.

Itzel acaricia mi brazo.

Empiezo a respirar de nuevo.

El chamán levanta los brazos y grita:

—Los dioses nos dan una señal. —Da vueltas, lo que hace que los espejos y baratijas que lo adornan se reflejen y vibren.

Ian sostiene a Bembe en alto.

—Llevaré a esta niña a la tierra de los muertos para dársela al dios serpiente emplumada para que la use o la perdone.

—No, no puedo soportarlo —me quejo. Porque justo cuando creo que fue la sangre de Bembe lo que extrajeron y no su corazón, me entero de que la llevarán a la misma cueva del inframundo que se llevó a mi padre.

Me fallan las piernas y caigo al suelo, con la cabeza hundida entre los brazos.

20

Ian se va al amanecer del día siguiente. Con él va un joven para llevar los suministros necesarios y el chamán, que esperará en la entrada su regreso. Bembe está en un cabestrillo en la espalda de Ian. Mientras Xia e Itzel me retienen, imprimo en mi corazón el rostro de mi hija sonriente y sus manos que se agitan. Ella está feliz este buen día pensando que está de paseo con su tío. Mantengo la vigilancia hasta que desaparecen entre los árboles.

Xia y yo no tenemos apetito por la comida. Él ha tomado la piedra pómez redonda que ella rueda para jugar y la muñeca que hice con cáscaras de maíz y las puso en el almacén de grano para que no tengamos que recordárnoslo. Su olor todavía está en la tela con la que la envolvemos por la noche. Él tiene que quitarlo suavemente de mis manos mientras lo sostengo contra mi nariz para respirar su fragancia. Ella todavía amamanta de mi pecho y lloro mientras exprimo mi leche en la tierra.

En la noche, Xia viene a mis brazos y nos unimos con una pasión feroz; nuestras lágrimas se mezclan con el sudor.

Un sueño nace con la luna. Bembe es más alta, más niña

que bebé. Está jugando en un río ancho cuando de repente la apartan de mí. Extiendo la mano hacia ella, pero unas plantas acuáticas extrañas atrapan mis pies y no puedo agarrarla. Grito su nombre, pero no es el nombre de mi hija. En cambio, es un nombre que se siente torpe en mi boca, y el brazo que estiro hacia ella es fibroso, como el brazo de un hombre.

¿Qué significado tiene este extraño sueño? ¿Significa que Ian la enviará a las aguas de Xibalbá como sacrificio al dios serpiente? Eso es posible, pero en mi sueño, el sol ilumina la tierra y no es la oscuridad del inframundo.

Otra noche, el sueño es de mí usando una herramienta como una azada, pero con una hoja curva. Estoy cortando gruesas hebras de grano cuando una serpiente escondida se despierta y clava sus colmillos en mi pierna. Ian está allí mientras me sumerjo en espiral hacia el inframundo, donde floto entre la vida y la muerte.

—Despierta —dice Xia sacudiendo mi hombro—. Tu sueño está lleno de terrores.

Se vuelve a dormir, pero yo me quedo despierta, con los senos y la vejiga llenos. ¿Qué es este lugar con el que sueño? No es mi hogar, sino una tierra de arena que se encuentra más allá de los fértiles bordes de un ancho río. Las plantas que atrapan mis pies y el campo de trigo no se parecen a nada que haya visto antes. ¿Y quién es esta niña como Bembe, pero que no es ella?

Xia escapa a su trabajo. Itzel me llama a su casa.

—Tu fuerza se ha ido y tus huesos están pegados a la piel. Ven y ayúdame a preparar la comida. Mantendrá tu mente y tus manos ocupadas. —Mientras trabajamos, le hablo de las visiones—. Son extrañas, es cierto. Pero no es nuestra tierra y esa niña no es Bembe. Mi esposo...

Espero, pero ella no termina el pensamiento. ¿Ian le dijo algo antes de irse? ¿Algo sobre sus planes?

Xia está agradecido cuando le llevo comida y, a medida que

pasan los días, mi leche se seca y vuelve la rutina. Aun así, mis ojos buscan el regreso de Ian y escucho los sonidos de la jungla.

Estoy limpiando los desechos que hicieron los patos cuando escucho gritos y el retumbar de un tambor. Corro hacia los sonidos; Xia e Itzel se me unen.

Otros aldeanos han llegado a ellos primero y, a medida que me acerco, veo a Ian, alto y orgulloso, y al chamán marcando un ritmo. Bembe no está con ellos, y tropiezo y caigo; las lágrimas comienzan de nuevo. Cuando lucho por levantarme y acercarme a mi hermano, él me ve, vuelve la cabeza hacia atrás y dice algo por encima del hombro.

Bembe, mi preciosa hija, levanta su oscura cabeza del cabestrillo en la espalda de mi Ian y extiende sus manos hacia Xia, quien ha corrido adelante. Estoy tan feliz que no puedo levantarme del suelo. Unas manos me ayudan a hacerlo. Me recupero y corro para unirme a ellos.

—El dios serpiente se satisfizo con la sangre de esta niña y la devuelve a los vivos —explica Ian sacando a Bembe del cabestrillo y entregándomela—. Vengan —dice dirigiéndose a la gente que se ha reunido alrededor—. Iremos al lugar de los dioses y les contaré lo que he visto.

21

El anochecer llega cuando los tambores llaman a los de cerca y de lejos. El cielo está despejado y la luna fina, por lo que se encienden fuegos para iluminar la noche.

—Los dioses del inframundo trajeron visiones de nuestro futuro —comienza el sacerdote. Él, el chamán, Yope y Aapo están parados en la cima de la montaña sagrada. Ian continúa —: He viajado por todas partes del mundo desde Xibalbá, donde los muertos van y los dioses esperan su momento, hasta la tierra media donde vivimos, y ahora hasta el templo entre los cielos. —Hace una pausa, la multitud se calló—. El hombre-jaguar, que dio vida a nuestra gente, me dijo que es Aapo quien debe guiarnos hacia el futuro.

Se vuelve hacia Yope, quien simplemente se encoge de hombros. No parece descontento por perder su papel.

El chamán canta y da vueltas a Aapo, que parece sorprendido. Yope se quita el casco usado por el tu y lo entrega junto con el cetro a Ian y luego retrocede. Una nube se eleva sobre nuestras cabezas y todo se oscurece. Cuando vuelve la luz de la luna, Aapo se para frente a nosotros, con el casco real en la cabeza y el cetro en la mano.

87

Siguen tres días de banquetes y celebraciones. Xia y yo saltamos y pateamos nuestros pies haciendo reír a Bembe.

Cuando esto ha pasado y el pueblo se ha adaptado a la tarea de plantar en previsión de las lluvias, Ian viene a verme.

—Veo que la niña está bien —me dice. Bembe saluda a su tío, pero rápidamente vuelve a su juego.

—Gracias a ti y a los dioses —respondo—. Estoy agradecida por su regreso.

Él asiente y luego dice seriamente.

—Aapo como tu no fue mi única visión en el inframundo.

Levanto los ojos hacia él, con una pregunta en mi mente.

—El dios hombre-jaguar me dijo que darás a luz a un hijo y él se convertirá en sacerdote cuando yo me haya ido.

Mis ojos se abren más. No ante la noticia de la aceleración de un niño en mi útero, ya que sospechaba que la semilla de Xia había encontrado su camino mientras esperábamos su regreso, sino de que Ian lo habría sabido.

—¿Un hijo? —pregunto. Él asiente—. ¿Un sacerdote? Pero tienes tu propio hijo para seguir tu camino.

—Los dioses dijeron que era verdad y así será.

22

Nosotros, la gente del caucho con tu Aapo como líder sagrado e Ian como consejero para leer el futuro, plantamos maíz, frijoles, calabazas y pimientos que crecen altos y abundantes. Las lluvias llegan como deberían y el mar es amable. Como se le predijo a Ian en la visión, le doy a Xia un hijo al que llamamos *U-kix-chan* cuando llega el momento de la ceremonia de nombramiento.

La vida continúa en el pueblo a medida que las estaciones llegan y se van. Nuestra gente se regocija con los rituales de la mayoría de edad, los nacimientos, las ceremonias de nombramiento y las muertes. Cuando llega su momento, Bembe toma un marido y U-kix-chan asume su papel de aprendiz de mi hermano. Itzel e Ian tienen dos hijos más y su hogar siempre está lleno de muchos miembros de la familia, que chismean y ayudan a preparar las comidas.

Mientras nuestro pelo encanece y nuestros pasos se hacen más lentos, Xia y yo disfrutamos de los hijos de Bembe: dos hijos y una hija cuyo rostro me recuerda mucho a la niña que viajó al inframundo y regresó. Xia todavía elabora la piedra en altares y estatuas, pero sus dedos están llenos de cicatrices y doblados, y a menudo tengo que envolverlos en las hojas curativas para aliviar el dolor.

Ahora que solo somos mi esposo y yo, tengo tiempo para ayudar a Ian y a U-kix-chan con las tareas de los sacerdotes y escribir la historia de los nacimientos y muertes, y de las adivinaciones y rituales.

Estoy orgullosa de mi hijo, cuya existencia fue vista por primera vez por su tío. Aprende rápido y ahora hace la mayoría de los deberes de un sacerdote, ya que mi hermano se ha vuelto frágil. Los hijos de Ian han encontrado sus propios caminos, sin ninguna amargura de que fuera mi hijo el hombre-pantera designado para seguir a Ian al sacerdocio hace tantos años.

En cuanto a mí, la caminata a la plaza ahora me debilita y me temo que los días que me quedan son pocos. Ha sido buena esta vida, y en esto estoy satisfecha.

PARTE IV

23

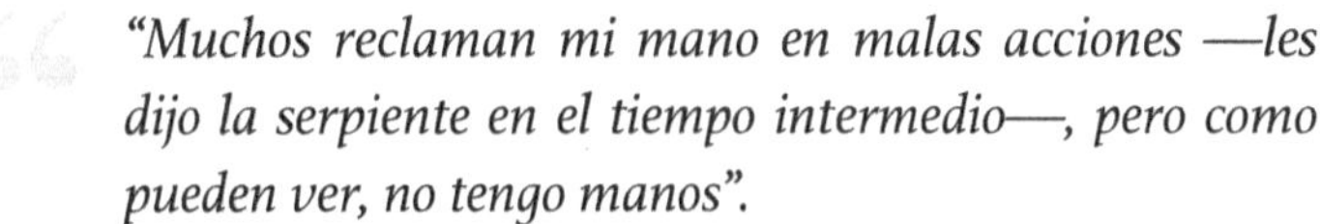

"Muchos reclaman mi mano en malas acciones —les dijo la serpiente en el tiempo intermedio—, pero como pueden ver, no tengo manos".

**Mongolia / Territorio ruso
C. 800 d. C.**

Mi nombre es Negui. Significa "sin nombre" en el idioma de nuestra gente de las estepas. Cuando pregunto, mi madre me dice que no me dieron ningún nombre para no atraer a los espíritus malignos. Fue un presagio de lo que está por venir.

Mi niñez fue la misma que la de todos los niños mongoles. Somos un pueblo nómada, que se desplaza para encontrar mejores pastos o para evitar conflictos con los clanes vecinos. Aprendí, como todos los niños, a montar a caballo antes de poder caminar. Todo iba bien, hasta que me acerqué al final de mi infancia. Fue entonces cuando comenzaron las pesadillas.

Sueño con arena, no como la arena de nuestra tierra, sino con colinas y valles de arena que se prolongan sin fin, por más de tres días de camino. Sueño con un río ancho que da vida a

93

los cultivos cuando se desborda. Hay sueños de grandes cabezas talladas en piedra. Estos son los sueños placenteros.

Los que me despiertan gritando en la noche son aquellos en los que soy atacado, me cortan la cabeza y veo mis extremidades (las extremidades de un hombre con ropa áspera desconocida) temblar. En otro, busco a una niña que se la roba un hombre enmascarado cubierto de espejos que hacen rebotar la luz. Hay lugares extraños y gente que siento que conozco, pero no tienen los ojos almendrados ni la piel morena de mi gente.

—¿Qué es esto? —pregunta mi padre cuando me despierta. Estoy temblando, y el sudor empapa mi ropa de dormir. Trato de explicar, pero no encuentro las palabras para la extrañeza que encuentro en mi sueño.

Cuando he vivido doce veranos, llega un momento en que las lluvias se niegan a caer. Las cabras y las ovejas comen la hierba seca, pero aun así balan de hambre. El verano es la temporada de la comida blanca: leche fermentada y queso, pero las glándulas mamarias de los animales son planas y hay poco de sobra. La gente de nuestro clan me mira de reojo, y sé que es porque hablan de mis sueños extraños y de mis gemidos y aullidos que los despiertan.

Por fin, piden a un místico que disipe el mal que ha encontrado al joven sin nombre y ha ahuyentado las lluvias. Se corre la voz entre los campamentos y, en una tarde calurosa y seca, una mujer y dos hombres armados con arcos entran en nuestro campamento. Como si se dirigieran a una madriguera de marmotas, encuentran la yurta de mi familia y detienen sus caballos. Puedo ver que han estado siguiendo el rastro durante mucho tiempo. El sudor seco ha blanqueado el cuello de los caballos bajo las riendas y sus bocas están cubiertas de espuma. La mujer se inclina hacia un lado por el cansancio y los hombres, aunque todavía alertas, tienen los ojos enrojecidos y la piel tensa contra el rostro.

—Rápido —le dice mi madre a mi hermano mayor—. Trae agua para los caballos y bebidas para los visitantes.

Los jinetes desmontan, y mi hermana toma las riendas para llevarse los caballos. La mujer mira a su alrededor, a las yurtas, la hierba seca y las cabras flacas y luego esos ojos (uno nublado, el otro despejado) aterrizan en mí. Mi estómago se revuelve y aparto la mirada.

Mi padre y mi madre hablan con la mística, pero me despiden para que no sepa de qué hablan. Otros de mi clan miran hacia otro lado, así que voy a visitar a los caballos; estos no conocen mis problemas.

Después de un tiempo, me convocan de regreso. Los ojos de los curiosos que se han reunido me siguen mientras vuelvo. Me siento extraño, como si un espíritu maligno me hubiera invadido y residiera debajo de mi esternón. Me temo que esto no terminará bien.

Descubro que, mientras estaba con los caballos, se ha construido una pequeña yurta con palos y pieles, espacio suficiente para que solo dos duerman.

Mi padre me hace señas para que entre. Me tiemblan las rodillas y tengo miedo.

Dentro están la anciana y uno de los hombres que la acompañaban. Se ha encendido un pequeño fuego en el medio, y el humo se abre camino a través del agujero en la cima. Huelo ramas de abeto quemadas y algo amargo. El hombre está echando más palos al fuego. Hace calor en el pequeño espacio, y el humo me llena la nariz, lo que me hace sentir como si hubiese bebido leche de yegua demasiado fermentada. Me siento con las piernas cruzadas junto a la mujer. Ella está cantando. Algunas palabras me resultan familiares, pero la mayoría está en un idioma que no conozco. Ella toma un trago de una taza tallada y me la da. La bebida es fuerte y de nuevo mi vientre se remueve como si estuviera infestado de espíritus inquietos.

La mística ha estado frotando piedras planas mientras canta. Hace una pausa, toma otro trago de la taza y escupe a las llamas. Luego tira de mi manga para acercarme. Su ojo bueno mira hacia arriba, el nublado no da ninguna pista sobre sus intenciones. Es una vista aterradora. Rápidamente, coloca las piedras, una a cada lado de mi cabeza por encima de mis oídos. Me estremezco por el calor generado mientras frotaba las piedras entre sí.

Su canción aumenta de volumen, estridente en el pequeño espacio. Un escalofrío recorre mi espalda. ¿El mal está tratando de escapar o está cavando más profundo, negándose a rendirse?

El cántico se convierte en un chillido, mi cabeza arde y el mal llega desde mi interior para empujar las piedras. El humo denso y la leche cuajada me revuelven el estómago y me inclino hacia un lado y vomito. La leche coagulada se filtra en la tierra seca. Huyo de la tienda, mientras visiones de espíritus malignos me persiguen. Algo me tira al suelo y de repente no puedo respirar. Todo se oscurece.

La conciencia regresa lentamente. Todavía estoy en el lugar donde caí y, sobre mí, las estrellas brillan como hielo. La noche se ha vuelto fría y tiemblo. Lentamente, me levanto. De nuevo, mi estómago se revuelve y vuelvo a vomitar en la hierba seca. De regreso a la cabaña de nuestra familia, corro la piel de animal que cubre la entrada, pero mi padre me bloquea el paso.

—El espíritu maligno que hay en ti es fuerte, más fuerte que la habilidad de la anciana —plantea.

—¿Qué? —intento preguntar, pero mamá aparece a su lado. Me arroja el paquete de ropa de cama.

De repente, mi padre se ve viejo, la preocupación y la fatiga marcan las líneas bronceadas alrededor de sus ojos. Me doy cuenta de que mamá ha estado llorando, y tiene los ojos hinchados.

—Toma un semental y dos yeguas —me dice—, pero debes irte, o no llegarán las lluvias, y todos moriremos.

Y así, me destierran.

Tropezando, rodeando con los brazos el bulto de mis únicas posesiones, trato de no llorar. Soy un niño maldecido; he sido maldecido desde que nací sin nombre propio.

24

Cada día viajo más lejos, con el sol de la mañana a mis espaldas. Todavía no llueve y se hace más difícil encontrar agua y pasto para los caballos. De vez en cuando, veo el blanco de un grupo de yurtas en la distancia, pero las evito, no queriendo maldecir a otros clanes. El verano se convierte en otoño, pero mientras sigo la dirección del sol de la tarde, las lluvias no llegan. ¿Se quedará esta maldición cerca de mí para que ahora llueva sobre mi pueblo y la hierba engorde ovejas y cabras? No lo sé.

Lo que sí sé es que los días se han vuelto más fríos y siento que se acerca el invierno. Las noches se pasan envueltas en ropa de cama al aire libre. Los insectos pululan a mi alrededor, pero las liebres y marmotas que busco para comer han desaparecido. Veo ciervos y manadas de cabras monteses a lo lejos, pero no puedo acercarme lo suficiente para derribar uno con una flecha. Muchas noches me acuesto con hambre. Es como si el mundo supiera del mal que hay dentro de mí y mantiene un espacio entre nosotros. Llega el invierno. Construyo un refugio de ramas en el bosque y enciendo un fuego, pero todavía tiemblo en la noche.

Las pesadillas son ahora mis compañeras constantes. Hay edificios extraños como montañas solo con lados increíblemente empinados. Hablo con un amigo de ojos redondos, que está desnudo hasta la cintura, sobre una casa de baños y nuestros hijos, pero por la mañana se olvidan las conversaciones. Todavía despierto gritando por un sueño en el que mi cabeza rueda demasiado lejos para que mis manos la agarren. Hay sueños de serpientes emplumadas que se esconden en los campos y me hablan en lenguas. Intento huir de ellas, pero son rápidas y me despierto con la puñalada de sus colmillos envenenados.

A medida que el hambre aumenta y el frío se filtra dentro de mi refugio, empiezo a soñar con un hombre extraño montado en un alto semental negro. En el sueño, me busca, pero me estremezco y trato de esconderme cuando lo veo en la distancia.

Llega la nieve. Una de las yeguas tiene cría, y yo comparto la leche con el potrillo. El animal lucha en la nieve y me avergüenza pensar en tirarlo de espaldas y cortarle la barriga para comer. En cambio, sangro al semental y a la otra yegua para alimentarme. Aun así, me pongo demacrado y lucho por encontrar calor.

Es en uno de estos días oscuros cuando me doy cuenta de que la única forma de destruir el mal que hay dentro de mí es destruirme a mí mismo. Eso, le ruego a los dioses, permitirá que mi familia prospere. En el día más corto del año, el solsticio, echo a los caballos gritando y golpeando sus nalgas hasta que resoplan y se alejan al galope. Extiendo mi ropa de cama (mi pira funeraria) sobre la nieve y me acuesto encima, con la cara hacia el cielo. Pongo una flecha en mi arco, por qué razón no puedo decir, y la coloco sobre mi pecho. Luego, con los ojos entornados contra la luz, espero el frío y mi muerte.

Al quedarme dormido, sueño con montar a caballo por las estepas y con un sol cálido en mi espalda. En el sueño, soy un niño nuevamente, que se alegra al sentir el caballo debajo de él y el aire mientras corre a través de este. Los cascos se vuelven más fuertes al despertarme. Me doy cuenta de que no es el ruido sordo de un caballo, sino algo más tímido. Abro los ojos para ver una cabra montés trotar hacia donde estoy tendido al aire libre. Es majestuosa, con cuernos pesados y curvos y un cuerpo grueso. Sin pensarlo, levanto mi arco al cielo. La cabra montés salta sobre mí al mismo tiempo que suelto la flecha. La golpea en la parte blanda del vientre, tropieza unos pasos y cae. Me levanto y saco mi cuchillo; todos los pensamientos de rendición se han ido.

Cuando abro el cuello del animal, escucho el sonido de caballos acercándose. Cuando miro hacia arriba, el extraño hombre de mis sueños, con el pelo del color de la hierba invernal, avanza. Está sobre un elegante corcel negro, no uno de nuestros pequeños y resistentes ponis con sus rígidas melenas. Todo lo que puedo hacer es quedarme boquiabierto, a horcajadas sobre el cuerpo de la cabra montés, con un cuchillo ensangrentado en la mano.

Desmontando, el hombre camina hacia mí. Habla, pero el idioma no me es familiar con esos sonidos guturales. Sus ojos son redondos, como he oído hablar de la gente del este. ¿He vagado tan lejos?

Debería tener miedo. Se eleva sobre la cabra inmóvil y sobre mí, pero está sonriendo y su voz es suave. Por una razón que no puedo comprender, tal vez porque en mi sueño él no ha causado ningún daño, dejo el cuchillo que usé para acabar con la criatura. No puedo evitarlo; mi estómago gruñe ante el olor a sangre y la perspectiva de carne.

El extraño está lo suficientemente cerca como para escuchar mi estómago quejarse y sonríe. Los dientes amarillentos aparecen en medio de su barba. Dice algo por encima del hombro y señala al animal.

Detrás de él, otros jinetes, vestidos con las mismas ropas y abrigos brillantes con elaborados cierres que el hombre delante de mí, avanzan hacia mí. Oigo un relincho detrás de mí, y rápidamente miro hacia atrás para ver que mis tres caballos han regresado.

Me superan en número, mi caballo está fuera de mi alcance y tengo tanta hambre que estoy mareado. Aun así, levanto el cuchillo.

El primer jinete se vuelve hacia los hombres y da una orden. Se detienen. Sus caballos brincan y resoplan ante el olor del animal muerto, pero los hombres los sujetan con fuerza.

El hombre señala su pecho y dice una palabra:

—Klim. —Es un sonido áspero, no el lenguaje amable de mi gente—. Klim. —Señala su pecho y vuelve a decirlo. Luego señala mi pecho.

—Negui —le digo—. Negui —repito, señalando mi propio pecho.

—Negui —dice haciendo girar el nombre en su boca. Me doy cuenta de que no sabe que no tengo un nombre real, que no sabe el significado. Negui, el niño al que no se le dio un nombre propio.

El hombre sonríe de nuevo y agarra mi hombro con su enorme mano. Me estremezco, pero él se mantiene firme.

Se vuelve y les dice algo a los hombres detrás de él. Dos desmontan y suben la cabra montés al caballo que lleva suministros. El caballo se aleja, pero otro hombre sujeta la brida con fuerza mientras el animal está asegurado encima del paquete.

Demasiado débil para estar más de pie, me desplomo. Me han robado la comida. Me hace enojar. Estaba preparado para morir, pero ahora me están quitando este milagro de esperanza. Me paro, grito que hice la matanza y que son deshonrosos por el robo. Señalo a la cabra montés, y me doy una palmada en el pecho.

—Negui —digo, y señalo al animal de nuevo.

—Ah —dice el extraño de mis sueños. Señala a mis caballos que pican a través de la capa de hielo en busca de la hierba que hay debajo y luego hace un gesto para que recoja mis pertenencias, los caballos, y los siga.

Esperan mientras yo recojo enojado mis pertenencias, me ato el cabestro y la silla, y monto.

El extraño ya ha montado a horcajadas sobre su semental negro. Como grupo, regresamos por donde vinieron. Sigo a mi bestia sacrificada; un vientre hambriento lidera el camino.

Una sombra se cierne sobre mí. Sobresaltado, miro hacia arriba para ver al extraño sobre su caballo. Dice algo en su idioma y me pasa un trozo de queso del tamaño de un puño. Huelo el queso y luego muerdo un trozo y mastico. Es bueno. De nuevo, muerdo. El hombre, todavía a mi lado, me entrega una vejiga llena de un líquido que se sacude con el movimiento del caballo. El queso salado me ha dado sed, pero soy cauteloso. ¿Me envenenaría para separarme de la criatura que maté? Le entrecierro los ojos y se lo devuelvo. Él asiente una vez, rápido y seco. Luego destapa la vejiga, la levanta y arroja el líquido en su boca, con la cabeza hacia arriba. Klim me la devuelve y esta vez bebo. Es fuerte. Mis ojos arden y mi garganta está en llamas. Cuando toso, el hombre se ríe. Es más fuerte que la leche fermentada, pero su calidez me recorre y bebo otro poco antes de devolvérsela al jinete.

Ha salido la luna antes de que lleguemos a su campamento de refugio. Cuando llegamos, un joven, un poco mayor que yo, se lleva el caballo de carga. Desmonto, y Klim me guía hasta donde se ha prendido un fuego dentro de un anillo de piedras. Un armazón de hierro se arquea sobre las llamas y de este cuelga una olla baja.

Klim saca sopa de la olla, llena un cuenco y me lo da. Lo tomo con entusiasmo. No huele a comida de mi gente; aun así, salivo con el aroma del caldo de hierbas espesado con harina. Klim saca un cuenco para él y me hace un gesto para que me siente a su lado.

Como despacio; no quiero que mi estómago se rebele ante la extraña comida. Hay nueve hombres en el campamento: dos de ellos jóvenes y uno mayor. Hablan en voz alta en su lenguaje áspero, de vez en cuando se ríen ampliamente y se dan palmadas en la espalda al pasar las vejigas de la misma bebida fuerte. Su olor es picante como si hubieran estado en el camino por un tiempo, aunque no puedo quejarme del olor, ya que yo también he estado mucho tiempo en el camino.

No son la gente de mi clan, pero su presencia me consuela. No saben, o no les importa, que estoy afligido por un espíritu maligno. Con sorpresa, me doy cuenta de que, desde que maté a la cabra montés, parte de la oscuridad de mi corazón se ha disipado. ¿El salto del animal disipó el mal, o el espíritu abandonó a su anfitrión creyendo que me estaba muriendo?

Pronto comienzo a cabecear y voy a acomodar los caballos y a preparar una cama.

25

Me despierto con el sonido de un campamento que se prepara para el nuevo día. Al principio, creo que estoy de regreso con mi gente: mi madre se levanta para preparar el té y la leche, que es nuestro alimento matutino. Entonces, recuerdo dónde estoy, el ritmo de la mañana y el lenguaje diferente.

Mientras enrollo mi ropa de cama, un pequeño grupo de hombres se aleja, con Klim en el caballo negro a la cabeza. Ahora es el momento de escabullirme, continuar mi viaje, pero ¿hacia dónde? Más importante aún, el anciano y los niños que quedan están cortando trozos del cadáver que se había estado asando durante la noche en el anillo de carbón y piedras calientes. El olor a carne asada y mi vientre rugiente me atraen hacia él. Uno de los jóvenes me señala a mí y luego a la fogata y charla con el hombre que corta la carne del hombro. El hombre me sonríe y dice algo. Luego extiende la pieza que cortó. Está envuelta en un pan plano que atrapa los jugos, y lo tomo con entusiasmo. Otro chico me pasa una taza de té caliente y pronto los he consumido y he vuelto por más.

Con la barriga llena y calentada por el té, estoy listo para despedirme, pero mis extremidades se niegan a obedecerme.

No puedo entender lo que se dice a mi alrededor, pero siento que están agradecidos por el asado que fue cazado y decido quedarme. Al menos hasta que tenga tiempo de aprender sobre estas extrañas personas de ojos redondos. La pregunta del jinete que apareció en mis sueños antes de que lo viera aún persiste.

Cerca del anochecer, los jinetes regresan. Con ellos hay otros; uno está vestido con armadura y una capa que cubre la piel oscura, con un grueso collar de armiño blanco ceñido alrededor de sus orejas. Monta un orgulloso caballo blanco incluso más alto que el semental de Klim, con un pecho ancho, y una melena y cola largas y oscuras. En su cabeza tiene un casco de bronce, y un jinete detrás de él lleva un estandarte. Miro con asombro mientras desmonta y entrega las riendas a uno de sus hombres. Klim se une a él y caminan hacia donde el anciano está cortando más trozos de carne.

Me quedo atrás, mirando a Klim y al otro hombre mientras hablan. Klim puede ser el líder del grupo, pero es humilde con el nuevo hombre, al que se refieren como el príncipe Misha. Nuestra gente se ha encontrado con viajeros en el camino a través de las estepas, pero no recuerdo a uno como este con su fina armadura, su capa de piel y los adornos que visten al caballo blanco.

Cuando los dos hombres se alejan, me desvío por otra envoltura de carne asada y después también me escabullo hacia donde pastan mis ponis. Hay mucho en qué pensar.

A la mañana siguiente, levantamos el campamento. Las pieles que envuelven los refugios de ramas se doblan y empacan sobre caballos, y la última parte de la carne se extrae de los huesos. Es hora de que yo también me ponga en camino, y saco mi ropa de cama del refugio de ramas de pino que había hecho y la ato detrás de mi silla. El grupo gira hacia el norte; a Klim y al nuevo los siguieron los demás: los soldados, el anciano y los jóvenes, y los caballos de carga. Giro mi caballo hacia el oeste, con el sol a mis espaldas una vez más. Las dos yeguas lo siguen y el potrillo corretea entre los otros caballos y su madre. Cuando el potro relincha, Klim se da vuelta, y advierte que no lo he seguido.

—Negui —grita y me hace un gesto para que me una a ellos. Miro una vez más hacia el oeste y luego giro mi rumbo para seguirlos. Los espíritus que han visitado mis sueños pueden ser buenos o malos, pero predijeron a Klim, por quien he comenzado a sentir afinidad. Independientemente de la razón, siento que este es el camino que debo seguir. Hago un chasquido con la lengua, instando al caballo a que los alcance.

26

———

Cabalgamos cuatro días hacia el norte y el este. El sol calienta los días, pero las noches siguen siendo muy frías. La carne de mi bestia se acabó hace tiempo. Para las comidas, tenemos mijo hervido con huesos rotos de la cabra montés y tubérculos marchitos. Tomo la taza de té y le exprimo la leche de yegua, junto con sal. No es tan bueno como el de mi madre, pero me satisface y me llena la barriga de calor.

Al quinto día llegamos a asentamientos dispersos y nos unimos a un sendero muy transitado. En la distancia, veo una neblina de humo y, a medida que nos acercamos, hay estructuras como ninguna que haya visto antes. Son grandes, algunas construidas de piedra, otras con troncos, ubicadas a orillas de un ancho río. Algunos de los edificios están coronados por altas agujas. Un muro de piedra rodea un lado y veo trabajadores construyendo un muro contiguo en el otro lado. El humo de los fuegos para cocinar se cierne sobre el pueblo y hay un hedor a desechos: humanos, animales y comida. Anhelo el aire puro de los campamentos de mi gente y la familiaridad de las yurtas. Aun así, lo sigo.

Klim ha hecho un hogar en uno de los edificios de troncos y

me lleva allí. La mujer de adentro es severa. Me examina mientras Klim habla, pero dice: "*Nyet*" cuando él hace una pausa. El hombre se encoge de hombros y me lleva al establo de los caballos. Es cálido y fragante con el olor de los animales y estoy conforme.

Mejor aún, a medida que los días atraviesan la primavera y el verano, Klim a menudo me lleva con él durante su día. Observo y escucho. Poco a poco, aprendo palabras y frases, pero a menos que sea con Klim, rara vez hablo. En cambio, deambulo por las calles, invisible con mi apariencia extraña y mi silencio. Aprendo qué días son los días de mercado; ayudo con el cuidado de animales. Una de mis yeguas tiene un potro con una cubierta blanca y una espesa melena y cola negras. Hace reír a Klim cuando se lo muestro.

Me hago más alto a medida que las estaciones cambian de verano a invierno y viceversa. Klim busca ropa y botas que se adapten a mi longitud. Lo que he aprendido es que el hombre que apareció en el campamento con la capa oscura y el orgulloso caballo es Misha Bychkov. Es uno de los príncipes de los Rus. Eso significa poco para mí, excepto que él gobierna esta comunidad en crecimiento y, cuando él y Klim caminan por las calles de la nueva ciudad, sus ciudadanos se hacen a un lado para dejarlos pasar y agachan la cabeza para mostrar su deferencia.

A medida que se desvanece otro verano, Klim y Misha pasan más y más tiempo conversando. Sus expresiones se han vuelto tensas y su tono es grave. Un día llega un grupo de jinetes, y las puertas recién terminadas en la muralla alrededor de la ciudad se abren para admitirlo.

El líder del grupo, un hombre tosco con pelo castaño sucio y rostro severo se encuentra con Klim y Misha en el gran salón de la casa de este último. Es un lugar grandioso con gruesos muros de piedra y techos redondeados. El visitante se llama Alexyev, según escucho por sus saludos.

Los tres, acompañados por sus guardias, beben té fuerte y vodka, y comen panes untados con pescado en escabeche y huevas. Me quedo en un rincón, invisible en mi silencio, y observo. Cuanto más beben, más estridentes se vuelven sus voces. Finalmente, Klim se pone de pie y me temo que desenvainará su espada. En cambio, golpea la mesa con el puño y el grupo se queda en silencio.

He aprendido algo de su idioma durante los dos inviernos que he vivido en el pueblo. Aunque todavía no entiendo los matices, lo que entendí de esta conversación es que Alexyev quiere que Misha y Klim unan fuerzas con ellos contra un enemigo del sur. Klim se opone a tal lealtad y deja clara su opinión.

Finalmente, los desconocidos con sus barbas enredadas y armamento pesado se van. Me siento aliviado, y la vida vuelve a su ritmo regular. Klim lleva a Misha a ver al potro blanco. Está impresionado y, a través de simples palabras y movimientos, deduzco que quiere aparear su semental blanco con mi otra yegua, que hace mucho tiempo ha destetado al potrillo nacido en el invierno de mi muerte cercana.

Cuando entra en celo, llevo a la robusta yegua con sus pies seguros y su espíritu valiente a los establos de Misha, pero ella tiene su propia mente y reacciona con los avances del ansioso semental. Misha y Klim vienen a mirar, aunque no es que puedan convencer a mi yegua del atractivo del semental.

Cuando era niño, mi padre me subió a uno de sus ponis antes de que pudiera caminar y, como toda mi gente, conozco las mentes de estas criaturas. Incluso me siento cómodo con el semental blanco, aunque es mucho más feroz que nuestros resistentes caballos. No se puede decir lo mismo de Misha.

A bordo del semental llamado *Aza*, con la seguridad de la silla y el bocado, Misha está bien, pero hay una vacilación cuando el caballo y el jinete están en pie de igualdad. El mozo de cuadra preparará el caballo y sujetará las riendas mientras

Misha monta, pero veo su incomodidad y también Klim. Quizás por eso quiere cruzar el semental blanco con la yegua más pequeña y gentil; para crear un caballo menos intimidante.

Independientemente de sus deseos, la yegua no coopera, y al final la llevo de regreso al establo detrás de la casa de Klim.

Es otoño una vez más cuando Klim llega al establo y me hace señas para que lo acompañe. Estoy más alto pero, aun así, debo dar dos pasos por cada uno de los suyos mientras avanzamos por las calles. A menudo, me he preguntado por qué este extraño asumió la responsabilidad de mi cuidado. Tiene tres hijas a las que he visto ir y venir de la casa, siempre bajo la estricta tutela de su severa esposa. ¿Es porque no tiene hijos que lo acompañen, o él también me conoció por primera vez en sus sueños? Decido que es porque disparé al íbice aquel invierno, hace ya tanto, y alimentó y calentó a sus hombres.

Pronto llegamos a la puerta de Misha y nos llevan a la gran sala, donde se ha encendido un fuego en la chimenea. Misha y un invitado se levantan cuando entramos. Me acerco a la chimenea, en las sombras, que es mi lugar habitual, y estudio al invitado. Es viejo, y su larga barba es más blanca que gris. Su camisa y pantalones también son blancos. Sobre estos hay una túnica de oro y en ella hay escenas cosidas con hilos brillantes de grandes cacerías de osos y ciervos y animales que no reconozco. Un sombrero de tela dorada y roja está apoyado a su lado, sobre la mesa. Él vuelve su mirada hacia mí y algo en eso me recuerda a la mística de hace mucho tiempo que encontró el espíritu maligno que reside dentro de mí. Me estremezco al recordarla. ¿El mal sigue siendo parte de mí? ¿Lo ve él?

Saluda a Klim, pero todo el tiempo sus ojos se desvían hacia mí. Me preocupa que este místico (porque estoy seguro de que eso es lo que es el hombre) me desterrará de este lugar donde he hecho un hogar. Klim simplemente asiente con la cabeza hacia mí y responde que me encontró un invierno y desvían su atención. Esto ofrece algo de comodidad pero, aun así, no me atrevo a respirar por completo.

Los tres (Misha, Klim y el místico) se instalan ante la chimenea. Después de servir las bebidas, el hombre de blanco saca una bolsa de tela de un bolsillo. Abre el cordón de cuero y vierte piedras y monedas de colores brillantes sobre la mesa. Misha saca su propia bolsa y agrega más monedas a la colección. Dos son de oro, estampadas con un perfil. La tercera es plateada. Brillan a la luz del fuego.

El anciano asiente con satisfacción, y los tres levantan sus tazas y terminan el vodka. Misha vuelve a llenarlas mientras el anciano pasa sus dedos por la pila de monedas y rocas lisas mezclando cuidadosamente las de Misha con las suyas. Luego levanta otra bolsa de al lado de la silla. De ahí saca un cuenco poco profundo con asas de hueso y un manojo de plantas secas. De su cinturón, saca una daga delgada. Corta una parte del manojo de plantas y lo frota entre sus palmas hasta que se aplasta y el olor a enebro llena la habitación. Trago saliva, forzando el nudo duro del espíritu maligno. Los tres hombres, concentrados en la tarea, me ignoran. Aun así, tiemblo de miedo y mi corazón late.

El místico le dice a Misha que extienda su mano y se la ofrece con la palma hacia arriba. La daga destella, Misha se estremece y veo gotas de sangre caer en el cuenco. Luego el anciano corta su propia palma y se le agregan más gotas. Todo este tiempo, el anciano ha estado cantando en un dialecto extraño. Se lleva vodka a la boca, se acerca a la chimenea y rocía la bebida en el fuego. Las llamas saltan. Clava una carbonilla caliente con la punta de la daga, regresa a su silla y raspa el trozo de madera ardiente en el cuenco. El aroma de enebro, sangre caliente y hierbas aromáticas llena el aire. Toma dos piedras (una clara, una azul) y una de las monedas de oro que le proporcionó Misha, y las agrega al cuenco.

Misha se inclina y respira profundamente el humo.

También lo hace el místico, continuando con su canción. Cambia a algo estridente y luego se pone rígido, con la espalda apoyada contra la silla, sus dedos agarrados con fuerza a los brazos. De repente, todo está en silencio. El humo me ha alcanzado y me preocupa que el espíritu maligno dentro de mí se despierte, pero no hay nada. Incluso el nudo en mi garganta se ha desvanecido. Un tronco crepita en la chimenea y casi me pongo de pie de un salto. Entonces, el místico se agita, el humo se disipa en la habitación alta, y Klim suspira.

El anciano vuelve a hablar en voz baja, pero ahora en el idioma con el que me he familiarizado aquí. El discurso es bajo, pero capto algunas palabras: Aza, que es el nombre del semental blanco de Misha; peligro y traición.

Misha niega con la cabeza, pero el anciano sigue hablando. Klim susurra algo en un tono reconfortante, pero de nuevo Misha niega con la cabeza.

Entonces, se acaba. El chamán saca las piedras y la moneda del cuenco, y arroja las cenizas a la chimenea. Misha y Klim todavía mantienen una conversación tensa. Cuando terminan de hablar, me levanto y los sigo fuera del gran salón.

—Debe parecerte una atrocidad este ritual pagano —me dice Klim mientras caminamos de regreso a su casa.

—No sé "atrocidad" —respondo, un poco confundido con la extraña palabra.

Klim sonríe.

—A veces olvido, amiguito, que no siempre conoces nuestros modos. Mi gente es cristiana ahora, pero no tan lejos de la antigua religión eslava como para que no se filtre ocasionalmente en esta época iluminada. Las viejas prácticas paganas son una espina en el ojo de la iglesia; ese es el significado de "atrocidad".

No le digo a Klim que mi gente todavía practica los viejos rituales. Pongo una mano sobre mi pecho, pero el mal dentro de mí que había rechazado los esfuerzos del chamán parece haberse desvanecido, así que no le cuento mi experiencia. En lugar de eso, pregunto:

—¿Misha creía que Aza estaba poseído por el mal? —Porque el místico había mencionado al semental blanco por su nombre.

Después de que el viejo místico se fue, llevándose todas las monedas con él, Klim y Misha discutieron. Era un desacuerdo familiar: Klim no confiaba en Alexyev, no creía que su consejo a Misha fuera cierto, no le gustaban los esfuerzos de Alexyev por romper la estrecha alianza entre Klim y Misha. No sé qué tenía que ver eso con Aza. Misha debe de haber visto mi perplejidad.

Los pasos de Klim se ralentizaron. Finalmente, suspira.

—Misha no se siente tan cómodo con su corcel como tú con los ponis. —Asentí con la cabeza—. Y Aza, sabiendo eso, en ocasiones, pone un casco en el pie de Misha o gira su cuello para mordisquear a su amo mientras está montando.

Asiento de nuevo, ya que he visto a Misha alejarse rápidamente de un casco bien apuntado.

—¿El místico advirtió a Misha sobre Aza? —A mí me pareció sencillo ver la dificultad. ¿Se necesitaron monedas de oro y plata, y un místico para que Misha lo viera?

Ahora estamos cerca de la casa de Klim y su respuesta sale apresurada, como si quisiera explicar antes de que los asuntos domésticos llamen su atención.

—Hay mucho simbolismo en el ritual. La similitud en la relación de jinete y caballo es como la que existe entre el gobernador de este pueblo en crecimiento y el consejero. Lo que la visión reveló fue que una de las partes de la relación traicionará a la otra. El desacuerdo entre Misha y yo surge de la pregunta... ¿quién de nosotros es el consejero que intenta pisotear el pie de Misha?, ¿es Alexyev quien está tratando de atraer a mi amigo a su lado, o soy yo, su consejero desde hace mucho tiempo?

Cuando la nieve está espesa en el suelo, mi yegua entra en

celo nuevamente, pero Misha no viene a atraerla para aparearse con el semental como esperaba.

En cambio, el extraño barbudo y ceñudo, Alexyev, hace otra visita. Llega con un contingente de hombres armados y con el estandarte del escudo de su clan en alto. Hay conversaciones con Klim y Misha, y poco después hay mucha actividad mientras los hombres se preparan para viajar.

Esta vez, Klim no viene a buscarme para reunirme con ellos y me siento aliviado, ya que me he acostumbrado al calor del establo y a los suaves sonidos de los caballos en la noche. Además, limpio y ejercito los caballos de Klim como lo hago con aquellos que han aprendido mi habilidad con las criaturas. Por este trabajo, gano algunas monedas, que ayudan a medida que mis pies siguen creciendo y las botas me quedan chicas.

He aprendido más el idioma en este lugar y chismorreo con otros mozos de cuadra del pueblo. Me enteré de que se llevaron a Aza, el semental de Misha. Me pareció que era así cuando vi a Misha irse de viaje sobre un alazán cobrizo.

El místico había predicho que Aza traicionaría o dañaría a Misha, pero Klim explicó que el semental blanco era un símbolo del peligro de algo o de alguien tan vinculado como el equipo del jinete y el corcel.

No conozco la respuesta a este misterio. Solo estoy agradecido de que el espíritu maligno en mí parece haber huido.

___

27

Me he convertido en un hombre y, que yo sepa, mi padre aún vive. Como exige la costumbre de un hijo cuyo padre aún vive, mantengo mi rostro sin barba. Me gustaría casarme, pero las sirvientas que trabajan en las casas me evitan. Las escucho hablar sobre mi piel oscura y mis ojos entrecerrados y, por primera vez en mucho tiempo, anhelo la compañía de la gente de mi clan.

Cuando la nieve comienza a derretirse, Misha y Klim regresan de su viaje. Vuelven cansados, heridos y con pocos de los hombres con los que partieron. Sospecho que ha habido una batalla muy reñida, pero es difícil determinar quién es el ganador debido a las historias que escucho en los establos y el conflicto del mercado.

Klim regresa con su familia y a su hogar, pero la oscuridad lo rodea. Se acabó la forma relajada en la que alguna vez interactuó con los demás.

—He aprendido mucho lenguaje —le explico cuando llega al establo para revisar los caballos.

—Sí, eso es bueno, Negui —me contesta, pero la sonrisa es breve antes de que la oscuridad descienda nuevamente.

Alexyev y sus tropas groseras continúan viniendo, y siento la tensión en el pueblo cada vez que llegan. Escucho conversaciones en el mercado mientras la gente cotillea sobre eventos.

—Nuestro gobernador, Misha, debe alinearse con Alexyev, o todos correremos el peligro de los invasores del sur —plantea un hombre.

—No hay peligro —se burla otro.

Las mujeres chismean como si se estuvieran preparando para tiempos difíciles.

—Estos bacalaos se pueden secar y almacenar por si...

—Mi marido corta mucha leña del bosque.

Misha le da la bienvenida a Alexyev a su casa, pero más a menudo Klim no es invitado a participar en sus discusiones.

La siguiente vez que veo a los forasteros barbudos, el lugarteniente de Alexyev y un hombre más joven vienen con regalos para la hija menor de Klim. Las dos hijas mayores se han casado y han tenido hijos, pero la menor, Greta, todavía está en casa. Tiene el pelo del mismo color de la hierba invernal que Klim y los ojos como las flores azules de primavera que florecen en los pantanos. La veo en los jardines trabajando en bordado o visitando a amigos.

Normalmente, estoy en el establo detrás de la casa o en uno de los establos de la gente del pueblo, pero este día estoy en la calle después de haber regresado de un trabajo de preparación de caballos cuando los dos se presentan en la puerta de Klim.

Por su interacción, supongo que el joven es el hijo del teniente. Su ropa está limpia y su cabello peinado hacia atrás como si estuviera recién lavado. La expresión de Klim es sombría cuando responde a su llamada. Hay una conversación de baja intensidad entre el anciano y Klim, pero estoy demasiado lejos y no puedo discernir las palabras. El debate termina cuando el extraño sujeta el hombro de Klim. Incluso desde el otro lado de la calle, a la sombra del sol poniente, veo a Klim estremecerse ante el agarre. Este se convierte en un empujón, y los tres entran a la casa.

El día es cálido y las ventanas de la casa están abiertas. Con curiosidad, me deslizo entre los arbustos al costado de la casa para escuchar. La voz de Klim se eleva. Escucho que se menciona el nombre de Greta.

—¡*Nyet!* —grita Klim, y hay sonidos de llanto que se debilitan cuando Greta y la esposa de Klim salen de la habitación. Mientras los hombres discuten, el aire se ha enfriado con el inicio de la noche. Me agacho cuando un sirviente cierra la ventana para protegerse del frío y no oigo más.

Después de que los caballos han sido alimentados y acostados para pasar la noche, me acuesto en mi catre en el establo vacío al que llamo *hogar* y pienso en todo lo que he visto. Klim ha sido el consejero de Misha desde al menos el momento de la captura de la cabra montés. Sin embargo, cada vez más, la lealtad de Misha se ha desplazado hacia Alexyev y su andrajosa banda de hombres. Me temo que el honor de ese hombre es sospechoso.

Algo de lo que no sé sucedió la última vez que Klim, Misha y los soldados partieron a la batalla. Eso es evidente en el malhumor de Klim. Sé que fue una batalla porque volvieron heridos, los caballos agotados y quedaron viudas para llorar a los desaparecidos. Luego vino la aparición del místico y la desaparición del semental blanco en contra del consejo de Klim. ¿Sucedió algo en la batalla que alineó a Alexyev y Misha, y despidió a su antiguo aliado, Klim? ¿Cuál es el significado del joven enviado con regalos para cortejar a Greta? ¿Fue un intento de llevar la lealtad de Klim al lado de Alexyev?

Los días se han vuelto largos nuevamente cuando Alexyev y los extraños llegan una vez más: el contingente de hombres con armadura y estandarte en alto. Una vez más, Misha monta el alazán, llama a Klim y parten hacia el sur.

Quince días después regresan tres jinetes: Misha, un soldado y Klim, herido de muerte. Los veo llegar. Tan pronto como Klim atraviesa la puerta del muro que rodea la ciudad, se desliza de su caballo y cae a la calle de tierra. Alguien grita, y me vuelvo para ver a su esposa, con las faldas recogidas en su mano, corriendo hacia su esposo, con Greta detrás. Hay llamadas para que un médico y hombres lleven a Klim a su casa. Me adelanto para tomar las riendas de su caballo y guiarlo de regreso a los establos. La silla y la manta están oscuras por la sangre vieja y huele a carne podrida. Sospecho lo que eso significa, y las lágrimas inundan mis ojos mientras almohazo al semental negro y limpio la silla.

Mientras me preparo para dormir, uno de los amigos de Klim viene al establo a buscarme.

—Ven —me ordena y me hace señas para que lo siga a la casa. Excepto por la primera vez, nunca he estado dentro de la casa familiar. La convocatoria me llena de pavor.

—Mi amiguito —me dice Klim. Está recostado en un diván. Su rostro está pálido y demacrado, y hay dolor en sus ojos. El hedor de la muerte lo invade. Su esposa me fulmina con la mirada, pero no hace ningún movimiento para echarme de la casa. Greta llora en silencio, con un paño en la cara.

—Estoy aquí —respondo.

Los labios de Klim están secos y agrietados, pero intenta sonreír. Se acerca y toma mi mano.

—Mi tiempo está cerca del final —anuncia—. Por la bestia que nos salvó del hambre durante ese largo invierno y por tu firme compañía, te agradezco. —Asiento, incapaz de encontrar las palabras—. Mira, ten esto. —Saca una bolsa de cuero de debajo de la manta y me la da. Es pesada y escucho el ruido de las monedas—. No es más que una muestra —continúa Klim—. Eres libre de quedarte o de irte. —Con eso, le da a su esposa una larga mirada y después de un minuto ella asiente una vez

—. Negui —susurra Klim, luego sus ojos se cierran y no dice más.

Por la noche, el carruaje del enterrador viene a buscar a mi amigo. Escucho el ruido de los cascos y el traqueteo del carro, pero no me levanto para mirar. En cambio, me vuelvo hacia la pared y lloro.

28

La gente de Klim tiene costumbres diferentes a las de mi gente. Aquí, en esta ciudad amurallada, un cuerpo se limpia, se viste y se coloca en una caja. Con el repicar de las campanas de la iglesia, el sacerdote con un sombrero alto decorado, conduce a la familia y amigos a un cementerio, donde el cuerpo se coloca en el suelo y se cubre con tierra.

Mi gente deja el cuerpo del miembro de su clan en un lugar alto para proporcionar comida a las criaturas menores. De esa manera, en nuestra tradición religiosa, el recipiente que ya no se necesita, da vida al lobo, al buitre y a los escarabajos. Pensar en ello me hace añorar a los miembros de mi clan y a mi hogar. Quizás ahora que el espíritu maligno me ha dejado, aunque tierras y personas extrañas todavía llenan mis sueños, pueda regresar a casa. Extraño el aire puro y la cocina de mi madre. No hay nada más que me mantenga en este lugar, así que tomo una decisión.

A la mañana siguiente, ensillo el caballo nacido del semental blanco y la yegua fiel, empaco algunas pertenencias, y luego el semental ahora viejo, dos yeguas, un potro y yo salimos temprano para saludar al sol que sale delante de nosotros.

PARTE V

29

"En la búsqueda del oro —les dijo la serpiente en el tiempo intermedio—, uno puede perder lo que es verdaderamente valioso".

Mali, África
C. 1300 d. C.

—No, primero debes decir tus versos —me dice mi tía.

—Pero... —empiezo a decir, pero ella tiene los puños sobre sus amplias caderas, y sé que la discusión solo me agregará más práctica.

—Tu ta sabrá si no los has aprendido de la manera más adecuada.

Vuelvo a recitar. De vez en cuando, la tía me corrige. Ella es la hermana de mi madre y se hizo cargo de mi cuidado, según me dicen, después de que mi madre murió al darme a luz a mí, un varón. Mi tía, mi tío, su madre, sus tres hijos y otros miembros de la familia viven en una casa llena de gente, construida con ladrillos de barro secados al sol. En una casa similar, no muy lejos, reside mi padre con la mujer que tomó como esposa después de la muerte de mi madre, y su familia. Él es el responsable de mi educación religiosa y no quiero defraudarlo.

Tengo ocho años, y casi le llego al hombro a mi tía. Recito las historias del Corán, guardándolas de memoria, mientras todo el tiempo deseo estar afuera con mis primos y amigos.

—¿Tía? —pregunto cuando termino—. Háblame de él.

La casa está en silencio, los hombres y mujeres están en el campo y los viejos y los jóvenes afuera, donde hace más fresco en el calor del día.

Mi tía es estricta. Supervisa la casa de una familia cada vez más grande, pero sus ojos oscuros son amables. Como yo, su piel es del negro de las sombras nocturnas. Una colorida bufanda verde y dorada le envuelve la cabeza y lleva un vestido holgado de los mismos colores. Llevo una túnica, pero no tengo turbante encima de mis rizos cortos. Mis pies, como los de ella, están descalzos.

—Lo haré, pero luego sales con los demás —ordena. Se alisa la falda y comienza—: Mi hermana, tu madre, era una mujer hermosa. Tu ta la trató como a una de las delicadas flores que crecen junto al agua. Nos emocionamos cuando ellos supieron que ibas a venir; su primer hijo. Pero Dios la llamó a casa y no tuvo tiempo de ponerte en su pecho.

—Y mi hermano —digo para tratar de apurarla hacia la parte de la historia por la que tengo más curiosidad.

—Naciste bien, llorando al llegar al mundo. Hubo un segundo hijo, un niño, pero nació retorcido y enfermizo.

Ante eso, ella dobla su brazo contra su cuerpo.

—¿Era su brazo? —pregunto. Esta es una pieza del rompecabezas de mi gemelo.

Suspira y me mira con lástima.

—Su brazo, su cuerpo. Creo que no podría estar mucho en este mundo. —Aguanto la respiración. Aquí es donde suele terminar la historia. La tía señala el suelo y me ordena que me siente. Saca la olla grande que se usará para preparar la cena como si se hubiera olvidado de que yo estaba aquí. Pronto, lo sé, me enviará por la puerta por una cosa u otra. En cambio, me sorprende—. Yo había dado a luz a mi propio bebé, Keita, solo dos lunas antes. Tuve suficiente leche para mi hijo y para ti, pero no... —Se detiene y, cuando se vuelve hacia mí, veo que sus ojos se han llenado de lágrimas—. Envolví al bebé, y ta fue a buscarle una nueva familia.

—¿A dónde lo llevó mi padre? —pregunto. Cuando era niño y logré llegar a ese punto de la historia, estaba satisfecho de que mi gemelo, mi gemelo idéntico, excepto por el cuerpo deformado, hubiera sido llevado a otra casa. He buscado en la mayor parte de nuestro pueblo junto al manantial cristalino y todavía no lo he encontrado. Me debilita las rodillas imaginar que, en algún lugar de la arena del desierto, están enterrados pequeños huesos retorcidos, porque he llegado a creer, por la falta de voluntad de mi padre para hablarme de ello y la búsqueda infructuosa, que eso debe de ser lo que realmente sucedió. Por eso siempre he sentido un gran vacío en mí.

—Vete ahora —me ordena mi tía y me apresuro a alejarme.

Un día unos viajeros llegan a nuestro pueblo. Esto no es inusual, ya que nuestro pueblo está cerca del agua y las caravanas a menudo llegan listas para una comida en su viaje o con mercancías para vender. Este día ofrecemos agua a sus camellos y, a los viajeros, un jugo elaborado con la fruta del árbol baobab con un guiso de ñame, maní y granos para que coman.

La tía nos envía a mi primo Keita y a mí a entregar las jarras de jugo.

—Mira los camellos —le susurro.

—Oro —sisea en respuesta.

Las sillas y las bridas de los camellos están adornadas con borlas y accesorios de oro, aún relucientes a pesar de las arenas encontradas en su estadía.

—Te gusta, ¿verdad? —pregunta uno de los hombres. Es alto, de piel oscura y barba espesa. Sobre su túnica, lleva un bubu estampado, una túnica. Sus compañeros van vestidos del mismo modo. Lo que hace que este hombre sea sorprendente es el pesado adorno con una piedra roja que lleva en una cadena de oro alrededor de su cuello. No puedo evitar mirar. Levanto los ojos del adorno y miro su rostro; sería de mala educación mostrar envidia. El hombre me observa con los ojos entrecerrados. Me temo que he sido descortés—. ¿Cuál es tu nombre, muchacho? —pregunta él.

—Soy Salif —contesto y me pongo más derecho—. Este es mi primo, Keita —continúo, y le doy una palmada en la espalda a mi primo.

—¿Y qué es eso en tu pierna? —pregunta, sin siquiera mirar a Keita.

Froto la mancha blanca en mi muslo; de repente, me siento cohibido. Mi padre me dice que Alá se olvidó de pintar una parte cuando me hizo. Aun así, es objeto de burlas por parte de amigos y familiares.

—Mi ta dice que Alá olvidó una parte.

Los hombres se ríen. Froto mi pierna de nuevo.

—¿Y tienes hermanos o hermanas con lo mismo?

Me encojo de hombros, inseguro de la pregunta.

—Mi mamá murió cuando nací. El hijo de mi padre no tiene marca.

—¿Eres el único hijo de tu madre?

—Tuve un gemelo, pero murió —respondo antes de que pueda cerrar los labios para detener las palabras.

Uno de los compañeros de viaje del hombre se ha unido a nosotros mientras hablamos. Asiente con la cabeza como si el primer hombre hubiera hecho una pregunta.

—Se parece mucho a Oumar.

—Y ahí está la marca —continúa el primer hombre. Me doy cuenta de que necesito liberar mi agua. Urgente. Muevo el peso de mi cuerpo de un pie a otro—. Nos gustaría hablar con tu padre —me dice finalmente—. Muéstranos dónde vive.

Señalo calle abajo.

—Es la segunda casa después del árbol roto —contesto, y luego huyo para responder a la urgencia de mi cuerpo.

Para cuando llego a la casa de mi tía, ella y las otras mujeres de nuestra familia están preparando la cena. El vapor sale de una olla grande, que se encuentra afuera, sobre las brasas. El aroma de las lentejas cocidas y la gallina vieja que mataron antes me hace gruñir el estómago. Mi otra tía está dando forma a bolitas de masa de cebada molida, que se convertirán en el pan para acompañar el guiso. Es una de mis comidas favoritas y la adición del pollo es una delicia poco común.

Mi padre viene después de que termina la comida. El sol se prepara para ocultarse y dar paso a la noche, y yo estoy sentado a la sombra de la casa, con la espalda contra la pared, el hambre saciada, y los ojos entrecerrados. Estoy a un lado, así que no puedo ver a mi ta, pero reconozco su voz. Se burla de mis tías diciendo que podía oler el pollo desde su casa. Sale mi tío y se mueven al lado opuesto del patio, hablando en voz baja. Mis ojos están casi cerrados cuando escucho mi nombre.

—Salif —llama mi padre.

—Estoy aquí. —Me levanto y doy la vuelta a la esquina de la casa. Mi padre, mi tío y los dos viajeros están sentados en cuclillas al borde del patio. Toda la somnolencia se desvanece cuando noto sus rostros.

—Ven y únete a nosotros —ordena mi tío, y yo me acuclillo entre él y mi padre.

—Nuestros viajeros vienen de Tombuctú —me explica—. Son los súbditos del mansa y ayudan en el gobierno del rey. —Mansa Qu es el rey de nuestro país, aunque su ciudad está a varios días de viaje y no está muy involucrada en la vida de nuestro pueblo. Mi tío continúa—: Nos han contado una historia sobre un bebé perdido que mansa Qu encontró mientras viajaba por este lugar hace años.

Frunzo el ceño sin saber a dónde irá esta charla ni por qué me han convocado.

—El mansa y una de sus esposas tomaron al bebé bajo su cuidado —continúa el hombre del collar de oro—. El bebé ha cumplido ahora los ocho años. —Contemplo las caras a mi alrededor. Ta y el tío se ven tristes a la luz que se desvanece. Los viajeros parecen emocionados. La tía y las otras mujeres merodean cerca. Han terminado de limpiar y lavar lo de la cena y mi tía está barriendo lentamente la tierra frente a la puerta. Ella y el resto de las mujeres están calladas, con sus oídos atentos a la conversación de los hombres. Me vuelvo hacia el primer viajero. Hay una textura en el aire que no puedo descifrar. Prosigue—: Este chico, Oumar, tiene la misma decoloración en la pierna que esta. Tiene la misma cara que la tuya —me señala —, excepto... —En ese momento, se tuerce el brazo contra el pecho. Es el mismo movimiento que hizo mi tía antes mientras hablaba de mi gemelo. De repente, lo sé. Un frío se apodera de mí a pesar de que el aire de la noche es cálido. Una pequeña parte del agujero que siempre está en mi centro comienza a llenarse.

—¿Mi gemelo? —pregunto y me avergüenzo cuando mi voz chilla las palabras.

—Es posible, ¿no? —pregunta el hombre. Mira a mi padre y a mi tío, cuyos rostros todavía están tristes.

—Es posible —asiente mi padre a regañadientes.

—Salimos por la mañana —anuncia el viajero. Primero mira a mi padre y luego a mi tío—. Mansa Qu querrá conocer a Salif para ver por sí mismo lo que veo.

—Esto es algo que debemos considerar —responde mi tío. Mira hacia donde está mi tía. Ella tiró del borde del pañuelo que estaba envuelto alrededor de su cabeza y lo sostiene sobre su boca. No puedo ver sus ojos en la oscuridad, así que no conozco su estado de ánimo. Lo que sí sé es que hablarán de este evento, ella le dará consejos como lo hacen las mujeres sobre estos asuntos, y luego mi tío y mi padre determinarán... ¿qué?—. Vendremos y les contaremos nuestra decisión cuando salga el sol —termina mi tío.

Ante eso, los hombres se ponen de pie, se abrazan y se van.

Mientras estoy acostado en mi cama, escucho voces bajas, pero no puedo entender las palabras que mi tío, mi tía y mi padre dicen. La esposa de mi ta se ha unido al grupo, habiendo sido convocada por uno de los primos. Todavía están hablando cuando por fin me duermo.

30

Mi corazón late rápido cuando uno de los camellos de la caravana se arrodilla para aceptarme. Toda la familia se reúne para despedirse de mí. Desde la silla de montar, se ven muy lejos como si yo ya estuviera desapareciendo en el desierto. Los ojos de la tía están rojos, y mi tío y mi padre parecen inseguros, con sus rostros tensos. Mis primos miran boquiabiertos la procesión y uno se burla de mí.

—Salif, no te caigas, o tu cabeza se partirá y se caerá una sustancia viscosa.

—No tan viscosa como tú —le respondo.

Mi medio hermano, el pequeño Alou, intenta tocar la pata del camello, pero la esposa de mi padre lo aparta.

No es hasta que pasamos el borde del pueblo y miro hacia atrás por última vez que siento dudas. ¿El bebé abandonado es realmente mi gemelo? ¿Quién le enseñará al pequeño Alou a jugar mancala, el juego con un tablero y guijarros? Conozco todos los caminos y familias de nuestro pueblo. De Tombuctú, no sé nada. ¿Y si el niño Oumar no es mi gemelo? ¿Tendré que encontrar mi propio camino a casa? ¿Y si es mi gemelo?

Toda mi vida he soñado con mi otro retorcido. Él está a mi lado mientras paseamos junto a un gran río, solo que en el sueño somos hombres adultos y hablamos de familias y estructuras que tocan el cielo. En otros, un hombre, pálido como el vientre de un pez, me habla, pero no puedo entender el significado. Hay visiones de montar a caballo por campos verdes y serpientes que se esconden entre los tallos. En una pesadilla, estoy en lo alto mirando hacia abajo a un hombre cuya cabeza ha sido cortada de su cuerpo, y una larga trenza se arrastra por el suelo. Los ojos abiertos de la cabeza miran hacia el cielo y, cuando se fijan en mi yo sin forma del sueño flotando por encima, hay una extraña sensación de que somos lo mismo. Estas son las visiones que me sacan del sueño sudoroso y jadeante. No puedo descifrar estas visiones de personas y lugares extraños, y no hay nadie en mi familia con quien pueda hablar al respecto.

Mientras nos abrimos paso por la arena, lejos del único hogar que he conocido, las secuelas de los sueños y mis preocupaciones sobre lo que me espera se arremolinan una y otra vez hasta que me duele la cabeza.

"Alá proveerá", le susurro al camello, que simplemente mueve una oreja hacia atrás, y aparto las preguntas de mi cabeza para vagar en el calor del día.

Viajamos durante tres días. Nos encontramos con otras caravanas en el camino; sus camellos van cargados de sal, telas de seda y otras riquezas de muy lejos. Escucho a mis compañeros de viaje hablar por la noche alrededor de los fuegos para cocinar. Hay historias del palacio de mansa Qu y las riquezas de Tombuctú. Se ríen al describir las carreras de camellos y las desgracias de los jinetes. Cuentan los lugares por donde han viajado y la seda, el marfil, la sal, el oro y otros tesoros que fluyen entre el este y el oeste.

Nos arrodillamos para orar al amanecer, al mediodía mientras los camellos descansan y al anochecer cuando nos detenemos. Me alegro por la insistencia de mi tía y de ta, y por el consuelo de los pasajes memorizados del Corán.

Finalmente, al final del tercer día veo formas que se convierten en estructuras altas a medida que nos acercamos. Hay un olor a pescado y agua en la brisa y siento que el río Níger debe de estar cerca. Mi cabeza gira a derecha e izquierda mientras examino los edificios, más altos que la duna más alta. Tienen la forma de los mismos ladrillos de barro que las casas de mi pueblo, pero tienen espinas de madera que sobresalen y es imposible imaginar agujas en la parte superior. A la luz del sol poniente, parece que la ciudad está hecha de oro.

—Es donde vive el mansa —me dice uno de los hombres, señalando la estructura más grande.

—Es... —respondo, incapaz de encontrar las palabras para expresar lo que veo.

Solo se ríe y asiente.

¿Es aquí donde reside mi gemelo? Me examino para ver si puedo sentir el latido de su corazón o el calor de su piel. No hay nada más que un apretón en mi vientre.

Los dos hombres que hablaron por primera vez de mi parecido con Oumar se han adelantado a medida que nos acercamos a la ciudad. Ahora regresan y me hacen señas para que los siga.

—A mansa Qu le gustaría que fueras con él ahora —me dice.

Tengo hambre, a pesar de mi ansiedad, y esperaba con ansias una comida y las historias de mis compañeros de viaje. Ahora me pregunto qué nos depara el futuro. Mi vientre gruñe de descontento.

Desmonto y sigo a los dos hombres por las calles de arena compacta hasta la estructura más grande con su techo de agujas.

Una barrera de los mismos ladrillos la rodea y la recorremos hasta una puerta donde se nos permite ingresar.

Dentro del edificio está más fresco; el calor del día contrarrestado por gruesos muros alisados con una capa de barro. Las puertas y ventanas se cortan en arcos y tienen incrustaciones con diseños de madera. Después de pasar por lo que parecen muchas habitaciones, los dos hombres y yo entramos en una gran sala.

En una plataforma elevada se sienta un grupo de hombres, uno vestido con una túnica de seda colorida. Debe de ser mansa Qu. El oro adorna su turbante y sus muñecas. Un gran collar de oro con un colgante engastado con piedras de color azul claro rodea su cuello. Mis compañeros de viaje se inclinan ante él y yo hago lo mismo.

Sin embargo, no es el rey adornado con sedas y oro lo que capta mi atención.

Debajo del mansa, un grupo de chicos se sienta en el suelo. Se vuelven para mirarme y yo me quedo con la boca abierta como un pez al reconocer mi propio rostro. Uno de los hombros del niño está doblado sobre sí mismo y la mano es como la de un niño pequeño. Mis ojos se posan en su muslo para ver si tiene la misma marca que yo, pero su túnica lo cubre.

—Acércate, déjame mirarte —dice el rey.

Mi compañero de viaje me empuja con el codo y me doy cuenta de que se dirige a mí. Aparto los ojos del chico y doy un paso más cerca. Mansa Qu me mira fijamente y me preocupa si debería volver a inclinarme.

Una mujer que había estado esperando cerca lleva cuencos y bandejas. Primero sirve al mansa, a los hombres en la plataforma y luego a los niños de abajo. El olor a carne y arroz me hace cosquillas en la nariz.

El chico, que se había estado concentrando en sus compañeros y en la llegada de la comida, se vuelve hacia mí cuando habla el mansa. Cuando sus ojos se posan en mí, se agrandan.

Uno de los compañeros del chico retorcido susurra algo, pero él lo ignora y continúa mirándome.

Un sirviente lleva otra alfombra y la extiende debajo de la plataforma. Mi compañero de viaje y yo nos sentamos con las piernas cruzadas y tomamos los vasos de jugo que ofrecen las mujeres.

Mansa Qu se dirige a mis compañeros de viaje.

—Veo el parecido, pero es la marca la que lo dirá.

—Muéstrale —ordena mi compañero, señalando mi pierna.

Me levanto la parte inferior de la túnica para dejar al descubierto la marca pálida. Tiene el tamaño de la palma de la mano y tiene la forma de un montículo de termitas con una parte superior redondeada y un bulto en un lado.

—Oumar —dice el rey, y el niño expone su propio muslo. En él está la misma marca blanca de una torre de termitas.

Había visto cómo exponía su pierna. Como una mano es inútil, tuvo que estirar la mano sana para tirar del borde de la tela. Cuando lo hace, hay algo furtivo que se mueve detrás de sus ojos. Es rápido y me abruma la emoción de este evento, ¿o solo lo imaginé?

—Entonces, tengo un gemelo —comenta Oumar, más como una pregunta en realidad.

—Ven, siéntate y come —me ordena su padre—. Después, escucharé tu historia.

Me uno al grupo de chicos y una de las mujeres me trae un plato de arroz con un guiso de pescado y verduras en un caldo sabroso. Las nueces molidas se esparcen por la mezcla y el pan plano se sirve en una fuente. Hay más tazas de jugo de mango fresco. Es delicioso.

Me siento frente al niño y observo cómo dobla un trozo de pan plano en un triángulo con una mano, al igual que yo, y lo sumerge en el caldo. Excepto por el brazo, es como ver mi reflejo en agua quieta. Empiezo a sentir que mi alma se recupera un poco más.

Después de que terminamos, con mi hambre apaciguada y el jugo fresco que apaga mi sed, el mansa se vuelve hacia mí y me dice:

—Cuéntame, ahora, la historia de tu nacimiento.

Le cuento lo que sé: la muerte de mi madre, los dos niños varones, mi tía y la decisión de mi padre de llevar al niño deforme a buscar la leche de otra madre. Dejo fuera la parte sobre mi búsqueda de huesos diminutos en la arena.

—Ahora te contaré mi historia —dice el rey cuando hube terminado—. Estábamos de camino a casa después de visitar otras ciudades cuando hicimos una pausa para acampar por la noche. Estábamos cerca de un pequeño pueblo, pero había llegado la noche antes de que nos detuviéramos y no queríamos despertar a los residentes por su hospitalidad. Los criados estaban preparando la cena cuando escuché un balido como el de un cabrito. La luna estaba llena, así que, curioso, fui a buscar a la criatura perdida. Imagina mi sorpresa cuando, debajo de una repisa de piedra que sobresalía de la arena, no encontré una cabra, sino un recién nacido envuelto en una tela vieja. Es algo tan triste, tan antinatural, dejar que un bebé muera en la noche. —Mansa se queda callado por un momento, quizás recordando la sorpresa del descubrimiento, quizás preguntándose qué haría que una madre dejara morir a un hijo. Estoy pensando en la historia que me contó mi padre sobre la búsqueda de una madre con leche para mi gemelo deformado y lo que debió haber sucedido realmente. Me estremezco ante la posibilidad de que hubiera acertado al buscar huesos diminutos. ¿Y si yo hubiera sido el otro, nacido retorcido? Miro al chico, mi otro yo. Me está mirando, buscando una respuesta. ¿También se está preguntando por nuestro padre, por cómo pudo haberlo abandonado en manos de criaturas nocturnas hambrientas? La comida que acababa de consumir me revuelve el estómago. El rey prosigue—: Fue una suerte para Oumar que una de las sirvientas que nos acompañaban acabara de dar a luz a un bebé muerto y todavía tuviera leche. Por supuesto, cuando desenvolvió al bebé, pudimos ver la razón... —Ante eso, mira a Oumar, cuyos hombros se han desplomado ante la noticia. Un niño mayor coloca una mano sobre el hombro deformado de Oumar y se inclina para susurrarle al oído. Mansa hace una pausa, dándose cuenta del impacto de la historia, pero luego Oumar mira al rey, asiente una vez y la tensión en mis entrañas se calma—. Le presenté el bebé a mi esposa más reciente, que aún no había dado a luz, y Oumar vive bajo mi protección. —El rey toma su bastón con mango de oro moldeado en forma de tigres luchadores y golpea el extremo una, dos, tres veces en la plataforma—. Declaro —dice el mansa al contingente de hombres y niños—, con las historias de nacimiento, la guía de Alá para encontrarte y las semejanzas, incluida la marca, que son hermanos nacidos juntos de la misma madre y del mismo padre. Entonces —dice volviéndose hacia mí—, te ofrezco mi protección, al igual que se la di a tu hermano.

Vuelvo a reunirme con el grupo de chicos en el suelo, y doblo las piernas debajo de mí sobre la alfombra. Es familiar y desconocido aquí al lado de mi gemelo. Su presencia siempre ha estado conmigo, pero aquí, en persona, es nuevo para mí. Ahora que sé que es real, una parte de mí quiere quedarse aquí, aprender las costumbres de Oumar. La otra parte anhela la fácil familiaridad de la casa de mi tía y de mi padre.

Se anuncian las oraciones vespertinas y me levanto para ir con los hombres a la mezquita. Esta noche, rezaré a Alá para que guíe mi camino.

31

Oumar y Akuchi, el amigo que le había susurrado al oído a Oumar cuando llegué, se han convertido en mis compañeros. Me han enseñado mucho: las complejidades de la vida doméstica aquí, con las muchas esposas del rey que compiten por la atención de su esposo, y sobre los hijos e hijas que juegan en las muchas habitaciones. El rey es paciente con los niños, pero a veces huye a la mezquita, donde no se permiten mujeres, o se aventura fuera de la ciudad en una caravana de soldados, camellos y caballos para supervisar su imperio.

La otra parte de mí anhela el bullicio de la casa de mi tío y de mi padre, donde conozco a mis primos, hermano y hermanas, así como los nombres y costumbres del resto de la gente de nuestro pueblo. Mi medio hermano, el pequeño Alou, ¿ha aprendido a jugar nuestros juegos favoritos? Siento celos de que ahora Alou deba seguir a los demás como solía seguirme a mí.

Aun así, descubro que no quiero separarme de Oumar y Akuchi, y hay mucho que he aprendido. Akuchi vive en el recinto del rey con su padre, que es asesor del mansa, y los tres deambulamos libremente por los terrenos.

—Tengo algo que mostrarles —nos dice el padre de Akuchi un día cuando yo había estado allí durante varios ciclos de la luna. Abre un cofre con patas bajas, que se apoya contra la pared. Está pintado con diseños intrincados y los mangos están hechos de marfil tallado y oro. Con cuidado, con ambas manos, levanta un objeto cubierto de letras y dibujos. Me doy cuenta de que es el Libro Sagrado. Esto es algo raro; el único otro que he visto está en la mezquita de nuestro pueblo.

—El Libro Sagrado —susurro con reverencia.

—El Sagrado Corán —explica. Se lo pasa a Akuchi y saca otros libros. Con cuidado, vuelve a colocar el Corán en el cofre y deja los demás fuera. Abre uno de los libros y me lo muestra —. El Libro Sagrado se puede volver a ver más tarde, pero primero debes aprender qué significan los símbolos.

Son extraños estos símbolos. Los versos del libro sagrado los he aprendido al escuchar a mi padre recitarlos, pero saber que las marcas en el pergamino significan lo mismo es algo maravilloso de comprender.

Este es el comienzo de nuestra tutela. Un hombre culto viene a enseñarnos a los tres, así como a los hijos mayores del rey. Lleva tiempo pero, gradualmente, comprendo y aprendo a hablar el significado de los símbolos.

De esa manera, pasa el tiempo hasta que domino el arte. El conocimiento (según he aprendido escuchando a los hombres que me visitan) es importante para mansa Qu, aunque él no lea.

Esto no es lo único que ocupa mi tiempo. Oumar, Akuchi y yo practicamos tiro con arco y jugamos juegos. Mi hermano, con su extremidad torcida, no puede tirar del arco hacia atrás, pero es hábil con la lanza. Nos aventuramos a practicar con las liebres y reptiles que viven en los cerros.

Aunque Oumar lucha con el arco, en mancala no tiene rival: su mente diseña estrategias para los movimientos de manera eficiente y captura las piedras de su oponente en el tablero de madera tallada.

—¡Ufff! —grita Akuchi levantando las manos mientras Oumar gana otro juego—. No puedo ganar cada vez que Alá susurra mis movimientos en tu oído. Toma, Salif. Quizás tengas mejor suerte contra tu hermano.

Al principio pierdo pero, a medida que aprendo los movimientos de Oumar, me vuelvo mejor y ocasionalmente gano un juego. Aun así, es el maestro en sembrar las semillas en los pozos del tablero de juego y capturar las piedras de su oponente.

Mientras jugamos, me familiarizo más con el funcionamiento de su mente rápida.

Incluso antes de que la tía me hablara de mi gemelo y de la historia de mi nacimiento, a menudo había sentido que un brazo o una pierna no estaba donde mis ojos me decían que debía estar. Mientras viajábamos a Tombuctú y la realidad de su existencia crecía, hablé con mi hermano. Esto, por supuesto, fue hecho mente a mente, en silencio, para que otros no pensaran que estaba poseído. Aunque sabía que nuestros cuerpos no coincidirían (el mío, fuerte; el de él, retorcido), creía, de verdad, que compartiríamos una sola mente. Pero a medida que pasamos más tiempo juntos, me he dado cuenta de que no es así.

La vida de palacio, con los sirvientes, esclavos, esposas, hijos del mansa y la intrusión de muchos consejeros y súbditos, se parece mucho al juego de mancala. Oumar, de la misma manera en que desarrolla la estrategia del juego, también juega el juego de las intrigas palaciegas. No se me permite entrar al complejo de las esposas de mansa Qu, pero Oumar busca a los hijos del rey, sus medio hermanos adoptivos, para escuchar sus chismes. Es astuto; a veces le dice a uno de los sirvientes o a las familias algo que sabe que generará malestar. Una vez, le dijo a uno de los jóvenes que cuida de los camellos que una sirvienta que había estado observando con el rabillo del ojo estaba comprometida con el joven que cuida de las gallinas. Luego observa cómo se desarrolla el drama y los dos jóvenes pelean, uno de los cuales ni siquiera sabe el motivo del enfrentamiento. La sirvienta se avergüenza de su exhibición, el pretendiente disciplinado y el criador de las gallinas aún confundido. Oumar, habiéndose alejado del enredo que creó, sonríe y observa.

Aun así, es mi hermano y, lo admito, ver cómo se desarrolla es divertido.

32

___

Llega una temporada en la que es hora de que Oumar y yo seamos iniciados en la edad adulta. Mansa Qu tiene muchas esposas, hijos y responsabilidades en el reino, por lo que se decide que mi hermano y yo viajaremos de regreso a mi pueblo para el ritual. Akuchi ya ha sido iniciado, pero él y su padre nos acompañarán. Se prepara una caravana con camellos, compañeros de viaje que llevan suministros y un puñado de sirvientes para preparar la comida.

—¿Cómo es? —le pregunta Oumar a Akuchi mientras se acerca el día de nuestra partida.

—Hay muchas pruebas para poner a prueba tu fuerza y valentía, instrucciones sobre cómo comportarte como hombre y... —Señala su hombría. Ya conozco el ritual de la circuncisión en el que se corta la piel del niño para que pueda salir adelante como hombre.

Después de la ceremonia de mayoría de edad, un hombre puede buscar esposa. Mientras nos dirigimos a casa, considero si debería buscar una esposa en mi pueblo, donde conozco no solo la belleza de una niña, sino también la calidad de su familia y su reputación. O tal vez debería buscar una esposa aquí, en la ciudad, donde hay muchas mujeres jóvenes ansiosas por casarse con los gemelos del mansa.

¿Qué deseo para mi futuro? Ya sé cómo hacer letras y cómo conectar las letras para formar palabras que forman oraciones. De hecho, mansa Qu, viendo mi interés y perseverancia, me ha encomendado crear una copia del libro sagrado. Esto, aunque el rey sabe bien las historias y las reglas del Corán, no puede leer el guion.

Por otro lado, hay paz y satisfacción en cuidar los campos y los animales, y en la comunidad de mis amigos y familiares en el pueblo.

También hay que considerar a mi gemelo. Oumar, lo sé, no sería feliz en mi pueblo lejos de los privilegios de la vida palaciega y lejos de su amigo de la infancia. Akuchi tampoco estaría dispuesto a quedarse en la aldea, ya que su padre es consejero del rey y ha estado instruyendo a su hijo para que, con el tiempo, tome su puesto.

Tantas cosas para considerar, reflexiono, mientras atravesamos el gran desierto hacia los matorrales, donde está mi hogar. Como lo hice cuando realicé mi viaje a la gran ciudad hace mucho tiempo, dejo mi futuro en manos de Alá.

Mi pueblo se encuentra cerca de un manantial de agua dulce en la zona media de Mali, entre la gran arena y la jungla, y no es raro que haya caravanas que viajen por las rutas comerciales. Un grupo de niños siempre deseosos de recibir visitas nos recibe a nuestra llegada.

—¿Pequeño Alou? —grito cuando veo a mi medio hermano. Ha crecido y las mejillas gordas han sido reemplazadas por una cara más delgada que refleja el hombre que será algún día.

Alou se vuelve ante la mención de su nombre y, cuando me ve, baila y agita los brazos por encima de la cabeza.

—¡Salif, Salif! —grita—. Mi hermano regresa a casa

después de sus viajes —les dice a sus amigos—. Es Salif, ¡Salif! —grita de nuevo, y corre a buscar a su madre y a nuestro padre.

Me río de la alegría de él y, cuando nos detenemos, me bajo del camello y lo sigo al recinto de mi familia.

Tres días más tarde, después de las oraciones del viernes, ta viene a buscarnos a Oumar y a mí a la casa de mi tía, donde estamos cenando.

—Es hora de que estos chicos dejen la casa de una mujer y se conviertan en hombres —anuncia mi padre en voz alta a la entrada del patio amurallado de la casa de mis tíos. Golpea el suelo con el bastón que lleva.

—Vengan ahora —grita mi tío mientras se levanta para unirse—. Es hora.

Oumar y yo ya sospechábamos que nos llamarían y, en anticipación, comimos rápidamente el guiso de la cena.

Oumar intenta dar un último bocado, pero mi padre le golpea el hombro con su bastón. Mi hermano deja caer el pan que ha estado usando para recoger el estofado, y se pone de pie obedientemente.

Mientras salimos del pueblo y nos adentramos en el matorral, se nos unen otros dos niños y sus padres, además de un tío mayor. Aunque conozco los campos que rodean el pueblo, esta parte es rocosa y accidentada y no es apta para plantar. El sol se ha puesto cuando llegamos a una cueva poco profunda, excavada en una colina. Hay indicios de que otros han estado aquí antes que nosotros: el área está pisoteada y un círculo de carbón de viejas hogueras cubre el suelo.

Nos dicen que nos quitemos la ropa; solo queda la tela alrededor de la cintura para contener nuestra modestia. Cuando los cuatro nos volvemos de donde dejamos las túnicas a un lado, descubrimos que los hombres se han escabullido, uno por uno. Tiemblo en la noche fresca.

—Hace frío —se queja Oumar—. Ya que se han ido,

¿podemos volver a ponérnosla? —agrega y me da una mirada inquisitiva.

—No creo que se suponga que lo hagamos —responde Moussa, uno de los otros chicos, mirando con nostalgia su propio paquete de ropa.

Oumar recoge su túnica, pero antes de que pueda pasársela por la cabeza, hay gritos agudos y estridentes.

Los cuatro nos quedamos paralizados. En el círculo entran cuatro figuras con aterradoras máscaras de rojo y negro. Uno sostiene un tambor estrecho que golpea con un palillo nudoso al ritmo de su baile. Los cuatro nos acercamos y las bestias enmascaradas nos rodean gritando y bailando al ritmo del tambor. Ellos también usan paños de modestia alrededor de sus genitales, pero nada más.

Sospecho que son los padres y el tío que nos acompañaron, pero eso no calma mi susto.

Uno de los hombres enmascarados arroja un montón de ramas secas sobre el anillo de carbón.

—Un hombre debe saber cómo sobrevivir en la naturaleza —canta. Se saca piedras de la cintura y las golpea hasta que una chispa se enciende en las hojas secas que otro hombre había puesto debajo de las ramas. Pronto azotan destellos de llamas. Como grupo, los cuatro nos movemos hacia la escasa calidez.

Un hombre con una aterradora máscara de arcilla con grandes dientes de piedras afiladas y ojos saltones aleja al niño más cercano al fuego.

—Un hombre respeta y protege a los demás —canta mientras gira a su alrededor.

Otro, uno con las piernas de mi tío, canta:

—Un hombre sigue las enseñanzas de sus mayores y no actúa con codicia.

Continúa así hasta la noche: una recitación de las responsabilidades de los hombres. Todo el tiempo nos quedamos acurrucados, las espaldas se calientan gradualmente con el resplandor del fuego, mientras nuestros frentes se enfrían. Cuando Oumar intenta escabullirse para liberar su agua, es devuelto al grupo.

Alterno entre el miedo a ser señalado y el deseo de que los hombres se quiten las máscaras aterradoras. El guiso que había comido rápidamente yace como una piedra en mis entrañas y anhelo que se vayan para poder ir a aliviar la presión.

Finalmente, los seres desaparecen en la oscuridad llevándose la ropa atada con ellos.

Esperamos largos minutos, temerosos de movernos por miedo a que regresen.

—Tengo que ir —grita finalmente Oumar, y los cuatro escapamos a los arbustos para responder a la llamada de nuestros cuerpos. Con tal alivio, podemos descansar. Al día siguiente, cuando sale el sol, descubrimos lanzas y ollas en el lugar donde había estado nuestra ropa. Un hombre sabe proveer, había aconsejado uno de los enmascarados la noche anterior. A medida que el sol comienza a calentar el día, tomamos las lanzas y las ollas y vamos en busca de comida y bebida—. ¿Cuándo terminará esto? —pregunta Oumar la noche del tercer día, mientras comemos nuestra comida ligera. Habíamos capturado y despellejado una liebre, que frotamos con hierbas silvestres y asamos sobre las piedras calientes que colocamos en las brasas. Hay algunos higos y un tronco de palma caído que pelamos hasta el centro. Solo es suficiente para provocar el hambre.

Mi vientre gruñe por las mañanas cuando despertamos. Veo que mis tres compañeros tienen los ojos hinchados de los que no duermen bien y sus rostros se han vuelto demacrados. Los hombres de las máscaras nos buscan todas las noches y no se van hasta que la luna casi ha vuelto a casa.

—Mira —susurra Moussa y señala mientras buscamos raíces comestibles.

—¡Ooh! —exclama Adama, el cuarto niño de nuestro grupo.

—¿Qué? —sisea Oumar.

A lo lejos, sentado sobre un montículo de arena, hay un avestruz.

—¿Huevos? —pregunta uno de los chicos.

—¿Huevos? —repite Oumar.

—Los ponen todos juntos en una pila y uno cuida el nido —susurro—. Son malos. Alguien tendrá que distraerlo para que podamos colarnos y agarrar algunos.

—Tú —sisea Adama.

Empiezo a protestar, pero recuerdo las lecciones que los bailarines han recitado en sus rituales nocturnos y cierro la boca antes de que se me escapen las palabras.

—Déjame recoger piedras primero —respondo. Hecho esto, me deslizo para quedar frente a mis compañeros. De pie, grito —: ¡Aaahhh!

El avestruz se lanza hacia mí. Tiro una piedra que golpea su cuerpo y corro, con un ojo en el ave y el otro en mis compañeros mientras se arrastran hacia la nidada desprotegida.

Los pájaros grandes son rápidos, pero no ágiles. Me lanzo a la izquierda y luego a la derecha, lanzando piedras al cuerpo gordo. Finalmente, jadeando con las piernas débiles, veo a mis tres compañeros escapar con los huevos apretados contra el pecho. Con un último tiro de piedra, corro de regreso a la cueva.

El avestruz, nunca muy listo, vuelve a posarse en el nido, sin pensar en los pocos huevos que le faltan.

Esa noche, nuestra cuarta noche, nos damos un festín con dátiles que encontramos en el suelo y huevos que acomodamos suavemente en las brasas calientes para cocinar.

El quinto día de nuestro aislamiento, no somos tan afortunados. Peor aún, los hombres enmascarados han venido todas las noches con gritos y lecciones hasta bien entrada la noche y nuestros cuerpos y mentes están llenos de fatiga.

Después de que los hombres finalmente se van y las estrellas salpican el cielo, nos acurrucamos juntos en la arena y tratamos de dormir.

Ahí es cuando llega el sueño, vívido como una alucinación febril. Oumar y yo estamos cortando tallos de grano en un campo. El aire está perfumado, no con maleza y polvo, sino con la dulzura de las cosas que crecen. A lo lejos, fluye un gran río, pero no es como ninguno que haya visto antes. Me vuelvo hacia Oumar para comentar, pero encuentro a un extraño de piel clara y pelo lacio. Sin embargo, cuando habla, es la voz de Oumar. De repente grita y algo me atraviesa la pierna. Miro hacia abajo para ver una serpiente con una cabeza encapuchada retraer sus colmillos. Rápido como un halcón, Oumar clava la serpiente en el suelo mientras caigo.

A continuación, me despierto en otro sueño viendo a un hombre tatuado, en lo alto de una colina, que echa hacia atrás la cabeza de un joven y lo degüella. Otro hombre con un extraño atuendo de plumas recoge la sangre en un cuenco. Gimo y me agito, y me despierto cuando Moussa empuja mi brazo para calmar mi inquietud.

De nuevo, caigo en un sueño. Esta vez, estoy acostado boca arriba, de cara al cielo. Tengo frío y mi cuerpo está débil. Mis pensamientos son oscuros y mi estómago se aprieta de hambre. De repente, un animal con pezuñas, como una gacela, pero con gigantes cuernos curvos, salta sobre mi cuerpo. Rápidamente, tiro de mi arco, y una flecha atraviesa su vientre. Un hombre, su rostro pálido bordeado de pelo amarillo y con un atuendo extraño, me sonríe. Él habla. No entiendo lo que dice, pero la voz es la de mi hermano y no tengo miedo.

Me despierto temblando, el cielo brilla con estrellas, lo suficientemente cerca para tocarlo. Ni siquiera intento volver a dormir. En cambio, agrego ramas al fuego y me siento en el suelo, con la espalda contra una roca, y reflexiono sobre el sueño. Esta no es la primera noche que me visitan en sueños hombres pálidos que hablan en lenguas extrañas. Estos sueños no están fragmentados como los que tienen las preocupaciones del nuevo día, sino más bien como la vida real, donde huelo aromas desconocidos y siento un frío profundo. Sentí la desesperación en el chico y siento que no es mucho más joven que yo. En otro, mi corazón late de pánico cuando me di cuenta de que había perdido la cabeza y sentí que mi espíritu se debilitaba y ascendía para mirar hacia abajo la extrañeza de la ropa y un rostro con ojos en forma de almendra.

No estoy seguro de lo que esto significa. De lo que estoy seguro es de que somos mi gemelo y yo quienes habitamos estos extraños cuerpos. ¿Oumar y yo hemos vivido antes como otros? El viejo clérigo de la mezquita de la ciudad donde viven Oumar y el mansa es sabio. Podría tener una respuesta.

El amanecer me atrapa dormido contra la piedra, el fuego se apaga y el aire se enfría.

El nuevo día nos trae fortuna bajo la apariencia de más huevos de avestruz robados y de un puñado de mijo que recolectamos y trituramos para hacer harina. Los dátiles que recolectamos antes se agregan al mijo para darle dulzor y pelamos los huevos cocidos y comemos hasta saciarnos. Al caer la noche, cantamos nuestro éxito y bailamos.

Esta vez, cuando vienen los hombres, no usan máscaras. En cambio, se han pintado el cuerpo y la cara con arcilla pigmentada. Los padres y el tío se unen al baile, sumando su canción a la nuestra. Cuando termina, el mayor de los hombres, el tío de la madre de Adama, coloca un bulto envuelto con un cordel de cuero en el suelo frente a nosotros. Lo desenrolla solemnemente para revelar un cuchillo curvo, una piedra utilizada para afilar y un cuenco tallado ornamentado. Es el momento de la circuncisión, la prueba final. Enderezo mi espalda y, mientras miro a mis compañeros iniciados, veo que la incertidumbre se convierte en resolución y orgullo de haber pasado la prueba.

Los hombres cantan mientras untan lodo por nuestros pechos y rostros. Hablan de los valientes sacrificios de los hombres y los deberes de los maridos. Uno a uno nos colocan para que cada padre pueda sujetar a su hijo mientras el tío mayor le corta el prepucio. Oumar y yo nos estrechamos las manos una vez más antes de dejar la infancia. Moussa es el primero. Aprieta la boca, pero no dice una palabra mientras la hoja corta. Adama es el siguiente; el sudor y una lágrima manchan el barro de su rostro. Después de que cada uno está listo, el prepucio se arroja al fuego y los hombres gritan y golpean con los pies. Oumar es el siguiente; su rostro está pálido, pero nuestros ojos se cruzan, y valientemente sufre el rito.

Entonces, es mi turno. El tío anciano chamusca el cuchillo en las llamas mientras mi padre me agarra por los hombros para mantenerme firme. El dolor es agudo pero rápido y luego la capucha de mi infancia se arroja al fuego y emerjo como un hombre. Tiemblo cuando el tío anciano frota ungüento en mi virilidad, y me pregunto si me arderá cuando libere mi agua.

Los cuatro pasamos una noche más hablando y durmiendo al aire libre. Cuando nos despertamos por la mañana, nuestra ropa había vuelto. Vistiéndonos, regresamos con cautela al pueblo, no a las casas de nuestras madres, sino a las casas donde duermen los hombres.

33

Con la iniciación completa, Oumar, Akuchi y yo hablamos sobre el futuro. Pronto llega una caravana; nuestro pueblo es una parada en el viaje a Tombuctú.

—Hermano mío, estoy listo para regresar a casa —me dice Oumar mientras los viajeros acampan.

—Pero esta es tu casa —le digo, deseando que se quede—. Nuestro padre está aquí y hay trabajo por hacer ahora que somos hombres.

—¿Nuestro padre? Tu padre. Estoy agradecido de conocer ahora la historia de mi creación, pero mi vida es con mansa Qu, quien me encontró en el desierto y me salvó. —Sabía que esto era cierto. La relación de Oumar y nuestro padre es tensa. Quizás sea porque ve la lucha de Oumar con las actividades diarias de vestirse y comer. O tal vez sea la culpa de mi padre al haber abandonado al retorcido infante a los animales del desierto. Sospecho que es lo último. A mi gemelo no le resultaría fácil cosechar el grano ni cavar los ñames. Aunque ahora podemos encontrar esposas, las muchachas del pueblo lo evitan por su deformidad—. Vuelve con nosotros —me pide Oumar—. Te has adaptado a los escritos y ¿nuestro instructor no dijo que le vendría bien tu ayuda para copiar manuscritos?

—Sí, lo hizo.

—Y —continúa Oumar, con un brillo en los ojos— ¿no son las chicas de Tombuctú bonitas y abundantes?

—Son hermosas —confirmo, riendo. De hecho, la hija de uno de nuestros profesores es especialmente atractiva. Su piel es oscura y brillante, y camina con energía. Ha aprendido el arte de teñir telas y siempre está vestida con diseños brillantes, y su cabeza está envuelta en los mismos patrones. Cuando la veo a ella y a sus amigas en uno de los jardines, les pregunto por los nombres de las flores y plantas. Su sonrisa es brillante, aunque sus modales son modestos, y me alegro cuando llamo su atención.

—Ven conmigo entonces, hermano, y regresaremos a Tombuctú.

Reflexiono, pero no por mucho tiempo.

—Sí —le digo a Oumar—. Volveré contigo, pero primero debo ir a anunciarles la decisión a mi padre y a mi tío.

A nuestro regreso a la ciudad, Oumar y yo reanudamos nuestras vidas rápidamente. Trabajo para el antiguo profesor de redacción copiando los manuscritos y llevando las páginas a la carpeta para que pueda juntarlas en un libro. Mi corazón se eleva de alegría cada vez que su hija nos trae comida. Uma es su nombre y tallo las letras en una cadena de cuentas de concha y se la presento. Ella la toma, regalándome una dulce sonrisa que llevo conmigo el resto del día.

Oumar también está ocupado. Él y Akuchi permanecen cerca, especialmente cuando el padre de Akuchi se enferma y su hijo asume más responsabilidades como ayudante del rey.

—¿Has oído las noticias? —me pregunta Oumar emocionado cuando vuelvo una noche a las habitaciones de los hombres.

—No —respondo.

Oumar tiene su mano buena dentro de la manga de su bubu, frotando el brazo encogido que siempre descansa sobre su pecho. He aprendido que es una señal de que está emocionado por algo.

—Mi padre, el mansa, está organizando una peregrinación.

—Esas son noticias emocionantes. ¿A dónde lo llevará la peregrinación?

—Hasta el borde mismo del reino, al lugar donde el agua corre sin cesar, hasta que cae del borde del mundo.

Arrugo la frente.

—He escuchado historias de viajeros sobre grandes aguas, pero nunca he visto esto. ¿Y tú?

—No.

—Es difícil imaginar un lugar así. —Niego con la cabeza—. ¿Es como el gran río?

—No un río, sino un mar. Es tan vasto que no se puede ver la orilla del otro lado. Mansa Qu ha oído hablar de personas de otras tierras que viajan en grandes embarcaciones con velas que atrapan el viento y quiere verlo por sí mismo. —Continúa, todavía frotándose el brazo marchito—: Habrá un contingente de cien o, quizás, mil hombres, con sirvientes, cocineros, gobernantes de otros asentamientos y soldados. Habrá los caballos más veloces y manadas de camellos para llevar regalos y bienes, hombres y suministros.

—¿Tú también irás? —pregunto.

—No, no. El rey tiene muchos hijos que lo acompañan. —Se ve triste por un minuto y me pregunto, no por primera vez, si no fuera por el brazo torcido, si él también estaría invitado. Luego se ilumina—. Mi hermano Salif —coloca una mano en mi hombro—, mientras tú dibujabas las palabras, yo también estuve ocupado. —Ante esto, la astucia que había vislumbrado antes vuelve a sus ojos.

—¿Y qué hay de estos juegos de palacio que te gusta jugar? —bromeo porque conozco a mi gemelo.

—El padre de mi amigo Akuchi se ha enfermado, y su hijo ha asumido gran parte de sus funciones como delegado de mansa Qu. —Esto lo sé. Los he observado en largas conversaciones tomando el té en rincones tranquilos—. Es costumbre elegir a un delegado para administrar los asuntos del reino cuando el rey no está. —Asiento con la cabeza—. Creo que el padre de Akuchi y, por poder, Akuchi, serán seleccionados para gobernar mientras mansa Qu esté en su peregrinaje.

—¿Pero dijiste que su padre estaba enfermo? —pregunto.

Ahí está esa sonrisa astuta de nuevo, la misma que usa cuando recoge las semillas y piedras del perdedor del tablero de mancala.

—Yo, mi hermano, he estado trabajando para asegurarme de que Akuchi capte la atención y el oído de mi padre adoptivo.

—¿Y para ti? —pregunto porque conozco el corazón de mi hermano.

—Y para mí, soy feliz al lado de mi amigo. —Hace una pausa. Yo espero—. Y feliz de compartir las riquezas que se le presenten en el camino de Akuchi.

Con eso, el juego está en marcha.

34

Se necesitan dos ciclos lunares antes de que mansa Qu esté listo para su viaje al mar. Durante este tiempo, estoy ocupado copiando los textos que servirán de regalo. Rara vez veo a mi hermano, ya que está ocupado con el juego de empujar a Akuchi hacia la posición de maestro adjunto para servir al reino mientras su propio maestro está ausente.

Busco a Oumar una mañana en el complejo de hombres solteros donde vive. Uma y yo hemos avanzado en nuestro noviazgo, y quiero el consejo de mi hermano antes de preparar los regalos para llevarle a su padre para pedirle permiso para casarme.

Cuando entro al recinto de hombres, escucho el murmullo de una voz y creo que Oumar está hablando con otro hombre. Pero, cuando entro, encuentro que solo está mi hermano. Me da la espalda y habla al ritmo de la poesía. Ante mi saludo, rápidamente se vuelve para ocultar algo a sus espaldas. Por segunda vez en la memoria, parece nervioso por mi presencia.

—¿Qué pasa, mi hermano? —pregunto—. ¿No estás bien? —Me mira como si estuviera en trance. Doy un paso a un lado para ver qué ha ocupado su atención, pero se mueve para bloquear mi visión. Me muevo en la dirección opuesta y veo una estatua de la altura de una mano. Está hecha de oro y brilla con una luz como si estuviera viva. Es una semejanza de...—. Oumar, mi hermano, ¿qué es esto? —pregunto, aunque ya lo sé. Es uno de los viejos dioses adorados en partes aisladas del país no iluminadas por el Islam.

Me cruzo de brazos, preparado para quedarme hasta que él explique. Nuestra religión no prohíbe la práctica de buscar ayuda de los antiguos, pero nunca había visto a un musulmán devoto hacer tal cosa.

Oumar todavía parece estar atrapado en el trance, sus ojos están desenfocados y sus labios hinchados. De repente, sus ojos se aclaran y está enojado.

—Tú, mi gemelo, con el cuerpo fuerte y seguro —grita—. Tú, cuya madre y padre no te abandonaron para morir solo sin el consuelo del pecho. No tienes derecho a criticarme. Todos los días, eres un recordatorio de lo que no puedo ser.

Mi tripa se aprieta, pero me mantengo firme.

—Entonces, ¿recurres a la hechicería para satisfacer tu dolor?

—¡Hago lo que debo para sobrevivir! —grita y patea.

—¿Sobrevivir? ¿Sobrevivir? Te sientas a la derecha de tu compañero, quien puede, si Alá no favorece el regreso del mansa, reinar como rey. Tienes más riquezas de las que puedes usar y los ojos de mujeres hermosas siguen tus movimientos. Tienes dos padres, uno que fue testigo de tu nacimiento y te ama incluso ahora, y otro que fue guiado hacia ti por la gracia de Alá. Soy yo quien debería tener envidia. Además —sigo sin poder controlar mi dolor y mi rabia— mi madre, nuestra madre, no te abandonó; nos la quitaron a los dos.

—¡Vete ahora! —grita y señala la puerta.

Me despido, pero cuando miro hacia atrás por encima del hombro, él está acunando al ídolo y murmurando palabras suaves.

Oumar y yo no hablamos durante muchas temporadas. Mansa Qu nombra al padre de Akuchi como su sucesor y comienza su aventura hacia el mar a lomo de un semental tan majestuosamente adornado como él con sedas doradas y coloridas. La joya de la corona que se encuentra sobre su turbante enciende fuego al sol.

Sus hijos siguen en sus propios corceles liderando el gran contingente de camellos cargados con compañeros de viaje, provisiones, regalos y·sirvientes. Protegiendo al grupo, hay soldados armados con jabalinas y dagas afiladas.

La ciudad se queda en silencio después de su partida.

Recibo la bendición de mi antiguo instructor y me caso con su hija, Uma. Es una unión feliz y pronto queda embarazada.

Oumar se casa, una, dos, tres veces. Estas no son uniones felices. Cada una de sus tres esposas es hermosa, con piel suave no endurecida por el trabajo y bien vestida, pero discuten entre ellas por la atención de su esposo. Oumar busca complacerlas, instalando a cada una en una casa lujosamente amueblada, pero cuando lo pillo desprevenido, parece cansado e infeliz.

Akuchi se mantiene ocupado gestionando los deberes del reino. Sigue siendo mi amigo incluso cuando Oumar busca distanciarse de mí. Mansa Qu no regresa, y sus hombres vuelven de a poco sin respuestas sobre su destino. Akuchi, ya que su padre ha muerto, asume el papel de mansa. Nuestro amigo es capaz, y Mali prospera.

Llega un día en que el nuevo rey, mansa Akuchi, me llama. Hemos hablado libremente, pero la convocatoria formal hace de este día una ocasión especial. Entro a la habitación donde recibe a los invitados. Se sienta sobre una almohada en un trono dorado, decorado con escenas de la vida en el reino. Los guardias con jabalinas se alinean en el camino hasta donde está sentado. A un lado de él, en un trono más pequeño, pero no menos elaborado, está mi hermano. Al otro lado de Akuchi se sienta su esposa y consejera favorita, Bosede.

—Salif, mi amigo y hermano de mi hermano —comienza
—. Te felicito por el trabajo que has continuado después del
fallecimiento del antiguo instructor. —Me inclino para mostrar
mi agradecimiento—. Has adquirido una variada selección de
escritos de tierras lejanas.

Eso lo he hecho yo, de viajes por todo el reino y de aquellos
que llegan de tierras extranjeras con mercancías para comerciar. Me inclino de nuevo.

—Gracias, mi rey.

—Es por eso por lo que he encargado la construcción de
una biblioteca para albergar los libros para que puedan ser
compartidos. —Él sonríe—. Estoy seguro de que tu esposa
estará feliz por el espacio extra, ¿no?

—Sí —acuerdo, y mi sonrisa coincide con la suya—. Uma
suspira cada vez que llevo a casa otro manuscrito para agregar a
la colección. Podríamos usar el espacio, ya que ella está embarazada de nuevo.

—Que así sea —anuncia y golpea el suelo con el bastón
real.

35

Ahora somos ancianos, Akuchi, Oumar y yo. Uma y yo todavía tenemos una unión feliz y estamos rodeados de hijos e hijas, y de sus propios hijos. Mi padre, por desgracia, murió de una infección después de una herida en la pierna mientras se construía la biblioteca. Después de la muerte de mi tío, mi tía y la familia vinieron a residir a la ciudad, lo que sumó aún más a manera de hermanos, hermanas, primos y más primos. Me llena el corazón de alegría y doy gracias a Alá todos los días por esta bendición.

Después de que se construye la biblioteca, Akuchi encarga una universidad y los estudiantes vienen de lejos para asistir. El reino continúa prosperando y se vuelve rico bajo la guía de mansa Akuchi.

Oumar y yo hablamos a veces, pero el compañerismo relajado nunca regresó después de que lo encontré adorando al ídolo. El dios pagano no parecía haberlo ayudado. Está atrapado entre esposas e hijos rivales que piden su atención. Con el paso de los años, parece haberse plegado aún más sobre sí mismo; la deformidad de su brazo y hombro van extendiéndose al resto de su cuerpo.

Un día aparece en la biblioteca donde paso la mayor parte de las mañanas disfrutando del aroma del pergamino y la tinta y del calor del té.

—Ven y únete a mí, por favor —le digo cuando duda. Acerco una silla para que pueda sentarse cerca de mí. Hoy no se ve bien; su piel es pálida y su rostro, normalmente guapo, se ve demacrado.

Le sirvo té y él agrega miel, de la misma manera que a mí me gusta, y me transporto a cuando nos conocimos cuando éramos niños, comparándonos, uno con los gustos y costumbres del otro.

Toma la taza con su única mano buena, doblando un paño alrededor de ella para que el líquido caliente no le queme la palma, y se la lleva a los labios. Noto con sorpresa que su mano tiembla.

Espero, dejándolo probar el té. Después de un minuto comienza a hablar.

—Mi hermano —dice y hay una lágrima en su ojo—, he perdido mucho tiempo enfureciéndome por... —parpadea para apartar la lágrima— algo en lo que ninguno de los dos tuvo una decisión: mi nacimiento, la dirección de nuestro destino. Ahora, el tiempo se ha acortado. —Alcanzo y agarro su mano buena, parpadeando para contener mis propias lágrimas. No hablo, dándole tiempo para reunir las palabras—. No estoy bien —continúa—. Pero si Alá quiere, tendré tiempo suficiente para reparar esto.

Alá es bueno porque tenemos tiempo para pasar juntos, paseando por los jardines del palacio y, cuando se debilita demasiado, me quedo a su lado leyendo las historias que he recopilado.

Estoy a su lado cuando es llamado a la otra vida. Mi corazón se desgarra por la pérdida y, cuando llego a casa, Uma, mi preciosa esposa, me toma en sus fuertes brazos mientras sollozo.

36

La muerte de Oumar no es el final de la historia. Todavía viene a mí en sueños. A veces pescamos con redes junto a un gran río, otras veces construimos edificios de piedra con charcos de agua y dibujos misteriosos en los pilares. Otras veces montamos, él en un gran semental negro y yo en un robusto pony, subiendo y bajando colinas ricas en hierba verde. Vemos cómo un hombre barbudo con una túnica de seda blanca cosida con escenas de bestias aladas y estrellas habla con un niño sentado en un trono dorado. Son más que sueños, llenos de objetos y tierras que nunca podría haber experimentado.

En el pasado, le pregunté a un sabio imán acerca de tales visiones, con cuidado de hablar solo en términos vagos para no despertar la alarma:

—Allamah, he leído textos de otras tierras que hablan de la muerte y luego de un renacimiento en forma humana en un tiempo y lugar diferentes. La escritura sagrada en el Corán habla solo de una vida terrenal y en el día del juicio, la resurrección y el viaje final a los cielos. Esto me desconcierta.

—El Corán dice la verdad —me aconsejó—. Tenemos una sola vida en este mundo y nuestros corazones deben ser leales y sinceros, ya que no hay oportunidad de corregir nuestros errores en una segunda vida. Tras la muerte, dormimos hasta el día del juicio y el destino de nuestras almas en la otra vida se basa en nuestras obras, buenas o malas, y en nuestra devoción a la fe.

El conocimiento no detiene las visiones en mis sueños tan diferentes a los sueños comunes. En ellos, siento el sol en la espalda, huelo el aroma de peces en el mar y pruebo los sabores de los cereales y verduras desconocidos. No detiene el dolor de la serpiente con turbante de plumas que me come por dentro, ni el recuerdo de ver la cabeza ensangrentada de un siervo fiel rodar por la grupa de un buey.

Hasta este momento, en lo que creo que será mi último día, estas visiones acompañan mis noches.

PARTE VI

37

"Cuidado con el sexo bello —les dijo la serpiente en el tiempo intermedio—: debajo de su suave piel se esconde la ingenuidad o la astucia, y es un enigma cuál".

Escocia
C. 1500 d. C.

¡Pum! El sacerdote golpea al joven Andrew en los hombros.

—Tú, tonto, nunca sabré por qué tus padres te pusieron el nombre de nuestro bendito patrón San Andrés. Una vez más, y esta vez dilo correctamente.

John, el nuevo alumno de la clase de latín, se inclina hacia mí y me susurra:

—El padre está orgulloso del látigo.

Asiento con la cabeza y un chico más joven, que está sentado con nosotros en la larga mesa de la biblioteca, reprime una risita.

El sacerdote dice la verdad: Andrew es un idiota. Se rumorea que a la partera, sorprendida por su feo rostro de nacimiento, se le había resbalado al suelo. Cualquiera sea la razón,

Andrew nunca deja de alterar la conjugación de los verbos latinos. Por lejos, Andrew no es el único estudiante que ha sentido la ira del sacerdote después de un tropiezo. La diferencia es que solo me tomó un par de golpes de látigo antes de hablar el latín verdadero.

La historia es mi lectura favorita, tal vez porque, desde que tengo uso de razón, he tenido imaginaciones, como sueños febriles, de lugares y personas extrañas. Al leer sobre Egipto, me estremezco cuando veo ilustraciones de palacios de faraones y sus elegantes baños. Mi imaginación llena las imágenes gastadas de los pilares de piedra. Entre los dibujos de pirámides hay uno diferente con lados escalonados y trae el recuerdo de planos topográficos en un papiro desplegado con un acompañante, aunque no sé decir su nombre. Otras visiones vienen en mis sueños, pero a diferencia de las tierras desérticas, el registro de estas será enterrado por el tiempo. Aun así, busco sus misterios en los grandes libros.

—Joven Matthew, ¿has vuelto a desaparecer en pensamientos de chicas? —pregunta el sacerdote y me doy cuenta de que he vuelto a desaparecer en mi cabeza.

—No, padre —me encojo, mientras los otros alumnos gorjean. Es mi último año de la escuela primaria y no extrañaré a este tutor.

—Váyanse, paganos —nos dice más tarde—. Señor Duniad, es mejor que elimine la intención del diablo de sus cabezas pecaminosas.

Me doy cuenta, mientras veo a John caminar hacia el señor Duniad, el arquero, que hay algo familiar en este nuevo estudiante. Quizás sean sus ojos o su arrogancia en el caminar. Esta extraña familiaridad me agrada, pero al mismo tiempo me marea un poco.

Mientras nos agrupamos para una práctica brillante, lo observo para ver si hay algún reconocimiento de mí, pero él simplemente asiente con la cabeza. Luego, como reconsiderando, se vuelve hacia mí.

—Soy John —dice y ofrece una mano, aunque ya ha sido presentado a la clase.

Nuestro grupo tiene casi la misma edad, camino rápido hacia la edad adulta. John es delgado y fuerte y un poco más bajo que yo. Su pelo es negro como la medianoche, lacio y lo suficientemente largo como para caer sobre sus ojos. Tengo ese pelo amarillo rojizo que se retuerce con el calor del verano y le envidio el suyo. Hay un acento inglés en su discurso, pero lo entiendo bastante bien.

—Hagan una fila —ordena el arquero. Mientras nos acomodamos en la fila, dejo que otro estudiante se interponga entre John y yo. Este arquero, lo sé por experiencia, caminará por la línea de jugadores anunciando rojo, azul, rojo, azul, para que una persona por medio esté en el mismo equipo.

Estamos jugando en el patio de la abadía; los altos muros de piedra ya dan sombra al patio. Es el comienzo del trimestre de otoño y hay un frío en el aire. Llevamos nuestros abrigos escoceses, pero nos los quitaremos rápidamente mientras calentamos.

—Azul, por aquí —grita el señor Duniad y señala un extremo del campo de juego. John, el resto del equipo azul y yo nos abrimos paso, agarrando un caman de la pila y apretando las ligas de nuestra falda escocesa. Movemos los hombros y trotamos en el lugar para relajarnos.

—Eres nuevo en la clase —le digo a John mientras avanzamos por el campo.

—Sí, mi padre es primo segundo de la que pronto será reina de Inglaterra. Lo enviaron aquí para monitorear qué tan bien le está yendo a su reina. Estoy junto a... bueno, la reina de Escocia y yo tenemos casi la misma edad y mi padre pensó...

—Entonces, un espía —digo y sonrío para quitar el aguijón de las palabras. Me mira con los ojos entrecerrados y, por un momento, veo la sombra de algo que yace debajo de su elegante exterior. Me encojo de hombros—. Mi hermana es una de las Marías, las tres camareras de la reina. Las costumbres de la corte son conocidas por mí. —Hago una pausa por un minuto y luego continúo—: Quizás ahí es de donde te conozco, ya que me pareces familiar. ¿Te acuerdas?

De hecho, nunca lo he visto en la corte, aunque abundaban los rumores de que él y su padre habían llegado. Más aún, le pregunto porque quiero saber si él siente el mismo discernimiento que yo.

John me estudia tan a fondo que, a mi pesar, me sonrojo.

Él sonríe ante mi incomodidad y luego me da una palmada en el hombro.

—Quizás.

Nos tomamos nuestro juego en serio; la escuela de la abadía para caballeros tiene fama de ganar contra los otros burgos. Eso significa que entrenamos duro: corriendo, virando y golpeando la pelota sobre la línea de gol, así como estos juegos de práctica. Estoy al lado de John mientras bloqueamos a un rojo para que no vea claro y empuje el balón hacia el arco. John le está robando la pelota a un jugador contrario cuando cambia a medio paso y su palo se conecta con fuerza con la espinilla del jugador. Sucede tan rápido que, si no me hubiera concentrado en el movimiento, podría haberlo perdido.

—¡Tú, imbécil! —grita el rojo y cae, agarrándose de la pierna, pero John ha girado la pelota y la ha golpeado delante de él mientras los azules corren por el campo hacia el arco.

Finalmente, al anochecer, el arquero señala el final.

Cuando volvemos a donde están nuestros abrigos en un montón, John me alcanza.

—Espera, Matthew. Jugaste bien.

—Tú también —le digo, aunque esto no es del todo cierto. Golpeó la pelota, pero a menudo no la hizo girar en la dirección deseada, y la habilidad para esquivar en la ofensiva no fue tan elegante como la de los demás.

—No, jugué muy mal.

—Vi cómo le robaste el balón a ese jugador rojo —digo, y observo su reacción.

John sonríe. Es un rostro lleno de arrogancia y conocimiento. El golpe en la suave espinilla no había sido un accidente. Por esto intuyo que tiene experiencia en engaños para avanzar en su juego.

—Hablando de eso —dice y se vuelve cuando Malcolm McCarthy, el jugador rojo, se acerca cojeando hacia nosotros.

—Es mejor que te cuides las espaldas —gruñe Malcolm.

—Lo siento, viejo —responde John, con fuerte acento inglés —. Te tuve ahí. Todo es justo en el amor y en el deporte. La próxima vez, mantente fuera de mi camino.

Malcolm, siempre impetuoso, echa hacia atrás el puño como para golpear a John. Este se queda parado como una piedra, con los brazos hacia abajo, pero sus puños están cerrados. Puede ver al señor Duniad por encima del hombro de Malcolm avanzando hacia nosotros, con el caman levantado.

¡Pum! suena el palo sobre los hombros de Malcolm.

—Señor McCarthy, será mejor que vuelva a casa antes de que su padre se pregunte dónde está. Ustedes también, los dos —nos ordena a John y a mí, empujando el palo en nuestras caras—. Fuera de aquí.

38

La reina joven y recién enviudada de este reino tiene su elección de residencia en toda Escocia. Holyrood House Palace en Edinburgo es donde ella y su séquito se han asentado desde que llegó. La única constante, sin importar dónde resida la corte real, es el hervidero de actividad que la rodea. Los cocineros están ocupados en la cocina preparando la cena. Mi hermana y las otras dos Marías están ayudando a la reina María a prepararse. Nuestra reina es hermosa con rizos castaños amontonados sobre la cabeza y siempre lujosamente decorada con ropa fina y joyas.

Otros miembros del personal se apresuran a tomar pedidos, atender los asuntos del hogar y preparar la mesa. La cena de hoy será especial para honrar la visita de John padre, su hijo y su corte.

No sé cuánto tiempo piensan quedarse, considerando que John hizo su aparición en nuestra instrucción de latín. Aunque John padre, John hijo y mi hermana tendrán un lugar en el gran salón de banquetes que sirve a la corte real y a los visitantes, mi madre viuda y yo comemos con los sirvientes en la despensa. Digo esto, pero no es una queja. Nuestro grupo, sentado a una mesa, se alimenta decentemente y la compañía es relajada; nuestras palabras no tienen tanto peso como las de la fiesta real y los invitados.

—¿Cómo va el día? —pregunta mi madre mientras tomo mi lugar a su lado. Mi padre fue uno de los terratenientes de la madre de la reina María. Ya había alcanzado la madurez cuando él y la jovencita que sería mi madre se conocieron. La edad, los gastos generosos, la comida abundante y las bebidas alcohólicas lo llevaron a una tumba temprana y a nosotros, casi a la pobreza. Por la gracia de Dios, antes de que pudiéramos ser arrojados a la calle como indigentes, las cuatro Marías (una, mi hermana mayor y otra, la futura reina de Escocia) se habían convertido en confidentes y compañeras. Mi madre encontró sostén como costurera y les seguimos el paso mientras la riqueza de mi familia se disipaba.

—Verdaderamente bueno —le respondo a mamá y la conversación continúa mientras cenamos un pastel hecho con menudencias de aves, papas y verduras de fines de verano.

Mamá y yo compartimos una habitación en los laberintos del castillo y, después de la cena, nos retiramos al silencio y al calor del fuego. Esto, estoy convencido, es mejor que la frivolidad y la intriga de la realeza. Ellos continuarán hasta bien entrada la noche. Estoy escribiendo los acontecimientos del día en mi diario cuando alguien llama a la puerta.

Para mi sorpresa, es John quien está en el pasillo cuando abro.

—Ah, calor, si puedo entrar —dice temblando.

Lo hago pasar, y cierro la puerta contra el frío. Pongo un dedo en mis labios, indicándole que guarde silencio. Luego tiro de la cortina que separa mi rincón de la habitación de mi madre.

Justo antes de que lo haga, ella se sobresalta.

—¿Quién es a estas horas, Matthew? —pregunta ella desde la oscuridad.

—Solo un amigo —le susurro.

Cuando me doy vuelta, John está de espaldas a la chimenea, con las manos detrás de él. Su rostro está enrojecido, ya sea por la llama o por la bebida. Le indico que tome la única silla y me siento en el borde del catre. Es una habitación pequeña con techo alto, y la silla y la cama llenan el espacio.

—Fue un buen juego el que jugaste esta tarde —comienza después de una pausa incómoda.

No sé el motivo de esta visita tardía y mucho menos cómo encontró la habitación de mamá y yo en este palacio laberíntico. Había negado que nos hubiéramos conocido en circunstancias anteriores, pero aquí está. Dejaré que él tome la iniciativa.

—Gracias —respondo—. También jugaste bien.

Agita una mano con desdén.

—Eres amable; mis pies estaban atascados y mi puntería era horrible.

—Eso explica tu palo en la pierna de Malcolm —agrego y observo una reacción.

Él resopla.

—No, querido muchacho, ese objetivo era cierto.

Hay otra pausa incómoda, mientras ambos miramos las brasas encendidas.

—¿Dices que tu padre fue enviado por la reina Isabel de Inglaterra? —sondeo.

—Es cierto, y yo también porque su majestad cree que alguien cercano a la edad de la reina María podría descubrir lo que no le diría a un anciano.

Como sospeché por su palo en la espinilla de Malcolm esta tarde, este juego de intriga parece ser uno en el que él está muy interesado. Aparece en mi mente una imagen de un juego antiguo con un tablero tallado y piedras, no muy diferente del tablero y las piezas del ajedrez. Lo empujo a un lado y pregunto:

—¿Y has descubierto secretos?

Entrecierra los ojos ante mi pregunta y luego echa la cabeza hacia atrás y se ríe.

—El salón está lleno de tipos que compiten por el oído de la nueva reina y de malhechores que traman a sus espaldas. —Se inclina más cerca, su voz baja—. Me atrevo a decir que su reina es ingenua ante las complejidades del estado político de Escocia. Especialmente para el conde bastardo que es su medio hermano. Los protestantes, de los cuales el conde es uno, se levantan, y su reina católica parece ciega ante el peligro. —Deja de hablar, quizás temiendo haber mostrado demasiado de su mano. Se remueve en la silla y ajusta los puños de su abrigo inglés—. Dime, amigo, si tienes un trago, yo necesitaría más calor.

—No tengo nada —respondo agitando una mano hacia la habitación casi vacía.

Él se golpea los muslos con las manos y se pone de pie.

—Entonces, me iré a buscar una botella solitaria —anuncia. Me pongo de pie para acompañarlo a salir, y solo entonces recuerdo que estoy vestido para dormir con un camisón gastado. Mi pene ascendente, olvidando que no estaba bien contenido, sale hacia el frente. Mi cara se sonroja y me vuelvo hacia un lado. John sonríe y me da una palmada en el hombro haciéndome sentir aún más mortificado—. Entonces, te dejaré con tus sueños de criadas. —Esto solo me hace sonrojar más, sabiendo que mi piel pálida revela mi vergüenza—. O sueños de otro tipo —agrega John enarcando una ceja. Dicho eso, sale y cierra la puerta del pasillo detrás de él.

Mientras estoy acostado en mi cama esperando dormir, pienso en su mención de los sueños. ¿Recuerda él también un pasado en sueños extraños que le llegan espontáneamente? ¿O era su significado dirigido a algo más básico? Antes de que pueda analizarlo adecuadamente, me quedo dormido.

39

A la mañana siguiente, estamos de regreso con los tutores en la biblioteca del monasterio, que sirve como sala de instrucción para los hijos de la corte real y los funcionarios de la aldea. John está ocupado charlando con los otros chicos, aunque noto que sus ojos están rojos y su pelo, revuelto. Encontró la botella solitaria, supongo. Finalmente, se vuelve y advierte mi presencia.

—Matthew, un buen día, ¿no crees?

—Sí, uno sonrosado si es a través de tus ojos —respondo, y mis compañeros se ríen al notar también su aspecto desaliñado. Malcolm se une a las bromas, pero mira a John con los ojos entrecerrados. No se olvida del golpe de ayer ni del furtivo escape de John del bastón del entrenador.

—Buena, amigo —responde, y luego llega el tutor.

Hoy no hay práctica de shinty porque está lloviendo al final del día. Otros regresan a sus cabañas, John y yo volvemos al castillo. Mientras nos apresuramos a través de la lluvia fría, escucho pasos pesados detrás de nosotros. Me doy vuelta justo cuando Malcolm salta sobre la espalda de John.

—¡Tú, bastardo! —grita Malcolm mientras golpea la espalda de John. Este gira, tropieza y cae.

El amigo de Malcolm, Callum, se suma. Es un enano escuálido y lo aparto; voy a sacar a Malcolm, que se ha sentado a horcajadas sobre la espalda de John, descargando golpes sobre su cabeza. Aterrizaron en un surco profundo lleno de lluvia y John está tratando de girar bajo el peso de Malcolm para poder sacar su rostro del agua.

Malcolm pesa más que yo y dejo de intentar tirar de él para tan solo empujarlo hacia un lado con todo mi peso presionado contra él. John se desliza desde abajo. Entonces, Callum está sobre mí, golpeándome en la espalda y la cabeza. John se levanta ahogándose y escupiendo barro, y patea a Callum en la cadera, lo que lo hace aullar de dolor y caer.

Todavía agarrado a Malcolm, empujo su rostro hacia el agua.

—Canalla, ¿te gusta eso? —grito.

Malcolm se agita, tratando de empujarme.

Entonces, las manos de John están tirando de mi hombro, su cara embarrada y ensangrentada cerca de mí.

—Está acabado, Matthew, déjalo levantarse antes de que se ahogue.

En ese momento, me doy cuenta de que Malcolm ha dejado de agitarse.

Dios tenga piedad, lo he matado. Levanto el pelo de Malcolm con el puño cerrado y saco su rostro del agua. Él jadea, se atraganta, vomita baba y lodo.

Los tres nos sentamos en medio de la calle embarrada. Callum había huido.

—Eres un idiota —se queja Malcolm—. Podrías haberme dejado incapacitado.

—No deberías haberlo iniciado —responde John.

—No diré...

—No seas imbécil —interrumpe John, golpeando la nuca de Malcolm—. Tú y ese idiota de tu amigo nos atacaron. Si te golpeamos, no te quejes. ¿A quién piensas que le creerán? —pregunta entre dientes. Está lloviendo más fuerte ahora, algo bueno porque escondió la pelea: los tenderos habían cerrado las puertas para protegerse del frío y húmedo día—. Fuera —le ordena John, levantando a Malcolm. Luego lo empuja hacia la calle—. ¡Maldición! —exclama mientras, temblando, nos dirigimos rápidamente a casa. La lluvia ayuda a limpiar el barro de nuestra ropa y nos frotamos la cara para borrar cualquier evidencia.

—Hay una desagradable abertura en tu frente —le digo a John mientras trotamos.

Él niega con la cabeza.

—Le diré a mi padre que resbalé y me caí.

No hay repercusiones por la pelea con Malcolm o Callum, ni al día siguiente en clase ni al día siguiente de ese. El tutor observa la frente herida de John y el rostro magullado de Malcolm, pero los tutores sirven a instancias de los administradores del palacio y él no quería recortar las pocas libras que ganaba al año al presentar una queja contra sus alumnos.

El resto del año pasa sin incidentes, aparte de los antagonismos de Malcolm y John fuera de la vista de los tutores y sacerdotes. Sin embargo, los otros alumnos lo notan. Una vez, John regresó del retrete con gotas de sudor en la frente y una mano ahuecada. Malcolm estaba al frente de la clase, de espaldas mientras resolvía un problema en la pizarra. Mientras la atención del tutor estaba en Malcolm, John untó lo que trajo en su mano ahuecada en la silla de Malcolm. Un compañero de clase se rio disimuladamente y luego lo convirtió en una tos, levantando una mano para cubrir la sonrisa.

Otros compañeros de clase han sentido la ira de Malcolm en un momento u otro, por lo que nadie le dijo lo que sucedió antes de que se deslizara en su asiento. Tampoco informan a

Malcolm mientras pasa el resto del día con una mancha cremosa en la parte posterior de su falda escocesa.

—Eres un idiota —le digo a John mientras caminamos de regreso a los terrenos del castillo al final de ese día.

—Espero que el joven Malcolm se haya ido a casa y se haya complacido oliéndolo —se ríe.

No puedo evitarlo, y me río. Tendré que confesar el pecado al sacerdote la próxima vez que me confiese, pero no puedo evitarlo.

La confabulación en curso contra Malcolm no es la única intriga que ocupa el tiempo de John.

40

A la reina, que enviuda a los dieciocho años, no le faltan pretendientes. Sin embargo, después de haber pasado su juventud en Francia, está más inclinada a esas costumbres que a las de su país de nacimiento. Al ser alta, monta un caballo de la manera más regia, aunque no participa en las cacerías. No le gusta el cuerno de viento, pero puede tocar el laúd o la espineta para el entretenimiento de las tres Marías. No es de extrañar, entonces, que los pretendientes que admite en su compañía sean en su mayoría miembros de la realeza con conexiones con Francia.

Esto lo aprendí a través de cartas de mamá y de John. Ahora resido en Londres en la Universidad, donde estudio Derecho. Tengo que agradecer a mi hermana María por tener la atención de la reina María, así como a la reputación de mi difunto padre (un terrateniente bien considerado, a pesar de su afición por las bebidas fuertes) por patrocinar mi educación.

El respaldo de la reina María y de John padre y la frugalidad de mi madre me permiten alquilar una cama en una de las posadas que alberga a estudiantes de Derecho. Sus expectativas pesan mucho sobre mis hombros. Salvo las cartas de casa, tengo poco tiempo para algo más que para mis estudios.

18 de marzo

Querido hijo, Matthew:

Nuestra reina está de buen humor, según me dice nuestra María. Escribí antes sobre el petimetre francés que, cuando la poesía no le consiguió el favor de la reina, salió de debajo de su cama con una intención romántica. Qué alboroto con las camareras que chillaban y los guardias que corrían de aquí para allá. Después de esto, su primo, a quien solo conoció una vez, ha venido de visita. El lord es un muchacho alto y guapo. Creo que pronto habrá una boda. Rezo por ti cada noche y le pido al Señor por tu salud.

Con amor
Mamá

26 de marzo

Queridísima mamá:

Estoy bien, pero ocupado con los estudios. Lamento no poder volver a casa para visitarte después del trimestre, ya que seré secretario de uno de los abogados. Debo comprar ropa, ya que mi falda escocesa tiene agujeros, pero te enviaré una parte de las ganancias a casa.

Los mejores deseos. Tu amado hijo,
Matthew

20 de marzo

Querido Matthew:

Los días han sido solitarios sin ti, amigo. Eso no significa que la vida aquí sea sencilla ni aburrida. La reina ha puesto su confianza en el medio hermano bastardo engendrado por su padre, el difunto rey. Él es protestante, como yo, pero no le molesta que la reina continúe practicando el catolicismo. Ella no se da cuenta o no está dispuesta a adentrarse en la tormenta que se arremolina alrededor de su corte. Y se avecina una tormenta. Por desgracia, tengo una mentalidad diferente, como bien conoces mi predilección por el juego. Tu reina se ha enamorado bastante de su primo, lo que mi padre considera que no augura nada bueno para su relación con mi reina Isabel. Cuídate. Espero que me llamen a Londres pronto y pasaré por ahí.

Ciao
John

30 de marzo

Querido John:

Extraño tu espíritu, amigo. Los muchachos aquí son muy secos y serios, lo suficiente como para que tenga poco que decirle al sacerdote durante la confesión. Los estudios son agotadores y paso la mayor parte de las noches repasando casos en la biblioteca. La biblioteca, me atrevo a decir, es mejor que el maldito frío de mi habitación y los olores fétidos de mis compañeros de cama.

Ven cuando estés en Londres y visitaremos el pub que está a la vuelta de la esquina. Ellos tienen un potaje adecuado, siempre que la olla no esté rancia.

Tu amigo,
Matthew

Le envío la carta a John, pero él no la habría recibido cuando alguien llamó a la puerta de mi habitación. Esperaba que el propietario cobrara el alquiler, pero estoy encantado de encontrar a John, parado con aire desenfadado en el pasillo.

—Pareces necesitar una cerveza, amigo mío —bromea John.

—Tienes mucha razón, amigo —le respondo, pasando una mano por mi cabello rebelde. —Diez minutos después, estamos en el pub. Todavía es temprano; incluso las prostitutas aún no han comenzado a ofrecer sus servicios—. Háblame de casa —le pido después de que el cantinero apoya pesadas jarras de cerveza en la mesa.

—Tu reina ingenua ha inclinado su corona hacia su primo inglés. Se ha anunciado el compromiso y se están preparando la licencia y los papeles.

—Eso ha progresado rápidamente —exclamo—. Entonces, ¿todo está bien?

—Ah, el amor —dice John y se aprieta el corazón.

Todavía nos reímos cuando el cantinero apoya ante nosotros cuencos de potaje y pan duro. Huelo, habiendo experimentado la voluntad del cocinero de agregar más nabos a medida que se vacía la olla de cordero. John frunce el ceño, con el tenedor suspendido sobre su plato.

—Está bueno —proclamo, y empezamos a comer. Estamos ocupados comiendo un rato. Luego pregunto—: Lord Donahue es el primo de la reina María, ¿no es así?

—Sí, primo hermano —responde John untando el pan en lo que queda del guiso.

—¿No requiere tal matrimonio la dispensa del Papa, ya que están estrechamente relacionados?

—Eso es cierto —responde—, pero es un proceso largo y tu reina está impaciente.

Pienso en esto por un tiempo.

—¿Y no eres tú también un primo?

—Primo segundo por parte de mi padre. Una relación más distante del lado de mi difunta madre. —Suspira teatralmente—. Estos miembros de la realeza son un grupo tan incestuoso...

Resoplo, y el trago de cerveza que acababa de tomar me sale por la nariz. Después de recuperarme, contesto:

—Sí, eso es un hecho. ¿Qué hay de ti? —continúo preguntando—. ¿No pensaste alguna vez en pedir su mano? Tu padre es un lord y fue su regente antes de que ella cumpliera la mayoría de edad.

—¡Dios mío!, todos esos volantes y polvos. Dame un mozo de cuadra, en cualquier momento. —Me mira con los ojos entrecerrados—. Esto no puede ser una sorpresa para tus tiernos oídos. —Me sonrojo, pero lo había sospechado incluso antes de ese día en clase, cuando esparció su semilla en la silla de Malcolm—. Te estás sonrojando, amigo mío —se burla de mí—. Tu tez clara, espero, no obstaculizará tu trabajo como abogado.

Luego sonríe, y toda malicia desaparece.

—Primero tengo que completar mi trabajo de curso y mi formación antes de tener esa preocupación.

—Serás un buen abogado —me dice, y me sorprende el amable cumplido, tan raro en él. Luego, eso se esfuma y vuelve a aparecer la arrogancia que siempre tiene.

—Cantinero —llama levantando su jarra—. Otra ronda.

Estamos en nuestra cuarta ronda, y el parloteo sobre hogar y la universidad se ha agotado cuando pregunto:

—¿Qué te trae a Londres? ¿Sigues informando a la reina?

Su padre había regresado hacía mucho tiempo a Inglaterra,

pero John permanece en la corte escocesa y, sospecho, todavía informa sobre las actividades de la reina María.

—A visitar a papá, por supuesto. Vive en el campo y está contento con su segunda esposa y con los quehaceres relativos a las vacas. Esta joven esposa le ha dado una hija y un hijo, por lo que está feliz de supervisar a su prole, aunque está en sus últimos años y los niños pequeños lo cansan.

—¿Y? —continúo y tomo la bebida.

—Y, como sabes, mi reina inglesa se interesa por la tuya. —Se inclina sobre la mesa y dice en voz baja—: Tiene miedo, y de verdad. La reina María refuerza su posición como heredera al trono inglés con este matrimonio. Más aún, para cualquier hijo que nazca.

Le respondo en un susurro:

—¿Este es el plan de mi reina?

John se endereza y toma un largo trago. Está mirando la pared; algún patrón en el yeso ocupa su atención.

—No creo que esa sea la verdadera intención de la reina María. Ella tiene un afecto evidente por su futuro esposo. Como hemos hablado antes, es ingenua con las maquinaciones de aquellos que serían sus enemigos.

—Eso incluye las diferencias entre ella y el conde —agrego.

—Eso también es motivo de preocupación. Él está reuniendo partidarios del movimiento protestante. Sospecho que su motivo no es tanto su fe como su búsqueda de poder.

—¿Y de qué lado estás tú?

—Yo, mi amigo, he jurado lealtad a la corona —responde, evitando cuidadosamente mi pregunta sobre a qué corona (o al ambicioso medio hermano) le jura.

41

———

13 de julio

Mi querido Matthew:

Nuestros corazones se llenan de alegría. Su Majestad, la reina María, ha dado a luz a un niño en este hermoso día. Tu hermana, María, estuvo allí para presenciar el nacimiento y ella informa que el niño sano vino al mundo con gemidos saludables y vigorosos movimientos de sus extremidades. Ha llegado una institutriz y anticipamos que el bebé recibirá un nombre y será bautizado antes de que vuelva a llegar el sábado.

Estoy agradecida, hijo mío, por las pocas libras que han llegado a tu mamá. Mis mejores deseos en tu graduación (me dolió no haber podido ver esto) y te deseo lo mejor en tu pasantía. Necesitamos tales servicios aquí, en nuestra generosa ciudad, y rezo para que puedas encontrar el camino para regresar a casa.

Me gustaría visitarte, pero mis huesos están cansados y la tos que tuve durante todo el invierno no ha remitido.

Con verdaderos deseos,
tu amada mamá

20 de agosto

Queridísima madre:

Me regocijo con la noticia del nuevo hijo de la Corona. Hay mucho que aprender en la práctica de la abogacía y muchas veces mi día termina con la oscuridad de la noche. Pronto te enviaré más ganancias a casa.

Envuelve tu garganta antes de dormir porque me preocupa que el clima cálido no haya aliviado tus pulmones.

Dile a mi hermana, María, que pienso en ella afectuosamente y que no malcríe al bebé.

Saludos. Tu amado hijo,
Matthew

2 de octubre

Querido amigo, Matthew:

La corte ha estado llena de noticias sobre el hijo de la reina, que ha sido llamado *James*, aunque estoy seguro de que has escuchado el anuncio. ¿Recuerdas cuando dije que el descendiente de la reina escocesa tendría derecho a la Corona inglesa? Eso, querido muchacho, hace que la reina Elizabeth esté muy preocupada. Será mejor que tú y tu hermana camarera estén conscientes de la tensión que la rodea.

Por desgracia, la temporada de la frivolidad me espera en Londres y debo cerrar rápidamente este correo. Pasaré por tu habitación cuando llegue.

Ciao
John

John no me encuentra. Pudo haber sido por mis malditas horas de trabajo, echado sobre papeles de sucesión y transferencias de bienes raíces, o porque cambié de residencia. Por lo que he oído, sé que ha realizado varios viajes a Londres. A veces para enviar cartas entre la reina María y la reina Isabel. Otras veces para disfrutar de la sociedad londinense.

Hay otras preocupaciones que interrumpen mi sueño. Una de ellas es que la salud de mi madre sigue deteriorándose. Mi hermana escribe sobre su preocupación y sobre la tempestad que se desarrolla durante el reinado de la reina. Existe el rumor de que el príncipe James fue concebido como resultado del romance de María con su secretario. Posteriormente, el secretario tuvo un final violento, en presencia de la reina, nada menos. El matrimonio también está tenso por la insatisfacción de su esposo con su posición como consorte y el deseo de tener más.

Su medio hermano continúa asolando la región, lo que resulta en movimientos casi cómicos de una residencia a otra, donde un estallido militar fallido es seguido por otro. Todas estas noticias llegan en cartas frenéticas de mi madre y mi hermana. Luego viene una de las más preocupantes.

17 de enero

Queridísimo hermano:

Te ruego que regreses a casa de inmediato. Nuestra madre ha caído en cama enferma y el médico no cree que sea bueno. La corte de la reina huye a una residencia solo para escapar rápidamente en la noche a otra. Hay dificultades y temo por nuestra seguridad.

Sinceramente, tu amada hermana,

María

Doy aviso en el trabajo y donde alquilo la habitación, y me dirijo a casa lo más rápido posible. Mis esfuerzos son en vano porque mamá muere mientras insto al caballo a apresurar el viaje. Llego solo para encontrar a mi hermana llorando sobre la tumba fresca de mamá.

—Vine lo más rápido que pude —le explico pero, con sus pequeños puños, golpea su dolor en mi pecho mientras intento consolarla.

—¡Ella te llamó, pero no viniste! —grita.

Inútil de mi parte explicar la lentitud del correo o la distancia que puede recorrer un caballo en un día de cabalgata, sobre todo cuando se pasa mucho tiempo evitando ser detectado por los ladrones que acechan a los viajeros, así que no digo nada; dejo que sus lágrimas calientes mojen la parte delantera de mi camisa.

Cuando salimos del cementerio detrás de la iglesia de piedra en los terrenos de la finca del castillo, veo a John parado solo y mirándonos. Espero que se acerque, pero solo toca el ala de su sombrero y se gira para caminar en la dirección opuesta.

Encuentro un puesto de notario en un bufete de abogados de Edimburgo. Paga un salario decente a pesar de que el trabajo es tedioso. Vuelvo a vivir en mi antigua habitación del castillo. No sé cuánto tiempo más me permitirá la reina permanecer a costa de mi hermana y mi difunta madre, así que pongo cada chelín que puedo en el banco y llevo un libro de contabilidad del creciente saldo. Hago esto porque, aunque la reina María se ha vuelto más consciente de su peligrosa situación, y está involucrada en las controversias que la rodean, todavía no es tan hábil como debería ser.

—Ven, toma tu arco —me dice John una tarde después de

que terminaron mis deberes del día—. La tarde caerá pronto, y conozco un ciervo del bosque que se ha estado burlando de mí mientras viajo por las carreteras.

—Pero... —empiezo a decir, pero John resopla, con los brazos cruzados y su labio curvado de esa manera que no acepta excusas. Incluso acercándose a su tercera década, sigue siendo guapo: pelo oscuro peinado hacia atrás para acentuar su fuerte barbilla y pómulos, y sus botas limpias y lustrosas. Yo, por otro lado, tengo el pelo despeinado, que ya está cambiando de rojo a gris y suave de tantos días detrás de un escritorio—. Iré, entonces —digo con un suspiro—. Déjame buscar mis botas viejas porque está lleno de barro.

—Por aquí —indica John y me hace un gesto para que lo siga una vez que estoy listo.

El aire todavía está frío este mes de primavera y me envuelvo con mi abrigo. Advierto el camino que estamos tomando, ya que no es nuestra ruta habitual hacia el bosque.

—¿Dónde viste por última vez a ese ciervo? —pregunto.

—Lo encontraremos más tarde. Ahora mismo, yo... —Se interrumpe mientras se abre camino a lo largo de la pared del palacio.

—¿John? —llamo, sin saber a dónde va.

—Alcánzame, viejo, y te lo explicaré. —Eso hago. Él explica —: El esposo de la reina y padre del príncipe James se ha enfermado, al igual que la reina anteriormente. Hay tensión en su matrimonio y ambos luchan por controlar el trono, así como al hijo. Su esposo fue a las propiedades de su familia para recuperarse de la enfermedad, pero la reina le ordenó que regresara.

Escucho el sonido de los cascos y John me empuja hacia las sombras mientras el caballo y el jinete pasan.

—¿Qué es esto? —siseo.

—Te pongo en guardia —me dice John, con un dedo en sus labios—. El marido de la reina se ha instalado en la cabaña, allí, calle abajo, y no deseo anunciar nuestra presencia.

No hay luz que se filtre detrás de las cortinas de las ventanas, pero el humo de la chimenea se filtra sobre el techo en esta noche fría y olvidada por Dios.

—¿Por qué no en el castillo con su esposa? —susurro.

—La reina lo ha excluido de sus aposentos y con buena medida, ya que teme el robo de su hijo.

Dejo de observar la cabaña para examinar el rostro de John, oculto en la oscuridad que se acerca rápidamente. Es cierto que ha admitido su deber como espía de la reina inglesa, pero ha permanecido aquí durante muchos años. ¿Se ha encariñado con la reina María y se identifica con sus luchas? Incluso mientras hemos sido amigos, todavía no entiendo completamente las maquinaciones de la mente de mi amigo. ¿John sigue siendo parte de la obra detrás de las dos cortes reales de la que tanto disfruta, o siente simpatía por la reina escocesa? De cualquier manera, más allá de la curiosidad, no deseo participar.

Otro jinete se acerca, pero no nos hemos movido de las sombras. El jinete desmonta, golpea dos veces la puerta de la cabaña y entra.

—¿Ese no es ...? —susurro.

—Sí —responde John—. Uno de los consejeros de la reina. Curioso.

Está completamente oscuro ahora; la media luna proporciona poca iluminación.

—¿Y tu ciervo? —pregunto yo, porque supuestamente esa fue la razón de esta incursión.

—Ajá —dice John y agita una mano con desdén—. En la oscuridad tenemos pocas posibilidades. Mañana, tal vez.

No cazamos la noche siguiente ni la siguiente. Me esfuerzo en mis deberes y, cuando regreso, me quedo en mi habitación lejos del drama que se intensifica con la llegada de los jefes de los clanes y los miembros del personal de la reina, que se escabullen de aquí para allá. Hay tensión en el aire, y sigo contando mis monedas por si necesito ir a vivir a otro lugar.

La tercera noche después de que John y yo visitamos la cabaña, me despierto con gritos en los pasillos y las campanas de la capilla que repican una advertencia. Rápidamente, me visto en la oscuridad, sin atreverme a encender una vela, y salgo. Corro hacia donde reside mi hermana con la reina y las otras damas y luego una extraña sensación aprieta mi corazón. Me doy vuelta y corro por los pasillos, salgo al patio y camino hacia la cabaña donde el esposo de la reina ha sido desterrado.

En el camino, esquivo a otros que se arremolinan en camisones con linternas encendidas. Todos hablan y circulan, pero no se mueven en ninguna dirección determinada. Las antorchas se encienden y escucho voces masculinas alzadas. Por fin, me libero de la multitud y corro por el camino. El olor a leña quemada y combustible de faroles asalta mis fosas nasales y, cuando me acerco, veo llamas que alcanzan el techo de la cabaña.

Contra el muro de almenas, cerca de la cabaña, hay un juego de sombras en la piedra más clara. Algo que no puedo explicar me atrae.

La sombra se despliega, la luz del fuego atraviesa un rostro encapuchado y lo convierte en un rojo espeluznante.

—¿John? —grito.

—¡Maldición! —sisea John—. Aléjate. —A medida que avanzo, veo que tiene una daga gruesa a mano y la está usando para cavar un hoyo en el suelo debajo de uno de los arbustos que bordea la pared. Me acerco, incapaz de apartar los ojos de mi amigo ni del arma que sostiene—. Vete —ordena y señala hacia el castillo—. Te lo explicaré más tarde.

42

Para cuando John y yo nos damos la mano de nuevo, ya me he enterado de lo que sucedió en esa miserable noche: la cabaña donde se había hospedado el segundo marido de la reina explotó. Los guardias y el personal de la casa que llegaron corriendo creyeron que tal vez la chimenea se había sobrecalentado y explotado, o que el queroseno para las lámparas se había almacenado incorrectamente. Esa fue la especulación hasta que encontraron al esposo de la reina afuera, en el jardín y, cuando lo voltearon para ofrecerle ayuda, descubrieron que estaba herido.

Al principio, los médicos creyeron que las heridas habían sido causa de los vidrios cuando había escapado o cuando había sido lanzado a través de una ventana por la fuerza de la explosión. Esa teoría pronto fue descartada después de que se examinaron esas heridas. La única abertura en su pecho era estrecha y profundamente penetrante; lo más probable es que se tratase de un cuchillo de hoja fina, no de un cristal roto.

Yo, por supuesto, tengo mis propias especulaciones. Cuando estoy solo en la habitación, o en mi escritorio en el bufete de notarios, pienso en la noche en que descubrí a John en cuclillas contra el muro, con las manos ocupadas en el suelo mientras las llamas del techo de la cabaña lo cubrían de un reflejo rojo. ¿Había tenido también el rojo de la sangre en las manos o en la ropa? Mi sorpresa ante la vista, el repique de las campanas de la iglesia, el rugido de las llamas y los gritos de los espectadores habían distraído mi atención. John es calculador. ¿Podría también ser un asesino? ¿Fue en beneficio de la reina escocesa? Estaba perdiendo la batalla contra su conspirador marido, las fuerzas inglesas y las amenazas de llevarse a su hijo.

John, como he llegado a creer, ha jugado este juego antes, ya sea por el placer de hacerlo o para promover sus propios medios. Lo que mi corazón confía de la familiaridad cuando nos conocimos se ha ampliado a medida que nos conocemos el uno al otro. Pero de qué extraña manera, no lo sé. Lo que no sé es a quién promueve esta vez. ¿Es mi reina escocesa, inocente pero no sin encantos, en cuya corte ha vivido todos estos años? ¿O es la reina inglesa, orgullosa y ambiciosa, a quien el padre de John le había jurado lealtad hace tantos años?

Me llegan rumores de que la reina será acusada del asesinato de su marido. Me preocupa que mi hermana quede atrapada en la red. Intento acercarme a ella, pero el barón Marshall me niega la entrada a los aposentos de la reina. Este ha tomado el control del hijo real con el pretexto de protegerlo contra aquellos que, según él, asesinaron al consorte de la reina, y ahora conspiran contra ella.

Tengo dudas: sobre John, sobre el barón, sobre la seguridad de mi hermana.

Alquilo un piso en Edimburgo, pero me quedo en el castillo hasta que pueda sacar a María sin peligro. ¿Mi hermana vendrá conmigo? Mi cabeza da vueltas con las incertidumbres y, al dormir, estoy perturbado por los sueños. Sueño que estoy en la cabaña, el talán de las campanas en los oídos y las llamas que rozan la noche. Mientras miro, me asaltan otros que separan mi cabeza de mis hombros. John está entre la multitud, pero no tiene espada. El mundo da vueltas y luego hay hombres rudos con vestidos extranjeros, que hablan en lenguas extrañas mientras patean mi pobre cabeza cortada.

Observo cómo un hombre, desnudo hasta la cintura y con tatuajes en la espalda, se roba a una niña y desaparece en el verde espeso de una jungla.

En una de estas noches, mis sueños se confunden con visiones, mientras alguien golpea mi puerta. Aturdido y con un pie en el mundo de los sueños, respondo a la convocatoria. Espero que mi hermana haya escapado de los guardias. No es así.

—Lo menos que puedes hacer es invitar a entrar a este pobre visitante.

—John —murmuro. Lo acompaño al interior, envolviendo la colcha a mi alrededor mientras enciendo una vela.

Cuando me doy vuelta, está sosteniendo el cuello de una botella, y la luz de la llama baila en el líquido ámbar.

Bebe y luego me entrega la botella. El brandy es fuego en mi garganta, pero sacude lo último del mundo del sueño de mi cabeza.

Rezo para que ofrezca una explicación por su aparición en el asesinato. Tan sospechoso como siempre, emprende un camino diferente.

—Escuché que has tomado un lugar en la ciudad —comenta. Cómo descubrió esto, no lo sé, pero John sabe mucho de lo que está sucediendo a su alrededor, a pesar de que sus labios permanecen cerrado ante los secretos—. Sin embargo, permaneces en esta monótona habitación de tu infancia.

—Por preocupaciones por mi hermana —respondo—. He intentado hablar con ella, pero el guardia del barón impide la entrada a los aposentos de la reina.

Él estudia la llama durante un rato, mirándola revolotear con el movimiento del aire.

—Tu decisión es sabia —agrega finalmente—. El barón se

ha aprovechado de la nueva viuda. Como sabes, una reina sola, especialmente en estos tiempos turbulentos, es vulnerable.

Con una rápida perspicacia, recuerdo que el pequeño príncipe James es el miembro de la familia real con los lazos más fuertes tanto con Inglaterra como con Escocia. Si la reina Isabel muere sin descendencia, este bebé será el rey de ambos países. John está posicionado y es capaz de ser su regente. ¿Es ese el jaque mate en este asunto?

Levanta la botella para beber de nuevo y me la pasa. Yo hago lo mismo. Cuando le devuelvo el brandy, me examina con los ojos entrecerrados. Durante un minuto, solo se oye el parpadeo de la llama de la vela y el calor somnoliento que ha proporcionado la bebida. John no admite que nos hayamos conocido antes, pero no hay ningún indicio en su subconsciente que recuerde nuestros viajes.

Se aclara la garganta, interrumpiendo mis pensamientos, pero hablo antes que él.

—Amigo mío, te enviaron como espía para Inglaterra, pero ¿se ha dividido tu lealtad? Te lo pregunto porque, incluso después de estos años, todavía no te conozco.

Durante mucho tiempo, se queda sentado en la única silla de madera en la pequeña habitación, con los codos sobre los muslos y la cabeza inclinada. Luego, levanta la cabeza y hay algo oscuro y perturbador en su mirada. Siento que ha llegado a una epifanía, pero luego sonríe, torciendo la boca de esa manera que siempre hace cuando hay un movimiento en marcha.

—Mi amigo, Matthew, rezo para que nos volvamos a encontrar pronto, pero —se encoge de hombros dramáticamente— hay mucho espectáculo en marcha en esta tierra y el tiempo es corto. Debo irme.

Y con mil preguntas aún sin respuesta, y lo que queda de la botella, se despide.

43

Dos noches más tarde, la corte real abandona el palacio en un frenesí de actividad. Todavía estoy despierto, escribiendo en mi diario a la luz de las velas cuando el sonido de carruajes y gritos me saca del ensimismamiento. Me apresuro a vestirme y me dirijo a donde reside la reina María y su corte. No me consuela lo que presencio.

Nuestra reina llorona, despeinada y tropezando, sigue a un guardia que sostiene al infante James. A su alrededor están las Marías a medio vestir. La visión me atraviesa el corazón.

—¡Hermana! —grito mientras me dirijo hacia el grupo, pero un soldado que no reconozco me empuja hacia atrás. Mientras titubeo, mi hermana se vuelve y hay tal expresión de agonía en su rostro que vuelvo a gritar su nombre. El hombre que me empujó se interpone entre nosotros y me clava una bota en el estómago justo cuando la corte da vuelta la esquina. Caigo, agarrando mi ardiente vientre. Cuando él se vuelve para ver la acción, me pongo de pie y huyo.

De vuelta en la seguridad de mi habitación, con la puerta bloqueada, meto mis escasas posesiones en un bolso. Tan rápido como puedo, me escabullo por los pasillos, manteniéndome bien alejado de los guardias y luego salgo hacia donde está mi caballo en el establo. Mi intención es seguir al grupo, pero entre los esfuerzos por evitar que me descubran en mi escape y la dificultad de encontrar mi rumbo en el establo oscuro, los carruajes y los soldados ya han escapado rápidamente. En la noche sin luna, no encuentro las huellas frescas, así que, con pesar, me dirijo al piso que he alquilado en la ciudad.

Aunque me preocupo por mi hermana y por la seguridad de la reina, todavía tengo mis deberes judiciales que atender, así como encontrar un lugar para albergar el caballo y amueblar el departamento. Los rumores abundan y estoy atento a ellos: la reina ha solicitado la ayuda de su prima, la reina Isabel; se ha casado con el barón; el niño príncipe ha sido exiliado; y mi reina ha sido arrestada por el asesinato de su marido. No sé cuál de los rumores, si es que hay alguno, es cierto. Me pregunto adónde habrá ido John. ¿Es ahora enemigo del Estado, o sigue siendo el manipulador de los acontecimientos? La última pregunta se responde cuando recibo un correo de mi hermana.

Querido hermano:

Espero que esta carta te logre llegar y te encuentre con buena salud. Tu amigo, John, promete enviar mi carta y rezo para que su palabra sea verdad.

A nuestra querida reina le ha ocurrido un acontecimiento sumamente trágico, uno que la ha ensuciado y le ha traído angustia. Peor aún, no sabe adónde han llevado a su hijo. No es más que un niño pequeño, es algo tan terrible ser arrancado de los brazos de su madre...

Aún no se ha terminado, y temo que lo peor esté por venir.

Tu amada hermana,

María

Lejos de consolarme, la carta me provoca un espiral de preocupación. Llega la primavera y lo que había comenzado como un resfriado en el pecho se convierte en fiebre. Toso fuertes arcadas que me debilitan y la carne se me pone fría y caliente. Trabajo todo lo que puedo, pero me quedo dormido en mi escritorio, y mi empleador tiene que empujarme por la puerta hacia casa. El médico me prescribe una cataplasma para la garganta y el cuello y, finalmente, a medida que la tierra se calienta, empiezo a recuperarme.

Estoy haciendo planes para buscar a mi hermana cuando llaman a la puerta al anochecer. Cuando abro, ¡alabado sea el Señor!, allí está María, apoyada pesadamente en el brazo de John.

—María —exclamo, y la acerco a mi pecho.

—Matthew —llora, y le fallan las piernas.

Entre John y yo, la llevamos adentro y luego hacemos tres viajes al carruaje alquilado para buscar sus pertenencias.

Después de que mi hermana se acomoda en el salón y se sirve el té, le pregunto.

—Dime, por favor, ¿qué pasó?

María no responde, sino que comienza a llorar en el pañuelo húmedo del que sospecho que alguna vez perteneció a John.

John saca el frasco que parece tener siempre a mano y vierte whisky en su té. Cuando María asiente con la cabeza a su pregunta tácita, vierte algo en el suyo.

Mientras realizan este ritual, miro bien a mi amigo por primera vez. Está demacrado desde la última vez que lo vi. Hay sombras debajo de sus ojos y la arrogancia, una parte tan importante de su personalidad, ha disminuido. Hay un olor a humo de leña a su alrededor y su ropa está manchada de tierra.

Lo que cuentan confirma algunos de los rumores que he escuchado. La reina, como la mayoría de las mujeres sin marido ni tutor que las proteja, consiguió la ayuda del barón al casarse con él, aunque no está claro quién se beneficia más de este arreglo, ni si fue por la fuerza o por elección. La reina inglesa no ha brindado la protección que solicitó nuestra reina María. Y por algún juego de manos (¿tuvo que ver John en esto?), la reina María ha abdicado el trono en favor del niño robado que dio a luz.

El niño, según me dice mi hermana más tarde, después de haber recuperado el equilibrio, ha sido trasladado a algún lugar para su propia protección.

—Vaya protección —resopla mientras me voy al trabajo.

En cuanto a John, esa fue la última vez que hablé con mi amigo.

44

———

Sin embargo, no es su última noticia.

Antes de que termine el próximo año, mi hermana encuentra marido. Es una combinación adecuada. No tiene título, pero trabaja como arquitecto en una ciudad que está creciendo en población y prosperidad. Aunque estoy satisfecho con el matrimonio, deja mi hogar demasiado tranquilo. Me mantengo activo en las actividades sociales de Edimburgo, pero todavía tengo que encontrar una chica a la que quiera dedicarme para casarme.

La reina de Escocia había solicitado la ayuda de su prima, la reina inglesa, pero terminó detenida en la casa de uno de los emisarios de la reina. Despojada de su título y de su país, puede caminar por los terrenos, pero se le prohíbe la libertad de viajar. La libertad de María se ve aún más restringida cuando salen a la luz cartas en las que se alega que participó en el asesinato de su marido. Esto no augura nada bueno para mi bella y orgullosa reina.

John, como yo había imaginado, se convierte en regente del joven James cuando su madre se ve obligada a abdicar. ¿Fue ese el movimiento final en este juego suyo? No lo sé con certeza, ni lo sabré nunca porque ayer me enteré de que John fue asesinado al llegar a su casa después de una noche de bebida. Es de interés periodístico porque significa que el niño rey ha perdido a uno de los regentes que se le asignaron. Por la noche, lloro mi dolor sobre la almohada, en parte por la pérdida de mi amigo, en parte porque no conozco el destino de mi país.

Abro mis oídos para chismear sobre el deceso de John, pero las historias van desde una pelea de borrachos con otro cliente, hasta una discusión con una amante (de las cuales escuché que John tuvo muchas), hasta un desacuerdo con los otros dos regentes sobre el curso de la vida del niño rey.

Viajo a Londres, donde se llevará a cabo el funeral para presentar mis respetos. Para cuando llego a mi destino, sin embargo, el funeral ya ha terminado y mi amigo yace en su tumba, enterrado en el terreno familiar detrás de la iglesia donde había sido bautizado.

Los sueños todavía me persiguen, sobre todo cuando estoy angustiado. Algunos son satisfactorios: navegar en un bote con una nueva esposa por un ancho río o tomar la mano oscura de mi gemelo cuando se aleja del mundo. Otros sueños me despiertan febril en la noche. En la biblioteca, leo sobre la historia escrita por aquellos que en el pasado han viajado a tierras lejanas. A veces, la comprensión golpea mi corazón y puedo ver en el ojo de mi mente, la maleza de África entre el gran desierto y la espesa jungla verde. Leí sobre la migración de los rus desde Suecia para establecerse en lo que se convertirá en Rusia, y puedo oler pasto seco y carne de caza.

A veces, mis emociones vacilan y una abrumadora sensación de fatalidad se apodera de mí. En estos sueños, un extraño hombre sobre un semental negro llega mientras el frío y la oscuridad me consumen el alma. ¿Podría este hombre ser John? La posibilidad de que vivamos muchas vidas, cruzando caminos una y otra vez parece insondable. Esto, por supuesto, es contrario a mi fe católica, pero no estoy tan inmerso en las enseñanzas de la Iglesia como otros.

Esto es lo que sé: estoy junto a la tumba de John, el rectángulo de tierra alterada, evidencia de un entierro reciente, y una piedra aún no colocada. Le digo: "Buena suerte, amigo, espero que nos volvamos a encontrar", y coloco un ramo de flores sobre su tumba.

PARTE VII

45

"Muchos marineros han escapado de su país —les dijo
la serpiente en el tiempo intermedio— solo para encon-
trar su tierra en el fondo de su bolso".

Irlanda / Australia

1885-1901 d. C.

Como casi todos mis parientes irlandeses, soy un narrador de historias. Si no fuera por ese maldito Tom O'Malley, estaría contando cuentos por un poco de cerveza en uno de los pubs de la ciudad. Pero no, amigo mío, la vida ha dado un giro cruel. Maldito Tom. Estoy contando esta historia desde el lugar olvidado de Dios que llaman *Sídney*, en Nueva Gales del Sur. Es un país donde casi todo lo que se desliza en tierra o nada en el mar puede matarte. Pero hablo. Desde el comienzo de esta maldita historia.

—Chico, ¿cómo te llaman? —me pregunta un hombre. No un anciano, sino un joven no mucho mayor que yo. Había ido al bar a buscar a mi papá antes de que se bebiera el salario del día. Este es un patrón, ¿saben? Mamá me envía a buscar a mi papá. La infructuosidad de tales diligencias es atestiguada por mi vientre rugiente y los agujeros remendados y re-remendados en las suelas de mis zapatos.

—Donal —le digo brevemente. Está vestido con pantalones de lana y una camisa blanca, en su mayoría limpia, cubierta por un chaleco. Esto es muy diferente a la ropa de zaparrastroso que llevo, y me hace desconfiar. Aun así, si quiere pagar un centavo por un recado, es más de lo que tengo en el bolsillo actualmente.

—Bueno, Donal sin apellido, soy Tom O'Malley. ¿Estarás aquí por una cerveza? —Mira su jarra con una sonrisa torcida mientras pregunta.

—Hoy no —respondo. Su rostro arrogante me es familiar de alguna manera—. Estoy buscando a mi pa. ¿A menos que tengas algún encargo? —Se ve que puede tener una moneda, tal vez incluso dos.

—¿Qué edad tienes? —pregunta.

Mis ojos se entrecierran. Esto no lo esperaba.

—Dieciocho —respondo.

Me mira tan atentamente que casi me sonrojo.

—Dieciséis se acerca más, sospecho.

—Dieciocho —repito con firmeza, aunque eso no llegaría hasta dentro de más de un año. La perspectiva de una moneda comenzaba a flotar en el aire viciado del pub. Él toma un trago de su jarra, y una mirada pensativa flota en su rostro—. Será mejor que me vaya, Tom. Es bueno conocerte —agrego, deslizándome hacia la puerta y en mi búsqueda de pa.

Tom se mete la mano en el bolsillo y puedo oír el tintineo de las monedas. Eso me detiene, como un borracho que se encuentra con una cerveza solitaria.

—Quizás —dice— podría tener una tarea para ti, si estás interesado. —Intento amortiguar el ansia por una moneda, y el poco de comida que compraría, pero la traidora de mi barriga da un fuerte gruñido. Tom sonríe, y una comisura de su boca se levanta—. Escuché que eres un buen narrador de historias —continúa, cambiando de tema nuevamente.

—Puede que haya contado una historia a cambio de un centavo o de una cerveza.

La conversación me hace recelar; me está haciendo ser cauteloso. Tejo las historias de mis sueños de lugares lejanos que surgen espontáneamente en las primeras horas entre el sueño y la vigilia. ¿Había estado él entre la multitud en tal ocasión? ¿Será por eso por lo que su rostro me resulta familiar?

—Cantinero —le dice al hombre que sirve las bebidas—. Sírvenos un cuenco de ese estofado de cordero que mencionaste antes y una cerveza para mi nuevo amigo mientras me cuenta una historia. —Sin ser alguien que discuta, sigo mi ansiosa barriga hasta la barra y me siento al lado de Tom—. Empieza ahora.

—En la tierra oscura del lejano sur —comienzo—, en el lugar entre el gran desierto y el espeso bosque, vivía un medio muchacho. Aunque este niño tenía cuatro extremidades y dos ojos como cualquier niño bien formado, creía que una parte de él había sido cortada al nacer. Su tía le dijo que su mamá también había dado a luz a un segundo, un gemelo, pero su mamá murió en el parto y el gemelo fue robado para que otra familia lo criara. Este muchacho, ahora, conocía a todos en su ciudad y en ningún lugar había uno de su edad como ese. Sospechando lo que realmente sucedió, buscó en todos los lugares secretos entre rocas y debajo de las crestas de arena los huesos de este hermano perdido. —Aquí hago una pausa para levantar la cerveza y adelantar el entusiasmo por la historia—. Lo que el niño no sabía era que, por coincidencia, la noche de su nacimiento, una caravana liderada por un poderoso rey a horcajadas de un corcel ataviado, al igual que su amo, con finas sedas y oro había hecho campamento por la noche. Esa noche, este rey escuchó un balido. Cuando buscó el sonido, creyendo que era un cordero perdido, se encontró con un bebé con un hombro deforme, que lloraba. El rey rico era bondadoso y, consciente de que su dios a menudo probaba a los seres que creaba, recogió al bebé y lo llevó a casa con su esposa estéril. Esto, por supuesto, sucedió antes de que el medio niño tuviera conciencia del mundo, por lo que no pudo saber de este evento.

Me detengo cuando el cantinero pone ante nosotros pesados cuencos de estofado espeso. El vapor que sale hace que se me haga agua la boca. Tom agita su mano indicando que debería comer. Saco una cucharada de carne grasosa y trozos de zanahorias y patatas.

—¿Hay alguna gente pequeña encantada en tu historia? —pregunta Tom mientras hunde la cuchara en su propio cuenco.

—No en esta —respondo, y me limpio la boca con una manga.

Termino el cuenco de estofado y Tom le indica al cantinero que lo vuelva a llenar. Por fin, maravillosamente satisfecho, cuento el resto de la historia: cómo el medio niño encontró a su gemelo solo para darse cuenta de que no solo el gemelo nació retorcido, sino que eran diferentes en las formas de la mente.

—Un cuento adecuado —me dice Tom cuando termino—. Parece inverosímil, pero hay eventos extraños que suceden en este mundo. —Saca dos peniques de su bolsillo y los arroja delante de mí. Esto, además de un estómago lleno, me ha sacado de la cabeza la idea de encontrar a pa. Tom levanta su jarra vacía y el cantinero se la lleva para llenarla. Mientras esperamos el regreso de las bebidas, Tom pregunta—: Entonces, Donal sin apellido, ¿practicas una profesión?

—Ahh —digo, encogiendo un hombro—. Encuentro trabajo aquí y allá. Eso y contar historias.

Hago una pausa para decirle a este hombre que se viste con ropa elegante y tiene manos sin callos que yo limpio los establos y limpio la basura, la mierda y la orina en los callejones detrás de las tiendas y los bares. La profesión de eliminación de detritos no es algo de lo que yo hable con orgullo, pero cualquier cosa ayuda a mantener un techo sobre nuestras cabezas. Somos mamá y papá, dos hermanos pequeños, una hermana y yo. Tengo un hermano mayor, pero se ha ido, quién sabe adónde, después de una pelea con nuestro ebrio papá.

Tom había estado mirando al vacío y rumiando mientras mis pensamientos vagaban.

—Te he visto aquí y allá —me dice—. Callejones y calles y demás. —Me sonrojo de vergüenza por mi baja posición. Tom, comprendiendo de inmediato la fuente de mi rubor, coloca una mano suave en mi antebrazo—. Lo que quise decir es que debes de tener un gran conocimiento de los edificios y los residentes. —Arquea una ceja.

—Sí, lo tengo —respondo con cautela.

—Y de vez en cuando, durante ese duro trabajo, ¿te has encontrado algún objeto perdido?

—En ocasiones. —La verdad es que el objeto perdido ha sido, una o dos veces, algo bonito apoyado en el borde de una mesa detrás de una ventana abierta que parece que podría caerme en las manos si soplara una brisa.

—Y a estos objetos perdidos, ¿qué les pasa?

Esto está entrando en un territorio impreciso, pero me invitó a cenar. Además, no parece un policía.

—Están perdidos, no pertenecen a nadie, o al menos a nadie que pueda ver.

Tom sonríe enormemente, como una gran sonrisa de lobo arrogante, y lo siento como una flecha a mi pecho.

—Creo, mi nuevo amigo, que podríamos estar entrando en el comercio de artículos perdidos, tú y yo. Soy nuevo en esta ciudad, ya que... emmm, me mudé de mi residencia anterior. —Me da una palmada en la espalda y luego dice—: Cantinero, mi nuevo amigo y yo necesitamos otra ronda.

46

———

El plan funciona por un tiempo. Tom busca las calles y luego yo voy a trabajar "limpiando". Quizás sea la habilidad de Tom para seleccionar el área, pero más probablemente es mi pequeña estatura (gracias a una infancia a una migaja del hambre) lo que me hace casi invisible.

Esta no es la única habilidad de Tom; entramos en un bar, cuento una historia y, con dedos hábiles, Tom les saca la cartera a los clientes borrachos. Con la práctica, mis habilidades para contar historias mejoran y puedo cronometrarlo para que, con una señal de Tom, lance el anzuelo que atraiga la atención de la multitud hacia mí mientras él va a trabajar. Es tan fácil como pescar con un gusano gordo en un estanque repleto de peces hambrientos.

Lo hacemos lo suficientemente bien como para poder reemplazar mis zapatos gastados por otros mejores y mi barriga no se queja mucho. Le doy a mamá una moneda aquí y allá, que ella ata en un trozo de tela para esconderla donde papá no la pueda encontrar. Todo va bien hasta la noche en que estamos en el pub de Mallory.

Empiezo a contar la historia a una multitud ansiosa a medias copas:

—Entonces, este muchacho de las grandes estepas de Siberia, poseído por el diablo, es expulsado por su asustada familia y condenado a vagar por la tierra devastada. Un gélido día de invierno, con toda la esperanza perdida, se acuesta en la tierra nevada, con el vientre encogido de hambre y poseído por demonios que han invadido su mente. —Puedo ver que los clientes de Mallory's están interesados. Es tarde, el sol se puso hace mucho tiempo tan cerca de las Fiestas. Mi mirada se fija en la de Tom, él da la señal y empiezo a enrollarlos—: El niño yace en la nieve adormilado, la muerte se arrastra alrededor de su visión, su última flecha en el arco estirado y apuntada a los cielos de los que él creía que lo abandonaron cuando, en ese momento... —Hago una pausa para asegurarme de tener los ojos de la multitud— oye el redoble de cascos que se acercan cada vez más. Aun así, no se mueve. Estos son los cuatro jinetes del Apocalipsis, cree. ¿Será mejor ser pisoteado en la tierra o quedar congelado como una liebre en una trampa?, se pregunta el chico casi muerto. Entonces, lo que aparecía era una criatura insensata, más grande que un carnero con grandes y curvados...

Un silbido divide el aire y veo a un policía agarrar la muñeca de Tom; esa muñeca sostiene una cartera. Llegan más policías que se aferran a Tom.

Un hombre, el dueño de la cartera, que todavía estaba agarrada entre los dedos de Tom, maldice:

—Mi cartera, mi cartera. Este ladrón me ha robado el dinero. —Él retrocede y le da un golpe de borrachera a Tom, pero golpea a otro cliente en la oreja. Ese hombre cae. Más silbidos, y luego me levantan y mis brazos están sujetados detrás de mí.

—¡Basta! —grito tratando de alejarme, sospecho, de otro policía—. No hice nada malo. —Me muevo de un lado a otro tratando de quitarme de encima a ese imbécil. El hombre golpeado por la víctima de Tom se levanta del suelo y, rugiendo maldiciones, se abalanza sobre el grupo con Tom en el centro. Se lanzan otros puños y ahora es una pelea. Un hombre gordo tropieza conmigo, y el policía y yo caemos, con los brazos todavía inmovilizados detrás de mí, por lo que mi mejilla recibe toda la fuerza del suelo mugriento. Veo estrellas y detrás de la galaxia de ellas veo que Tom ha sido esposado. Mi visión se vuelve negra.

Vuelvo en mí mismo y me encuentro en la cárcel con otros siete hombres en diversas situaciones de embriaguez y un cubo de basura desbordado en la esquina. Me estiro contra una pared y me doy cuenta de que Tom está a mi lado, con el ojo ennegrecido y la cara ensangrentada. El hedor de los hombres sórdidos y el balde desbordado invaden mi nariz y vuelvo la cabeza para vomitar.

—Lo menos que puedes hacer es apuntar tu boca lejos de donde estamos —protesta Tom.

—Oh, Jesús, sálvame de este infierno —lloriqueo.

—No sabía que eras tan amigo de nuestro Señor —comenta Tom.

El único hombre que durmió esa noche fue el borracho desmayado junto a nosotros que, sospecho por su ropa sucia y el estado de sus dientes, se ha familiarizado con este infierno antes.

Al mediodía, dos guardias aparecen en la puerta de la celda.

—Thomas O'Malley. Donal Connelly —llama.

Tom y yo nos ponemos de pie, y los cuatro marchamos en línea: un guardia lidera el camino, Tom y yo esposados en el medio, y luego un segundo carcelero en la retaguardia. Sus botas duras suenan como un golpe de mando mientras atravesamos un largo pasillo, un gran salón, un patio frío y por fin entramos en una sala de audiencias. Allí estamos en el estrado de los prisioneros, con sangre seca en nuestros rostros y la ropa que apesta a orina. Otros tres hombres, con las manos esposadas como las nuestras, se vuelven para mirarnos a Tom y a mí, y arrugan la nariz. El estrado incluye a nuestro compañero de celda borracho con ropa raída, que murmura a su amigo invisible por el costado de una boca hundida.

—Ánimo —sisea Tom.

El carcelero golpea la espalda de Tom con la porra.

Entra el magistrado. Este juez no es uno que se sienta en el tribunal superior con una peluca empolvada y un aire de superioridad. Es de mediana edad, con el pelo descuidado y la nariz bulbosa de un bebedor. En otras palabras, un hombre apenas podría distinguir la diferencia entre nosotros, excepto por nuestras ropas hediondas y nuestras caras maltratadas. El magistrado se sienta detrás de una mesa gruesa, un secretario a un lado y un policía uniformado, con la porra preparada, al otro.

—O'Malley y Connelly —anuncia el secretario con acento británico. Malditos sean los británicos; su puño apretado en las gargantas de los irlandeses es la razón por la que las cárceles están llenas y nuestra gente muere de hambre.

El carcelero nos empuja hacia adelante hasta que nos encontramos ante el magistrado. Mi mejilla, la que se golpeó en el suelo del bar, palpita. Una cucaracha o alguna criatura similar se ha metido debajo de mi camisa y me está volviendo loco porque no puedo mover las manos para sacarla. Tengo que orinar con urgencia; no quiero hacer más viajes de los necesarios al balde. Aun así, cuando Tom endereza la espalda y mira al juez a los ojos, yo hago lo mismo.

—Tú —grita el magistrado señalando a mi amigo—. Eres un criminal de larga data, según me dice mi secretario. —Doy medio paso arrastrando los pies lejos de Tom, distanciándome con la esperanza de que yo, sin ningún problema previo con la ley, pueda recibir un poco de misericordia de la corte. No tuve tanta suerte—. Y tú —anuncia el juez, señalándome—. Ha habido quejas sobre este pequeño esquema de narración de los dos. Podría devolverlos a la prisión donde se quedarían hasta el juicio... —grita— y luego cumplirían una larga condena por robo. O... —Ante esto, se rasca la barbilla y le da una mirada de complicidad a su empleado, un hombrecillo delgado con ojos furtivos—. Al ver el estado de hacinamiento con estos malhechores, ladrones y asesinos irlandeses, estos dos podrían declararse culpables y los embarcaríamos hacia Nueva Gales del Sur. —Se vuelve hacia nosotros—. He oído que necesitan hombres para colonizar la tierra. Seguro que han oído hablar de esta nueva tierra al ver que muchos de sus compatriotas ya han hecho el viaje. —No tengo idea de dónde está Nueva Gales del Sur ni si se trata de una broma elegante que nos están gastando —. Entonces, ¿cuál es su elección? —demanda el juez, con la mirada fija en uno y luego en el otro—. Supliquen por su inocencia y volverán a la celda donde estaban, o admitan su culpa y cumplan su condena en la nueva tierra. —Se vuelve hacia su secretario—: Señor Poole, ¿no dijo que había un barco esperando pasajeros, o debería decir convictos, en el puerto?

—Eso es lo que oí —chilla el empleado de ojos furtivos.

—Estoy dispuesto a admitir mi culpa —le dice Tom al magistrado—, pero este hombre a mi lado fue solo una víctima de una identificación errónea. Debe quedar en libertad.

Todos los ojos se posan en mí. Pienso en mi extraña amistad con Tom y en lo que me espera en casa: perseguir a papá, sin trabajo y mucho tiempo en una mazmorra, en espera de juicio.

—Confieso que soy culpable —le digo, y sello mi destino.

47

—Sígueme de cerca ahora —sisea Tom mientras los guardias y el grupo desaliñado de nosotros bajamos por el muelle.

Nunca he sido marinero, así que no puedo reclamar esas habilidades, pero incluso para mi ojo ignorante, este barco mercante de aparejo en cruz hacia el que nos dirigimos parece como si una plegaria es lo único que lo mantiene encima del agua. El revestimiento está muy astillado y desgastado, pero al menos las velas parecen útiles con solo unos pocos parches. Los grilletes me han rozado las muñecas hasta dejarlas en carne viva y me preocupa el tipo de infección que podría flotar alrededor de un barco carcelario abarrotado.

Tom, según veo mientras el grupo encadenado de nosotros bajamos por el muelle del puerto, se abre paso a codazos hacia el frente del grupo. Lo sigo; no estoy seguro de su plan, pero mi amigo nunca se queda sin uno.

Pronto, el destino está claro para los guardias que nos dirigen hasta el puente levadizo y la cubierta del barco. Las cadenas y los grilletes de las piernas hacen ruido mientras bajamos la escalera hasta la bodega.

—Ocho por celda —grita un guardia apostado debajo de la

escalera. A cada lado de la bodega hay filas de celdas enrejadas con un pasillo entre ellas para que un cuerpo pueda caminar sin obstáculos de babor a popa. Apesta a madera vieja, a mar y a cuerpos sucios, pero veo que los pisos se han inundado recientemente.

—Aquí —dice Tom y me lleva a una celda en el lado de babor. Me doy cuenta de inmediato del plan de Tom. La luz del día se filtra a través de las ventanas redondas hacia algunas de las celdas del lado de babor, mientras que otras permanecen en la oscuridad. En el interior hay cuatro juegos de literas, una arriba y otra abajo. Reclamo la de arriba de un juego, y Tom toma la de arriba de enfrente para que podamos hablar en privado. En medio de este lío hay una mesa atornillada al suelo, pero dispuesta de modo que uno pueda sentarse en las literas inferiores y usarla. En la esquina hay un gran cubo con un asiento áspero encima, que se usa para aliviar los intestinos. Otro cubo en el otro lado contiene agua y una taza para beber con forma de gancho.

Lo mejor es que en cada litera hay pantalones nuevos y dos camisas. No son más que trapos remendados, pero en comparación con la ropa sucia que todavía uso, son un lujo y me alegro de tenerlos.

Tom se ha quedado en la puerta abierta y me doy cuenta de que está seleccionando a nuestros compañeros de celda con un breve asentimiento o un movimiento de cabeza mientras los hombres pasan en tropel. Pronto tendremos a nuestros ocho compañeros heterogéneos durante los tres meses aproximadamente que dicen que llevará el viaje por mar. Tom cierra la puerta con barrotes para indicar que no hay más espacio. Pronto, las puertas de las otras celdas se cierran con estrépito hasta que todo está arreglado.

—Despejado —anuncia un guardia, y cuatro de ellos recorren la pasarela colocando una cadena alrededor de las puertas y conectando los extremos con un candado grande.

Hay un horrible carácter definitivo de los sonidos mientras se abren paso: el sonido metálico de las cadenas, el traqueteo cuando cada cadena gruesa se une la puerta con el marco, y un clic cuando se cierra el candado. Si este triste barco se hunde, todos estaremos condenados, ya que el agua de mar llenará la bodega y nos arrastrará al infierno en el fondo del mundo.

—Es mejor que la caja de los borrachos —me dice Tom, pero veo que tiene el mismo pensamiento condenatorio.

Asiento, incapaz de decir más.

—Hasta las rejas —instruyen los guardias y nos alineamos al frente de las celdas. Entonces, gracias a la Virgen Madre, los guardias pasan y abren nuestras esposas.

—Alabado sea Dios —declara uno de nuestros compañeros de celda y se frota las muñecas. Sus hombros tienen ese aspecto golpeado como muchos en mi hermoso país: falta de comida, demasiados hijos y ningún trabajo, lo que lo obliga a robar.

El barco zarpa y nos instalamos en una rutina: comidas de galleta salada, avena molida seca convertida en papilla y zanahorias o nabos. Una vez a la semana reparten un limón o una lima para prevenir el escorbuto. Nos dejan salir de nuestras celdas para hacer ejercicio, unos pocos a la vez. Este ejercicio consiste en restregar las cubiertas y las barandillas o sacar los cubos de basura para tirarlos por la borda. He vivido peor; los compañeros de celda que Tom había seleccionado son amigables en su mayor parte y el aire limpio del mar es un alivio bienvenido.

Hay un cirujano a bordo que comprueba regularmente si hay signos de fiebre y trata las lesiones. Un maestro brinda instrucción tanto religiosa como secular. Algunos de los hombres nunca aprendieron matemáticas ni lectura, y el instructor trata de enseñarles lo que necesitaremos para nuestro trabajo en la nueva tierra. Para mí, la escuela era un santuario lejos de los espacios reducidos del hogar, las peleas entre hermanos y el mal genio de papá, por lo que mis habilidades para contar y leer son adecuadas.

Cinco veces atracamos en puertos en busca de suministros. Nosotros, por supuesto, estamos encerrados en la bodega, pero esta está ventilada y, en silencio, escuchamos idiomas extraños y respiramos profundamente fragancias desconocidas.

No todo es color de rosa.

—Ahí va de nuevo —me susurra el anciano alojado debajo de mi cama. Nos hemos despertado en la noche con gritos que provocan escalofríos por mi columna vertebral.

—El viejo Ben —murmuro.

A nuestro alrededor, los prisioneros gritan para que el viejo Ben cierre la boca. Otros amenazan lo que planean hacer. Rechino los dientes.

Pronto, como hemos experimentado antes, los marineros bajan las escaleras y sacan al viejo Ben de su celda. Grita mientras lo arrastran por el pasillo, grita y agita los brazos mientras lo empujan dentro de la caja utilizada para castigo.

—¡Cállate, viejo! —grita alguien. Los gritos del viejo Ben se transforman en murmullos suplicantes a Dios y al diablo y, al cabo de un rato, incluso estos cesan.

—Viejo borracho loco —murmura Tom y vuelve la cara a la pared para dormir una vez más.

Me quedo despierto un rato preguntándome si así será mi padre en unos años, aunque nunca sabré lo que le estará pasando a él o al resto de mi familia. ¿Me extrañarán, o simplemente creerán que me escapé como mi hermano y estarán agradecidos de que haya una boca menos que alimentar?

Algunos prisioneros habían logrado abordar el barco con naipes escondidos en prendas o botas. Para matar el aburrimiento, jugamos apiñados en las literas de abajo. Algunos tipos emprendedores rasgan trozos de tela sucia para hacer fichas pasables. Y compartimos historias, cada una de las cuales se vuelve más elaborada hasta que criaturas místicas, duendes y hechizos aparecen en cada una.

En cuanto a mí, los sueños son cada vez más frecuentes y también los entretejo en historias. Estos sueños son los mismos que he tenido desde que tengo memoria. Vienen en las primeras horas antes de que el sol se deslice sobre el borde del mundo, o en el corto espacio entre estar despierto y dormirme. Su detalle también es inusual. En los sueños normales (ser atrapado sin pantalones, pesadillas en la cárcel o tener un romance con una chica) hay pensamiento y acción simples. Pero en los extraños, los que se repiten una y otra vez, huelo lodo de río y el sabor de comida extraña está en mi boca. En uno, una mujer que es mi hermana o una reina, no estoy seguro de cuál, busca mi ayuda, pero me echan. En otro, estoy de pie en un mar celeste cuando, en la distancia, un tiburón gigante se eleva de las profundidades para golpearme contra la orilla. Estas son cosas que nunca experimenté en el mundo de vigilia. Aun así, son cuentos para entretener a mis compañeros de barco. En cuanto a su veracidad, mi educación fue demasiado corta para explicar este misterio.

Tom, por otro lado, se dedica a hablar en gaélico con otros prisioneros. Por lo menos hasta que los guardias le gritan que deje de parlotear. Siempre se habla del hogar, pero Tom aguza el oído en busca de información sobre la nueva tierra. Hay un rebelde a bordo, un sacerdote expulsado acusado de incitar a los patriotas irlandeses contra la Corona inglesa. Aunque el cura está a varias celdas de distancia, se corre la voz de conspiraciones para escapar y regresar a nuestra patria. Tom está bien metido en esto; da consejos a aquellos que tomen el liderazgo de la poca gobernanza que hemos acumulado en la bodega.

Él comparte esto conmigo en susurros mientras estamos acostados cara a cara en nuestras literas.

—Es una tierra extensa —susurra—, con nativos salvajes y

oscuros, y animales extraños como nunca se habían visto en las Islas.

—¿Y cuáles serán nuestros deberes allí? —pregunto.

—Agricultura —responde, y escucho diversión en la respuesta.

—¿Agricultura? —repito con incredulidad—. Pero no sé nada de plantar y cosechar, ni de malditas vacas.

—Ah... —La diversión sigue ahí—. Pero escuché que uno puede perderse en el campo; ¿no dije que es una tierra extensa? Podemos establecer nuestra propia ciudad o tal vez apoderarnos de un barco y navegar a casa.

48

Por fin llegamos a nuestro destino, o al menos creo que lo hemos hecho por las órdenes gritadas y el creciente júbilo de los marineros, hacinados hace demasiado tiempo a bordo.

Estamos esposados de nuevo y encadenados el uno al otro, por delante y por detrás. El barco ha atracado en una bonita bahía con una extraña vegetación y un sol despiadado que nos hace sudar rápidamente.

—Dense prisa —oigo una orden detrás de mí y me doy vuelta para ver a un maldito soldado inglés con su capa roja.

—Malditos británicos —susurra alguien.

Nos cargan, ocho por cada carro, con un soldado montado a nuestro lado. Todos sudamos bajo un sol brutal; hasta el caballo está cubierto de sudor bajo las riendas.

Miro a mi alrededor en busca de Tom y creo que lo veo en uno de los otros carros. Partimos; los carros avanzan sacudiéndose por un camino lleno de baches.

—Agua —gime un anciano en nuestro carro. Después de tanto tiempo en la bodega, todos estamos pálidos, pero este hombre es un fantasma—. Agua —croa una vez más y luego se desploma contra el prisionero esposado a su lado.

—Quítenme a este flojo de encima —grita ese hombre y empuja al anciano.

¡Dios nos ayude!, pienso mientras el anciano se desmaya, inclinado hacia atrás de modo que la parte superior del cuerpo cuelga precariamente sobre el costado, con la boca desdentada abierta. Los dos prisioneros encadenados a él a cada lado hacen un esfuerzo por tirar del él hacia atrás, pero la gravedad gana, y el cuerpo del anciano cae. Eso tira a los hombres a ambos lados y a casi todos los demás.

—Espera —le grita el soldado al conductor y este tira de los caballos bruscamente.

—¿Está muerto? —le pregunto a mi compañero.

—Maldita sea —maldice el compañero encadenado al hombre inconsciente y deja de intentar levantarlo.

Otros soldados se unen y abren las cadenas. Llevan al anciano al borde de la carretera y vuelven a encadenarnos; ahora quedamos siete en el carro.

Miro hacia arriba cuando pasa otro carro lleno de prisioneros y Tom me guiña un ojo.

Menos mal que estoy esposado, o si no ya estaría fuera y con las manos alrededor de la garganta de mi viejo amigo por habernos metido en este agujero de mierda.

El único punto positivo del viaje irregular es que los guardias británicos con sus capas rojas y sombreros negros lucen aún más acalorados que el resto de nosotros. Malditos británicos.

Por fin llegamos a un asentamiento. Un gran edificio de piedra está en el centro, rodeado de edificios más pequeños. Los siete carros de la procesión entran en un patio y se alinean en semicírculo. Todo el lugar apesta a una ocupación reciente: sudor, cloacas sucias y cocinas. Cerca, en los campos, los trabajadores dejan de cavar y miran fijamente.

Salimos de los carros; bajar se hizo incómodo por las

pesadas cadenas que nos unían, y nuestras recién recuperadas piernas terrestres.

Tom está en el grupo uno y está hablando de cerca con el prisionero encadenado a su lado. Suena un silbato y dirigimos nuestra atención a lo que debe de ser el comandante, porque su abrigo está impecable y sus botas relucientes.

—Su hedor es rancio —anuncia después de que nuestro grupo se calla—. Una vez a la semana obtendrán una pastilla de jabón y —señala hacia una pared— hay agua allí. Recibirán un juego de ropa y zapatos limpios.

—¿Cuánto tiempo seremos prisioneros? —pregunta en voz alta el hombre con el que Tom había estado hablando.

Las voces bajas murmuran su asentimiento.

—Lo que dure tu sentencia —responde el comandante. Agrega—: Siempre y cuando modifiques tus caminos pecaminosos.

—Ese es el problema —grita otro hombre. Este es irlandés por el acento—. No tenemos papeles.

El comandante levanta la nariz, encoge un hombro y hace un gesto para que uno de los guardias se haga cargo.

—Tu protesta hace que tu grupo se bañe al último —anuncia el comandante. Luego señala al grupo a nuestra derecha—. Dejen lo que llevan en el baño y se lo enviaremos a las lavanderas.

Los siete de mi grupo, menos el anciano tirado al lado de la carretera, finalmente tenemos nuestro turno. Miro a Tom con furia mientras pasamos; su grupo con el quejoso es el último.

Lo que descubro cuando nos acercamos es que lo que pensé que era uno de los pequeños edificios, es solo una pared empotrada en una colina. En la parte superior de la pared hay una tubería con salidas al nivel del hombro colocadas de modo que el agua fluya sobre la pared, baje a través de tablas espaciadas y luego fluya por una pendiente hasta un campo. Nos sueltan las muñecas y los tobillos y nos entregan a cada uno una pastilla de jabón cáustico. Nos quitamos la ropa sucia y nos turnamos para bañarnos. Después de asearme un poco por el viaje, me siento casi limpio. Nos entregan pantalones toscos y camisas remendadas con tanta frecuencia que uno no puede distinguir el patrón original.

Descubrimos que el cuartel tiene grandes dormitorios donde se ha construido un marco para sostener las hamacas tan juntas que es difícil saber quién se tiró un pedo. Es tarde para cuando estamos limpios y se dan instrucciones para la mañana. Nos alimentan con una papilla de maíz con trocitos de galletas y, por fin, exhaustos, encontramos una hamaca. Mi anterior enojo con Tom ha disminuido con el baño y la comida, y tomo la hamaca que cuelga junto a la suya.

Un día se convierte en otro. Nos levantamos, tomamos un trozo de pan duro dispuesto para los trabajadores, levantamos la azada o cualquier herramienta que necesitemos para la tarea asignada de ese día y partimos.

—No sé nada sobre agricultura —le digo al hombre a mi lado. Su nombre es Sean el Alto, según me dice en mi primer día.

—Solo mantén la cabeza gacha y el maldito sombrero en la cabeza antes de que te dé la fiebre del sol —instruye.

Él también sabe poco sobre el cuidado de las cosechas, pero yo sigo su ejemplo y sigo poniéndome el maldito sombrero en la cabeza cada vez que se me cae.

Como ayer y anteayer, dejamos de trabajar para almorzar: más papilla espesa y cualquier verdura que podamos pellizcar de las hileras de cultivos.

Tom, según me enteré cuando regresó de su primer día, fue asignado a cuidar de las ovejas.

—Criaturas estúpidas —protesta cuando regresa cojeando esa primera semana. Algo en la labor, y su lucha con lo que él llama *criaturas tontas*, me parece gracioso, pero no me atrevo a reír.

Las noches se pasan apostando, jugando a las cartas o contando historias de vez en cuando. Tenemos algo de libertad después de que termina el trabajo del día, y Tom suele estar involucrado en conversaciones silenciosas con nuestros compatriotas irlandeses. En cuanto a mí, los hombres no fueron el único sexo que se cruzó con el magistrado y se encontraron en un barco con destino a este país abandonado por Dios. Hay un número de muchachas, muy pocas, que trabajan en la cocina y en la lavandería. La mayoría son prostitutas, gastadas hace mucho, mucho tiempo y se nota. Sin embargo, hay una chica llamada *Caroline*, que me mira con timidez bajo sus largas pestañas mientras sirve la comida.

—Se habla de los que escaparon —me susurra Tom en la noche—. Una vez que un hombre sale de los asentamientos, hay lugares vírgenes donde podríamos escondernos.

—¿Y a dónde iríamos desde allí? —pregunto. Estamos en una tierra extraña y con pocas posibilidades de volver a casa.

—¿No te has dado cuenta —sisea— de que hay dos o tres soldados por cada equipo de trabajadores y, la mayoría de las veces, están borrachos o con ganas de estarlo? Podemos reducir con facilidad a los bastardos británicos de capa roja. Luego, los irlandeses pueden reclamar este lugar devastado para los nuestros.

—¿Una rebelión? ¿Es eso lo que estás diciendo?

—Sí, y deja de parlotear tan fuerte. Alguien va a escuchar.

—¿Y con qué fin? —susurro.

—He estado hablando con algunos de mis compañeros. Uno fue arrestado por conspirar para liberar a Irlanda del dominio inglés. Cree que somos suficientes para organizar una rebelión, abordar uno de los barcos en el puerto y navegar de regreso a casa. Aquí hay hombres que saben cómo manejar los barcos.

A pesar de una advertencia para mantener la voz baja, la suya había aumentado con la emoción.

A la noche siguiente, después del trabajo, nos sentamos afuera en un banco hecho con piedra que quedó de la construcción del cuartel y hablamos de escapar. Un prisionero, Malcolm, está tallando un trozo de madera. Se inclina hacia nosotros y dice:

—Cuenten conmigo, muchachos; odio a esos malditos soldados ingleses con sus chaquetas rojo cardenal y esas botas que siempre están ansiosos por plantar en el culo de alguien por no moverse lo suficientemente rápido.

—Yo también, agrega un hombre al otro lado.

Y así de simple, nace una rebelión.

49

No somos los únicos que soñamos con la rebelión. El amigo de Tom, Jake, había sido parte del levantamiento irlandés en Vinegar Hill. Sus esfuerzos por recuperar Irlanda del dominio inglés habían fracasado y fue sentenciado a este purgatorio que estaba lejos de casa y que, según creían los británicos, lo harían olvidar. Pero la chispa dentro de Jake sigue ardiendo y, desde su llegada, dos meses antes que la nuestra, ha estado haciendo planes para establecer su propio reino en la nueva tierra. Tom está ocupado trabajando detrás de escena, preparando los planes de Jake e incitando a los hombres a que lo sigan. Todo esto se susurra por las filas en los campos y por las tardes después de que se termina el trabajo.

—Tomamos Constitution Hall y establecemos el gobierno irlandés —dicen los susurros.

—Haremos picas para atravesar a los malditos bastardos y esconderlos hasta que se establezca la señal —llega otro susurro en un día diferente.

Disimuladamente, afilamos madera y machacamos chatarra, robamos herramientas para hacer una armería. Estas picas toscas representan poco peligro para los guardias armados, pero ante la sorpresa, la organización y un mayor número de decididos, ¿podríamos tener una oportunidad? Las historias de prisioneros que escaparon a China que, según dicen, se encuentra al oeste, más allá de la tierra vacía, nos llenan el corazón.

—Estén atentos a la señal —se oye en la hilera de trabajadores en otoño—. Cuidado con el fuego.

Tom pasa cada vez más y más tiempo con Jake y los hombres que lideran la rebelión. En cuanto a mi foco, Caroline, que me había dirigido miradas pícaras, ha demostrado ser una tigresa al hacer el amor. Yo no era virgen, pero la exprostituta tiene experiencia y me monta como una zorra en celo. Y esos labios, ¡ah!, qué placer.

Aprovechamos cada oportunidad para escapar y una vez me escabullí del servicio de campo y la llevé a una tina de lavado, mojada, enjabonada y loca de lujuria.

—Estamos cerca —me susurra Tom desde su hamaca para dormir—. Se encenderá un fuego y ustedes estén atentos a eso. Luego encontramos el camino hacia Constitution Hall, recolectando hombres, picas y cualquier pistola que podamos conseguir. ¿Estás listo?

Estoy adormilado con los pensamientos de mi cita con Caroline y murmuro adormilado mi acuerdo.

Dos días después, estoy en el campo desenterrando patatas; el calor tardío me hace sudar cuando un compañero de trabajo, John, se acerca sigilosamente y susurra:

—¿Escuchaste que se quemó una cabaña en medio de la noche?

Me detengo, me quito el sombrero y me limpio la frente. He observado a John en algunas de las reuniones que tenemos en la oscuridad sobre la rebelión que se avecina, pero sé que es un ladrón y sospecho que es un soplón. No se abandonan fácilmente los hábitos de la juventud. No es que pueda reclamar inocencia. Aun así, hay algo furtivo en John y me muerdo la lengua.

—No escuché nada de eso —contesto, encogiéndome de hombros.

Me mira con ojos entrecerrados y salvajes. Si he puesto la mirada en él durante las conversaciones de rebelión, seguramente él ha puesto la mirada sobre mí. Aún lo hace.

—Fue en vano —explica finalmente—. El fuego se apagó rápidamente con la lluvia. Habrá otro, recuerda lo que digo.

Vuelvo a trabajar con la guadaña, pero ahora mis sentidos hormiguean con anticipación. Hogar, volveré a ver el hogar con sus verdes colinas y el aroma del océano. No como esta maldita tierra con arañas grandes como una mano y serpientes venenosas escondidas debajo de las rocas.

—Y —le digo a Tom mientras nos preparamos para dormir — él dice que el fuego falló, pero que pronto vendrá otro.

Quizás es la mención de serpientes, pero tengo uno de mis sueños vívidos esa noche. Estoy de vuelta en el campo, con la guadaña en las manos, trabajando en una línea a lo largo de un campo de grano. Escucho un sonido y, cuando giro la cabeza para mirar, una serpiente venenosa clava sus colmillos en mi costado. Hay una fragancia polvorienta de tallos de grano y el agudo mordisco del veneno. Caigo, el cielo azul gira sobre mi cabeza y mis manos amasan inútilmente la tierra. Entonces, Tom está a mi lado, solo que este Tom es diferente. La oscuridad se acerca, y solo un diminuto punto de luz del sol es visible.

Me despierto, jadeando y sosteniendo mi costado donde todavía puedo sentir la afilada puñalada de los colmillos de la serpiente.

—¿Qué? —pregunta Tom atontado.

Alguien en la línea de la hamaca grita:

—Cállate, ya.

—Mal sueño —jadeo.

Él se aleja de mí y pronto vuelve a roncar.

Me quedo despierto durante mucho tiempo, escuchando la respiración y los bufidos de los otros hombres dormidos. Todavía me duelen las costillas, y ninguna creencia de que fue solo un sueño puede hacerme volver a dormir.

50

La señal llega dos noches después.

—¡Fuego! —grita alguien y nos despierta. Rápidamente, nos ponemos la ropa y salimos corriendo. En el resplandor de una luna casi llena, las llamas rozan el horizonte y el humo recorre el rostro de la luna. Hay entusiasmo en la forma de hablar de los hombres mientras nos movemos.

—Vamos, Donal —grita Tom y agarra mi manga mientras se apresura a salir del patio de la barraca hacia el fuego.

Otros hombres se unen a la procesión.

—Recuerden a los caídos en Vinegar Hill —grita Jake en gaélico—. Reclamaremos esta tierra como nuestra.

—Salve, salve, rey Jake de Nueva Irlanda —responde otro; luego, hay una carrera loca mientras los hombres van por su alijo de armas y se dirigen a Constitution Hall.

Llegan los guardias, que se han tomado el tiempo extra para ponerse las chaquetas del uniforme. Gritan y empujan a los presos. Hombres harapientos, agitando picas sobre sus cabezas, empujan hacia atrás. Se oye el estruendo de un arma larga y alguien grita. La multitud ataca a los soldados, sin darles la oportunidad de reagruparse y disparar. Los casacas rojas están desorganizados, esperando que un líder les dé instrucciones. En el vacío, nos dispersamos a los escondites de armas.

Busco a Caroline en la oscura masa de hombres, pero no puedo encontrarla. Hay un grito agudo y uno de los prisioneros agarra a una mujer y la empuja hacia una puerta; el rojo del fuego se refleja en el brillo de sus ojos.

Dios la salve, digo, persignándome. Me vuelvo para seguir a Tom hacia lo que sea que esto lleve. Está gritando órdenes y empujando a los hombres que se quedan atrás, y me preocupa el costo de tal compromiso con esta idea de rebelión. Este no es el amigo despreocupado que conocí en Irlanda, sino el amigo diabólico en los detalles, influenciado por aquellos en quienes no confío.

Sigilosamente, nos abrimos paso a través del campo y los ocho kilómetros hasta Constitution Hall, recogiendo a otros rebeldes, armas y suministros en el camino. Avanzamos con lentitud. A estas alturas, los soldados han ensillado sus caballos y se han armado. Nos pegamos a los árboles y acequias donde los encontramos. Otras veces estamos al aire libre, y solo la suerte y el destino nos permiten escabullirnos en la noche. La luna llena funciona tanto a favor como en contra: ilumina el camino, pero también revela nuestra posición.

—Aquí —dice uno de los hombres de nuestro pequeño grupo en un susurro ronco, y nos desviamos del camino hacia una granja. Otros, antes que nosotros, mantienen al agricultor (que llegó a esa tierra con apoyo de la Corona inglesa) y a su esposa a punta de palo mientras saquean la despensa.

—Por la gracia de Dios —un hombre sonríe y sostiene una botella de whisky. Saca el corcho del cuello y bebe un largo trago.

—¡Comparte, maldito tonto! —grita otro y agarra la botella.

Se pelean, y la esposa lloriquea mientras los dos hombres se meten en la cocina. Vuelcan el pan que había estado sobre la mesa y derriban un cristalero, que probablemente llegó desde Inglaterra.

—Deténganse los dos —grito y me uno al tumulto. Agarro a un hombre y Tom agarra al otro, lo que pone fin a la pelea. La botella ha llegado hasta mí y rápidamente doy un trago; el whisky fuerte me quema la garganta.

Tomamos todos los suministros útiles que podamos llevar. Agarro la barra de pan del suelo y la meto bajo mi abrigo. A una orden, diez de nosotros nos dividimos en dos grupos.

La próxima granja ya ha sido allanada, y la familia quedó amontonada en un rincón: el padre, herido y la esposa e hijas, llorando.

El amanecer nos encuentra un poco más cerca de nuestro objetivo. Tom ve a Jack, el organizador de la rebelión, y nos unimos a su grupo. Es nuestra mejor oportunidad, creo, tanto para mantenernos alejados de problemas iniciados por hombres que han encontrado aún más whisky, como para evitar a los soldados que, por los gemidos y gritos que llenan el aire, han disparado con bayoneta o fusilado a muchos de nuestros compañeros. Otros se han separado, ya sea para escapar a China o para buscar su propio camino.

—Escóndanse —sisea Jake, y nos deslizamos hacia un barranco boscoso. Escucho cascos y una fila de guardias, resplandecientes con sus abrigos rojos, pasa al galope. Las sillas de montar crujen y las vainas de las espadas rozan ansiosamente sus costados.

—Despejado —susurra otro hombre, y salimos de regreso al sendero.

Llegan más soldados y nos ponemos a cubierto en campos sin cosechar y de nuevo detrás de una elevación que ofrece poca protección.

—Más guardias de los que planeamos —le digo a Tom, que ha participado en acaloradas conversaciones con Jake y el sacerdote expulsado que había sido nuestro compañero de viaje.

Pronto divisamos lo que debe de ser Constitution Hall. Un suspiro victorioso recorre nuestras filas, que ahora han aumentado a más de veinte.

—¡Salve Irlanda! —grita Jake y agita una lanza de madera con la punta de una hoja de metal martillado. Se oye el mismo grito desde el otro lado del camino. Nos despedimos y avanzamos hacia nuestra meta, Constitution Hall, justo cuando el edificio recibe la luz de los primeros rayos de la mañana.

Los soldados se lanzan sobre nosotros. Me doy vuelta para huir, pero mi pie se engancha en una piedra y se me tuerce la pierna. Caigo, sintiendo fuego en mi tobillo y enojo por la torpeza. Tom se vuelve para mirarme, pero le hago señas con la mano para que siga mientras trato de levantarme. No puedo poner peso sobre mi pie, así que uso la pica que hice como muleta y me apresuro a ocultarme.

Camino arrastrando los pies; siento dolor en mi pie dañado cada vez que lo apoyo en el suelo, cuando escucho a un jinete detrás de mí.

—¡Detente! —grita, pero continúo mi camino cojeando hacia Constitution Hall.

Siento un dolor agudo en el costado, justo cuando escucho el estruendo del mosquete. Mi cuerpo torcido me dice al instante que me han dado. Caigo, sintiendo la aflicción de mi miserable infancia y todo lo que me ha llevado a esta mierda de tierra. Mientras yacía allí, con sangre que sale de la herida en mi costado, escucho gritos y más disparos mientras los soldados disparan contra el grupo. Que Dios los ayude, rezo mientras mi visión se oscurece. Maldición, espero que estén a salvo dentro, con la puerta bloqueada contra el enemigo.

Me despierto cuando los hombres me suben bruscamente a un carro. Débil y en agonía, me desmayo de nuevo. Siento la muerte en mi hombro mientras me muevo de un lado a otro entre el sufrimiento de la vigilia y el olvido del sueño. Por fin, no sé cuánto tiempo después, recupero la conciencia. Estoy acostado en un catre. Hay otros, hombres heridos que gimen y ruegan por whisky o agua. Intento sentarme, pero el dolor en el costado me deja sin aliento.

Reconozco a algunos de los heridos, pero no veo a Tom. Si el plan funcionó, tomaron Constitution Hall y capturaron un bote para estar listos para nuestro regreso. Solo espero poder unirme a ellos. Pido información sobre lo que ha sucedido a los otros pacientes y a las enfermeras que merodean cerca.

—Todos los rebeldes han sido capturados —me dice alegremente una enfermera.

—¿Cuántos? —gruño.

—No podría decir —responde con severidad—. El que no está muerto está en el cuartel. —Ella me mira con picardía—. Está previsto que los ejecuten antes de que termine la semana. Se lo merecen, asqueroso irlandés.

Tom y Jake, si sobrevivieron, Sean el Alto, el sacerdote expulsado y nuestros otros compañeros rebeldes... muertos o cerca de enfrentar la ejecución. ¿Qué pasa con John, del que sospechaba que podría delatarnos? Y mi dulce Caroline. ¿Quedó atrapada en la batalla, o mantuvo su bonita cabeza gacha? Espero que lo último. Rezo para poder regresar con ella.

La esperanza se desvanece con cada nuevo día. Me despierto en la oscuridad con frío y escalofríos. El médico mira mi herida, pero el hedor cuando levanta el vendaje me dice más que sus ojos tristes que la infección me ha encontrado.

Durante días, floto entre escalofríos y temblores que sacuden el catre y un calor que me deja pidiendo agua. El sueño de la serpiente en el campo perfora mis sueños, así como las otras pesadillas que me han perseguido desde la infancia.

En la vida, nunca vuelvo a ver a mi amigo Tom, pero escucho noticias de las enfermeras de la sala de que los rebeldes han sido ahorcados. El nombre de Jack se menciona como instigador, pero el resto no fue nombrado.

Sé que mi compañero fue ahorcado con el grupo porque, mientras la infección me devora, el fantasma de Tom viene a mí como un hombre liberado. La primera vez me despierto sudando y sediento.

—Toma, amigo mío —susurra Tom y sostiene la taza para que beba. Su segunda visita me encuentra peor; mis dientes apretados por el dolor en mi estómago y tirado en mis propios excrementos. Esta vez no dice nada; solo toma mi mano en la suya fría y, con un último suspiro, me levanto para seguirlo.

PARTE VIII

51

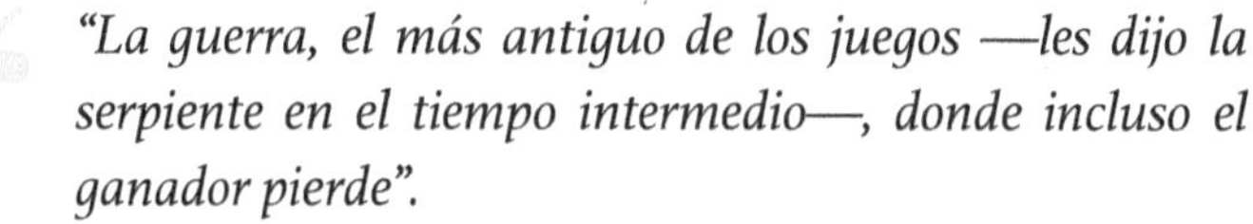

"La guerra, el más antiguo de los juegos —les dijo la serpiente en el tiempo intermedio—, donde incluso el ganador pierde".

Francia
Primera Guerra Mundial

—Nebraska. Oye, Nebraska.

Las palabras me llegan como en un embudo mientras estoy tendido en el suelo de la antigua despensa subterránea de mi familia. Escucho estruendos y réplicas como un trueno. Debe de ser una tormenta, y nos hemos refugiado en la despensa, donde siempre hace frío, incluso en julio, y donde los estantes de maíz enlatado, tomates y jaleas de mamá cubren las paredes.

—Maldita sea —protesta mi mamá con una voz diferente a la de ella. Nunca escuché a mamá maldecir antes, y eso me hace resoplar—. Dios mío —dice la voz—. Frank, Nebraska, abre los malditos ojos.

Alguien empuja mis párpados para forzarme a abrirlos. Un

rostro está sobre mí y no es mi mamá ni mi papá. Respiro hondo y me ahogo con el aire fétido. Girar la cabeza me produce un dolor agudo y estelas de cometas en los bordes de mi visión.

—Está volviendo en sí —dice otra voz—. Ayúdalo a sentarse, ¿quieres?

Esa voz me resulta familiar. Empiezo a decir su nombre, pero la palabra se interrumpe y no puedo recordar.

—Bebe esto, Frank, esos malditos alemanes te partieron la cabeza, pero bien. Deberías ver la abolladura en tu casco.

Jack, ese es su nombre. Lo grito.

—Sí, sí, soy yo, Jack, ¿vas a estar bien? —La última es más una pregunta que una afirmación.

Tomo la cantimplora que me da Jack y tomo un trago del agua tibia que sabe a metal y pantano, o al menos a lo que sospecho que sabe el agua de pantano. Me la llevo de nuevo a la boca. Mi estómago se revuelve, pero me las arreglo para retener el agua.

—Pásame uno de esos cigarrillos —digo con voz ronca.

Jack enciende un cigarrillo y me lo da. Aspiro sintiendo el humo bajar por mi garganta y el zumbido de la nicotina.

—¿Va a estar bien? —pregunta Emmett—. ¡Cielos!, pensé que lo habíamos perdido. Deberías haberte visto volar —me dice y se ríe—. ¿Quieres morir como un gran héroe?

—Vuelve a donde se suponía que debías estar —le gruñe Jack a Emmett.

Emmett hace ese puchero con su labio inferior, pero se escabulle por la trinchera hacia donde Jim está mirando a través del periscopio, inspeccionando la tierra de nadie entre donde nos hemos atrincherado y el enemigo.

—Dios mío, es un idiota —me dice Jack en voz baja—. Si no está hablando de más, está haciendo alguna torpeza. Si no fuera por su padre...

Y la promesa que hizo Jack de mantener a su hijo a salvo; sé cuál es el resto de la oración, pero el cansancio repentino me abruma y vuelvo a caer en la despensa oscura.

241

52

—¿Estás listo para esta mierda? —me pregunta Jack. Es octubre y el clima de Kansas es perfecto aquí en Camp Funston. Mis botas son tan nuevas que el cuero rígido marca mis pies donde rozan. El uniforme también es nuevo, todavía áspero en su frescura.

"Frankie —me había dicho mamá cuando Hoover anunció que Estados Unidos entraría en la Gran Guerra—, espera hasta que el Servicio Selectivo te llame".

Pero la noticia de la guerra me puso inquieto y ansioso por unirme a la batalla lejos de la granja Nebraska High Plains, donde crecí.

—Listo —respondo, y me abrocho la otra bota. Jack es de Kansas City, y su corto cabello negro está peinado hacia atrás con una especie de pomada que tiene a mano.

—Formen filas —ordena el sargento mientras salimos para la caminata de ocho kilómetros de hoy. La bota frota la ampolla en mi pie de la caminata de ayer y desearía haber agregado un segundo calcetín encima del primero. Aun así, el aire fresco ha reemplazado el calor del verano y las alondras cantan en los pastos altos.

—¿No hay colinas como esta en Nebraska? —jadea Jack mientras subimos una de las onduladas colinas de caliza que rodean el campamento.

—Claro que sí, igual que estas. ¿Qué tal ustedes?

—Te diré esto: tan pronto como regrese, voy a conseguirme uno de esos autos Ford nuevos, y entonces nunca más tendré que sudar para subir estas malditas colinas de mierda —declara Jack.

Emmett, que nunca está lejos de Jack, ríe locamente.

—Sí, vamos a conducir por la ciudad y silbar a todas las chicas bonitas, ¿no es así, Jack?

—Claro, Emmett —responde Jack en un tono sarcástico. Más tarde, en la rara ocasión en que Emmett no está al lado de Jack, le pregunto por qué lo deja estar tan cerca—. Le prometí a su padre que cuidaría de su hijo idiota.

Entrecierro los ojos ante la lamentable respuesta.

—¿Qué hizo su papá?, ¿te salvó la vida?

—Prácticamente. Verás, el papá de Emmett es el gran jefe en Kansas City.

—¿Qué quieres decir con "gran jefe"?

—Quiero decir, él es como un rey. Cobra un impuesto sobre cualquier negocio que quiera operar en su territorio y, créeme, allí no pasa nada de lo que él no sepa. Seré un iniciado cuando arrastre el lamentable trasero de su hijo de regreso a casa después de que terminemos en este país de mierda.

—¿Qué quieres decir con "iniciado"?

—Maldita sea, Nebraska, tienes que salir de la granja de vez en cuando. El viejo DeCarlo tiene intereses: licor, juegos de azar, préstamos... ese tipo de cosas. Cuando yo era un novato, me dio un trabajo vigilando los negocios y gestionando los paquetes. Algo bueno también porque tanto mi mamá como mi papá eran alcohólicos. Algunas noches se tomaban su cheque de pago antes de la medianoche y no había nada para comer en la casa.

—¿No tenías tíos o abuelos o alguien que te pudiera acoger?

—Probablemente, pero no los conocía.

—¿Hermanos, hermanas?

Jack da una calada a su cigarrillo y mira hacia la noche.

—Tenía una hermana pequeña, pero murió de difteria. Maldita sea, hombre, ¿no lo ves?, es por eso por lo que le debo al viejo de Emmett. Si no fuera por él, me habría muerto de hambre. Además, me meterá en el negocio. Como dije, él es el rey. Tiene sus garras en casi todo lo que sucede en Kansas City, desde los políticos hasta el bar de la esquina. Cuando regrese, haré un seguimiento de las cuentas, me aseguraré de que nadie lo engañe... —Da otra calada al cigarrillo— y me aseguraré de que se mantenga a salvo de algún tramposo que intente tomar parte de su acción. Eso es lo que un iniciado hace por el jefe.

Se vuelve para mirarme con sus ojos oscuros y expresivos, que no revelan nada, pero que pueden convencerte de cualquier cosa. Una vez vi a Buster Keaton en una de esas nuevas películas cuando fuimos a Omaha y Jack tiene el mismo aspecto inquietante.

Sé lo que voy a hacer cuando regrese a casa: casarme con mi amada, Peggy Ann Bowlen. Criaremos a nuestros hijos, junto al trigo y al ganado, en la granja de mi familia. Dulce Peggy Ann. Dios, cómo echo de menos su mano suave metida debajo de mi codo.

El sueño de estar en casa se interrumpe cuando Jack me sacude el hombro. El movimiento hace que punzadas de dolor atraviesen mi cabeza.

—Frank —llama en un susurro ronco—, despierta. Será mejor que tomemos las raciones. Pronto oscurecerá y tenemos que pasar por encima y colocar más alambre de púas en esa maldita tierra de nadie. —Poco a poco emerjo, no a Peggy Ann, sino a la zanja embarrada que será mi hogar durante los próximos días (¿Cuántos más?). ¿Qué estoy haciendo aquí? Solo quiero dormir, volver a los campos de granos dorados y a los ojos azules de cielo veraniego de Peggy Ann. Frank golpea mi mejilla con sus dedos—. Tienes que mantenerte despierto. Suenas como campana; tal vez sea mejor que veas al médico.

Niego con la cabeza, y siento que las esquirlas en mi cerebro se sacuden.

—Jack, aquí Jack, algo de comida para Frank.

Emmett ha vuelto. Todos estamos sucios de barro y los pies de trinchera nos pudren las uñas. Aun así, hacemos todo lo posible para mantener nuestro uniforme y equipo en su lugar y, lo mejor que podemos, la cara lavada con agua de las cantimploras. Emmett, sin embargo, se había limpiado a medias la baba de la nariz con la manga, dejando un rastro de mocos secos en una mejilla mugrienta.

—Tengo que orinar —anuncio, y me pongo de pie tembloroso, con la media joroba que todos hemos adquirido. Me balanceo de un lado a otro mientras me dirijo al hueco en la zanja que usamos como letrina. Apesta a pocilga. Disparo un chorro de orina en el agujero debajo del asiento de tabla sin importarme si apunto bien o no.

Para cuando regreso, el cielo se está volviendo gris oscuro. Entre las trincheras dentadas de nuestro lado, y donde el Imperio alemán se ha atrincherado, está la tierra desnuda y desgarrada que ambos lados codician. Empujamos a los soldados alemanes solo para que nos vuelvan a empujar al día siguiente. Esta no es la guerra que imaginé. Esa guerra se libra sobre valientes caballos, lo suficientemente gruesos y fuertes como para sostener a un soldado con armadura. Todas las historias que había leído sobre Francia y el campo lo hacían parecer idílico, pero aquí, en la vida real, es un campo de batalla desigual y sangriento, que todo el mundo parece valorar.

Regreso a la posición zigzagueando sobre las tablas que habían sido colocadas para mantener nuestros pies fuera del barro. Reviso mi bolso en busca de la máscara de gas, asegurándome de que el trozo de mortero que había golpeado mi cabeza no la haya dañado, pero cuando miro hacia abajo, un repentino mareo me da arcadas. Me agacho, respiro hondo, esforzándome por no vomitar. Cuando finalmente llego a la posición, Jack está acurrucado con el oficial de comunicaciones. Emmett, afortunadamente, no está por ningún lado.

—¿Qué es eso? —pregunto después de que el oficial se va y tomo mi lugar al lado de Jack.

—La niebla está llegando esta noche —responde—. Cuando lo haga, avanzaremos, y eliminaremos su primera línea. —Antes de que pueda responder, grita—: Maldita sea. Idiota. Mantén tu cabeza abajo. Dios todopoderoso, es como un melón gordo que se asoma.

Emmett se agacha, y deja caer una de las latas de raciones que ha reunido en sus brazos. La levanta, ajusta las cinco que tiene en la mano, vuelve a dejar caer una y, finalmente, coloca dos debajo de cada brazo y sujeta la otra.

—Lo siento, lo siento —le dice a Jack.

—No importa —le dice este—. Dame a Nebraska y a mí los que no soltaste.

Abrimos las latas, sin sorpresa: carne en conserva. Emmett saca galletas de su mochila y las pasa. Ojalá me pudiera asear, como mi mamá nos obligaba a hacer antes de comer. Sostengo la galleta por una esquina mientras recojo la carne enlatada. Me tranquiliza un poco la barriga, pero cuando Emmett saca una lata de ciruelas, lo rechazo. Mi apetito se ha ido, aunque queda la mitad de la carne enlatada insípida. Estoy tan cansado... cansado del hedor de los cuerpos y las letrinas, mis pies adoloridos y la picazón de los piojos. Al menos con el clima frío se han ido las moscas que se alimentaban de las latas desechadas y cosas en las que no quiero pensar mucho. Cierro los ojos, solo por un minuto, y estoy de regreso en Nebraska.

—¿Estás segura? —le pregunto a Peggy, excitado por la urgente necesidad de ella.

—Sí, te amo, Frank —gime. Puedo oler su excitación. Siento la humedad de su ropa interior bajo mi mano.

—También te amo, cariño —le digo y le desabrocho la blusa; el dulce deber del amor.

No es la primera vez que disfrutamos el uno del otro. Siempre prometo salirme antes de que el fluido me abrume, pero es muy, muy difícil de hacer y sus piernas me bloquean.

Tuvimos suerte, al menos hasta una semana antes de la fecha programada para ir al campamento Funston.

—¿Qué quieres decir con que aún no tienes tu periodo? —susurro mientras nos acostamos abrazados. No estoy seguro de por qué estamos susurrando. Había tendido una manta vieja al abrigo de los árboles y nadie estaba lo suficientemente cerca para escuchar. Sin embargo, la solemnidad de lo que estamos discutiendo no es algo de lo que queramos que sean testigos ni siquiera los pájaros. Mi corazón late con fuerza ante las implicaciones de lo que dijo—. Nos casaremos. Todavía me queda una semana.

Peggy Ann niega con la cabeza.

—Mamá tiene muchos sueños para mi boda. Una semana no es suficiente para, bueno, planificarla. Además, no puedo decirles a mamá y papá que nos vamos a casar porque estoy embarazada. Les romperá el corazón.

—Diles que me voy a la guerra y que no sé si volveré, así que queremos casarnos pronto.

Ambos guardamos silencio por un minuto; el temor de que me maten en la batalla ahora sale a la luz. Me atrae hacia ella y siento su rostro húmedo en mi hombro.

—Podemos tomar el tren a Omaha —sugiero rápidamente —. Nos casaremos en el juzgado y luego... —No puedo terminar el resto, así que solo acaricio su pelo. Ahora está oscuro, pero en mi mente, veo ese pelo del color del trigo maduro flotando con la brisa.

—Eso tampoco funcionará —me dice Peggy—. Pero, si lo

estoy, entonces no puedo estar más embarazada de lo que ya estoy. —Esto lo dice en un tono burlón que amo.

—Cerrar la puerta del granero después de que el caballo... —Me río.

—Escapa —termina ella.

La tomo en mis brazos y le doy todo de mí (pasado, presente y futuro incierto) y ella toma todo lo que tengo y me lo devuelve arqueando la espalda con el placer de hacerlo.

Su carta me llega justo antes de que nos embarquemos a Nueva York y luego a Francia.

—Mi querido Frank —comenzaba—: Mi amiguita llegó unos días después de que te fuiste. Cuídate y, cuando regreses, tendremos una gran boda y media docena de bebés.

Guardo la carta junto a mi corazón. Me alegra que Peggy no tendrá que sufrir la vergüenza de un bebé ilegítimo. Pero hay una parte más grande de mi alma que quería dejarle este último pedacito, un hijo que ahora no lo sería, por si acaso. Oh, Señor, estoy tan asustado de lo que pueda suceder... Las historias que escucho de mis compañeros y lo que leo en los periódicos son terribles. ¿Cuántos ya han perdido la vida en Estados Unidos y Francia? Padre nuestro que estás en los cielos...

—Nebraska, despierta. —Una vez más, estoy de vuelta en la trinchera apestosa y fangosa—. ¡Cielos!, estás murmurando tonterías mientras duermes. Mira hacia arriba, la niebla se está asentando. Pronto recibiremos la señal para salir de la trinchera.

Tomo mi rifle con su bayoneta y vuelvo a comprobar para asegurarme de que mi máscara antigás esté en la parte superior del paquete.

Emmett está prácticamente bailando de emoción y Jack sigue teniendo que recordarle que mantenga la cabeza gacha.

—Nadie me va a ver en estas cosas —se queja Emmett.

—Aun así, mantén ese gran melón por debajo del borde y límpiate los mocos de la nariz.

Emmett lo hace e incluso en la escasa luz puedo ver el brillo de los mocos frescos mientras se mete la manga debajo de la nariz.

—Vayan —llega la señal en la línea y comenzamos a salir por el borde. Me ajusto el casco, ya que todavía me duele la cabeza por el golpe anterior, y trepo.

—Oh, mierda —dice Jack, justo cuando llegamos a la parte superior. La percusión de los proyectiles de artillería nos arroja de nuevo a la trinchera.

Giro la cabeza hacia el lado opuesto y todo se oscurece.

53

Estoy sentado en una mesa de un pub y Jack está a mi lado. No, espera, Jack pero no Jack. Mi mano rodea una jarra de cerveza; Guinness, eso es lo que es, sacando el nombre de alguna parte. La gente está cantando una triste balada irlandesa y la melodía me llega al alma con una familiaridad melancólica.

—Donal, mi amigo —me dice Jack, que no es Jack—. Regresamos demasiado pronto; desde el final de una guerra a otra.

Tom, ese es su nombre. Lo recuerdo entre la niebla. ¿La niebla? ¿No hay niebla que estamos esperando?

—¿Demasiado pronto? —pregunto estúpidamente. Es como si hubiera saltado a la mitad de un libro, o uno de esos programas de imágenes novedosos y no conozco la trama, y mucho menos dónde estamos en esa historia—. Tengo que volver —digo. Hay algo urgente que debo hacer, pero no recuerdo qué.

—Es solo guerra y, como sabes, siempre hay guerra en alguna parte. ¿No te acuerdas? Mira alrededor. —Eso hago. En una esquina hay dos niños de color jugando con piedras y un tablero. Parecen gemelos, excepto que uno está erguido y el otro tiene el hombro arrugado y el brazo marchito. Me viene el nombre del juego: mancala. Están hablando en una lengua extraña, pero soy capaz de adaptar los sonidos al significado. Una pared del pub se disuelve y veo a un hombre galopando por las llanuras montado en un caballo blanco de crin y cola oscuras. Estoy dentro de la mente del hombre. Viaja a casa, lejos del dolor de un amigo perdido y hacia su futuro. Miro en una dirección diferente y, a través de una bruma como si estuviera muy lejos, dos ancianos se sientan en un patio. Uno está enfermo en un catre, el otro está leyendo algo de un pergamino —. Mira, quédate un rato. Pronto, esta historia también estará terminada.

Señalo a los dos viejos. Apenas puedo distinguirlos.

—¿Es aquí donde comienza?

Jack o Tom (son lo mismo) responde:

—No. Un hombre no recuerda su nacimiento, su primer sabor de comida ni la primera vez que se tambalea por el suelo. El hecho de que su primer recuerdo sea el de jugar béisbol callejero no significa que el labio partido que tuvo al aprender a caminar no haya sucedido.

Esto me confunde.

A lo lejos veo a un grupo de personas envueltas en sombreros y abrigos hechos con pieles de animales que se abren paso a través de un puente de hielo hacia una nueva tierra.

—¿Hemos hecho esto muchas otras veces? —tartamudeo, y los recuerdos regresan: alimentar leña a una chimenea de piedra mientras mi madre duerme cerca, en un rincón; Tom y yo alrededor de un niño febril, que vomita su enfermedad—. ¿Recuerdas esto? —le pregunto a Tom. Él empieza a desvanecerse, como una escena blanqueada por el sol.

—No yo —dice desvaneciéndose aún más—. Tú lo harás. Ese es tu destino: contar nuestra historia.

Empiezo a preguntar qué quiere decir, pero ha desaparecido.

—Joder, despierta, Frank. Maldita sea. No te me mueras ahora. Peggy Ann, recuérdala, tu chica en casa. Peggy. Eso es. Abre tus malditos ojos.

La memoria vuelve a fluir. Me pica la espalda y mi pobre cabeza de melón palpita. Peggy Ann no es el único recuerdo: pasado, presente, nacimiento, muerte y renacimiento. Empieza a conectarse en mi mente como eslabones de una cadena.

—Tom —gimo.

—No, soy yo, Jack. Venga, vamos a hacer otro intento. Solo, por el amor de Dios, deja de golpearte esa maldita cabeza.

Miro hacia arriba para ver los copos de nieve caer; me doy cuenta de que está nevando mucho. El aire se ha vuelto frío, aunque la trinchera todavía está caliente. Los copos caen sobre el lado de tierra arrasada y el blanco se disuelve en marrón.

—Adelante —viene la orden en la línea.

Me pongo de pie, al menos lo intento, pero una ola de mareo me abruma. Veo a Emmett salir de la trinchera, estúpidamente ansioso por la acción. Jack está justo detrás de él. Tropiezo. Caigo. Me levanto. Mi visión es extraña y mis dedos son torpes en la culata del rifle. Aun así, subo, y avanzo tropezando hacia el muro de alambre de púas.

Una luz brillante golpea mis ojos, seguida por la percusión de bombas. Me tropiezo, y me doy cuenta de que me tropecé con el cuerpo de Jack. Al menos creo que es él. Entonces, estoy cayendo, cayendo.

—Te dije que regresamos demasiado pronto. Desde el final de una guerra a la siguiente —bromea Tom y me apunta con su cerveza.

PARTE IX

54

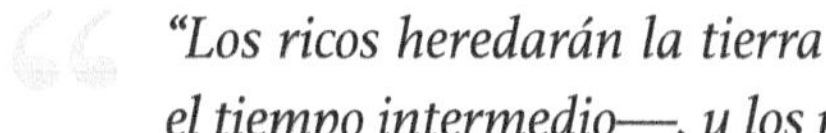

"Los ricos heredarán la tierra —les dijo la serpiente en el tiempo intermedio—, y los pobres pagarán el precio".

Estados Unidos
Siglo XXI

Llego a este mundo plenamente consciente del pasado. Aunque no puedo decirle eso a mi madre soltera, a pesar de que ha pasado su vida adulta persiguiendo religiones: el budismo cuando yo tenía seis años, un giro a la derecha hacia el catolicismo cuando tenía diez y, finalmente, un salto hacia atrás a la Wicca cuando cumplí catorce. Todavía practica la brujería, sospecho, porque cada vez que la visito, está vestida con caftanes sueltos con velas encendidas en algún tipo de altar de piedra.

No, nunca le dije que tengo recuerdos de vidas pasadas. Eso es ir demasiado lejos para el hijo "genio" (sus palabras) que algún día será un escritor famoso. Entonces, me rompo el lomo en la escuela y la Universidad y me gradúo de la facultad P (eso es Periodismo para los no ilustrados). Hay una pasantía en un periódico local de Maryland, un puesto en el *Boston Globe*, donde gané el Pulitzer por informar y luego una codiciada oferta de trabajo en el *New York Times*. Estoy feliz. Mamá está extasiada. Papá, bueno, está ocupado con su segunda esposa y su familia al otro lado del país, en Oregón, aunque me envió una linda tarjeta y dos billetes nuevos de cien dólares.

Todo este tiempo lo busco. Mi compañero de todas las épocas: en las aulas de la escuela, en los bares, en los centros comerciales, en los eventos políticos locales. Aunque el pasado se presenta en fragmentos y lugares familiares, el futuro siempre se oculta en el horizonte. No puedo encontrarlo a pesar de mis esfuerzos. ¿El descubrimiento de mi gemelo psíquico (y el gemelo real en una vida recordada) rompió el vínculo que nos conecta?

Por supuesto, todo este tiempo que estoy buscando, también estoy trabajando, cubriendo historias y conspiraciones financieras. Como periodista, vigilo especialmente lo que está sucediendo en D. C. Había un contendiente poco probable en la carrera republicana por la presidencia: Alexander Richter. No era que fuera un desconocido antes de anunciar su candidatura; era simplemente, bueno, es llamativo, un sabueso cachondo conocido, y hay dudas sobre sus prácticas comerciales mientras trabajaba en Wall Street con una de las firmas de renombre. Estoy ansioso por profundizar y escribir sobre eso.

Sigo a Richter en la campaña, aunque nunca puedo acercarme para ver a sus empleados poco conocidos, que están entre bastidores, ni hablar con ellos. Hablo con sus amigos (aquellos que aceptan hablar), así como con sus enemigos, que son muchos.

Cuando fue elegido en un triunfo aplastante contra un demócrata pusilánime tan conservador que apuesto a que ni siquiera se tira un pedo, nadie se sorprendió.

Luego me llamaron a la oficina del director.

Durante el trayecto en taxi, trato de averiguar por qué el presidente Richter quiere hablar conmigo. Hubo un artículo menos que halagador que escribí sobre las comisiones que ganó como corredor en ventas al descubierto de acciones farmacéuticas justo antes de que la FDA detuviera la venta del nuevo medicamento milagroso de la compañía. Por supuesto, hubo un artículo más halagador que había escrito sobre el poder persuasivo de sus tuits que, sospecho, contribuyó en gran medida a que fuera elegido.

La primera sorpresa es la convocatoria. La segunda es...

—Hola, soy Mandy McDougal, asistente del presidente Richter —se presenta—. Usted, supongo, es Clint Waggoner.

Ella es alta y rubia con el cuerpo elegante de una gacela. Es mi compatriota a través de las épocas; definitivamente, él es una ella.

Mientras estamos allí, una mirada insegura aparece en su rostro, probablemente, porque todavía agarro la mano que ella me ofreció para estrechar, y mi mente está haciendo todo tipo de mierda tratando de adaptarse a este nuevo suceso.

—Oh, lo siento —digo al fin volviendo al planeta Tierra. Es solo que, cuando me dijeron que M. McDougal, asistente del presidente, se reuniría conmigo aquí, pensé...

Mandy se encoge de hombros y sonríe de manera bonita. Sí, lo sé, es algo sexista y muy desactualizado, pero esa es la única forma en que puedo describirlo: "bonita". Mi cuerpo me dice una cosa con su cercanía, esos tacones altos y el aroma floral de su perfume. La otra parte (mi cordura) grita: "Detente, bastardo cachondo, este es el tipo que te ha sacado el culo del fuego más de una vez". Hay un momento en el que quiero huir, meter mi cabeza de avestruz en la arena, o al menos en una botella de whisky. Pero la intriga, tanto por Mandy como por la razón por la que estoy aquí en el vestíbulo presidencial, es demasiado atractiva para este curioso escritor. Entonces, respiro hondo y...

—Ese artículo sobre mis negocios en BioMeds fue muy travieso —comenta el presidente Richter, sacudiendo el dedo hacia mí. Sí, sacudió el dedo.

Me encojo de hombros.

—Simplemente, fui a donde me llevaron los hechos, señor presidente.

No estaba preocupado: tenía al menos dos fuentes y documentos de apoyo para cada instancia citada, y los editores lo habían examinado a fondo. Aun así, este es el hombre que, si los hechos no encajaban con su historia del día, juraba que los hechos estaban equivocados. Y él es el presidente de los Estados Unidos con todo el poder detrás de él, que no es poca cosa.

Me mira con furia. Mandy, cuya presencia me sigue desconcertando, agrega:

—Señor presidente, también estaba ese gran artículo sobre su talento mediático con los tuits.

Él vuelve su atención hacia ella y se acaricia su fino bigote, un movimiento que ha sido capturado en muchas fotografías. La gente dice que les recuerda a Errol Flynn, el popular actor de la primera mitad del siglo XX. Él juega con la imagen del héroe apuesto al llevar el pelo oscuro en ondas peinado hacia atrás como Flynn. Sus rizos y las delgadas cejas oscuras, sin embargo, no tienen nada del estilo relajado y despeinado que había lucido Flynn. Además, el presidente es gordo, y la experta confección de su traje es incapaz de ocultar su papada inflada.

—Sí, querida. Y estaba ese gran artículo con todas las excelentes fotos de mi penthouse en Manhattan y la casa de verano en Boca Ratón. —Dos sorpresas ahí: primero, llamó a Mandy "querida". ¿Qué significa eso? ¿Es ella su amante? No había escuchado ningún rumor, pero leí que un asistente anónimo y él habían trabajado juntos durante mucho tiempo; ese asistente era la fuerza invisible y el solucionador de problemas detrás de su candidatura a la presidencia. Segundo, el artículo. En realidad, fue escrito por Brent Thomas, un redactor de estilo de vida del *Times*. ¿Qué demonios? Dos hechos para dejar para un análisis posterior. Ahora... El presidente vuelve a centrarse en mí—. Ese me gustó más. —Solo sonrío como un idiota. Mandy tiene una mirada de perplejidad en su rostro, pero no dice nada. Él vuelve a acariciarse el bigote—. Mandy me dijo (bueno, en realidad ya había tomado la decisión) que necesito un escritor que pueda... ¿cómo lo llamaste?

—Un escritor fantasma —responde Mandy.

—Eso es, ayudarme a escribir sobre todo el trabajo trascendental que he hecho hasta ahora y que volveré a hacer cuando sea reelegido. Ahora bien, me gusta Truman, pero no se puede comparar con lo que planeo lograr en los próximos... ¿cuánto tiempo?

—Tres años —termina Mandy.

—Sí, los próximos tres años. —Él sonríe—. O, espero, siete porque ya tengo gente que me ruega que me postule para un segundo mandato. ¿Qué opinas?

—Todo es posible —respondo con cuidado.

—Bueno, ¿y qué dices? —pregunta él.

—¿Sobre qué?

—Cielos, hombre, ¿no has estado escuchando? Esta es una oportunidad única en la vida para escribir sobre el líder más trabajador y maravilloso que este país haya visto jamás: el presidente Alexander Richter.

Mi mandíbula cae, en sentido figurado, por supuesto. Al menos espero no parecer un pez fuera del agua agitando mi boca. Toco mi barbilla para asegurarme.

Miro a Mandy, que vuelve a sonreírme de manera bonita. Miro al presidente; el mundo libre nunca ha visto uno igual. Soy periodista y esta es la historia de mi vida. Por alguna razón cósmica, el destino me ha designado escriba del hacedor de reyes. Así que aquí estoy de nuevo. Un atisbo de mi futuro me guiña desde más allá del horizonte.

—¿Puedo tener un poco de tiempo para pensarlo? —suelto.

El presidente mira el pesado reloj de oro que lleva en la muñeca.

—Doce horas.

Me dirijo al coche con las piernas temblorosas. ¿Sacrifico mis principios periodísticos para escribir una historia de mierda que adule al presidente impulsado por el ego? ¿O escribo la verdad? Lo que sucede realmente dentro de su círculo íntimo reservado. Ambas opciones parecen la muerte de mi reputación. ¿Podría ganar dinero con un libro así? Claro que sí. Mejor aún, podría redactar como escritor fantasma una autobiografía para una editorial de autor y, al mismo tiempo, lanzar un segundo libro, bajo mi nombre, sobre lo que mueve al hombre y el impacto potencial de sus acciones en la historia del mundo.

En un semáforo, en el camino de regreso a la oficina, me doy cuenta de algo y empiezo a reír como un loco. Un artículo florido que había escrito mi compañero de trabajo, Brent, probablemente me había valido la oferta de trabajo.

55

Se necesita mucho para sorprender a los editores del *Times*. Primero, me reúno con mi jefe, quien luego convoca al suyo. Después de escuchar mi historia, sigue la línea hasta que hay suficientes personas involucradas para que traslademos la reunión a la sala de conferencias. Después de explicar lo que sucedió en mi reunión con el presidente, hay un silencio absoluto durante un minuto completo. Entonces, comienza el aluvión de preguntas y exclamaciones de incredulidad:

—¡Por todos los cielos!, vaya tipo de autobiografía que pretende el presidente.

—Caray, solo caray.

—No puedes estar considerando seriamente...

Y así sucesivamente. Les cuento toda la historia, aunque no es larga. Dejo fuera la parte sobre Mandy y sobre la clara posibilidad de que el artículo de Brent sobre la casa de Richter sea lo que llamó la atención del presidente. Después de todo, Brent y yo no somos amigos, y en Nueva York y en D. C., uno debe poner el pie en la puerta de la oportunidad del modo en que se pueda.

—Qué tomate más caliente —comenta el editor jefe, Josh, cuando las voces por fin se calman.

—Creo que te refieres a una papa caliente —corrige Sarah, siempre la verificadora de hechos.

—En este caso —prosigue Josh—, lo llamo un *tomate* caliente por el potencial de derramar jugo rojo sangriento por todas partes. —Se vuelve hacia mí—. Entonces, si vas a hacer esto, ¿significa que renunciarás?

Respiro hondo y me lanzo:

—Lo que me gustaría es una licencia (no remunerada, por supuesto) durante unos meses para ver a dónde llego.

Y así sucedió.

Mamá casi se desmaya cuando le cuento mi plan.

—Hola, ahí dentro —exclama golpeando mi sien—, ¿qué has hecho con mi hijo, ladrón de mentes alienígena?

—Es la historia de mi vida —le digo, con tal vez solo un poco de súplica en mi voz.

—Asegúrate de lavarte las manos después de salir de su oficina —gruñe.

Es un factor decisivo para mi novia muy liberal, Olivia. No es que su partida sea una sorpresa: solo habíamos estado saliendo unos meses y ambos nos dimos cuenta desde el principio de que esto no iba a ser algo a largo plazo.

Semana uno: tengo grandes dudas sobre en qué me estoy metiendo. Las puñaladas por la espalda, las discusiones, el ego, el modus operandi de tener que halagar al presidente antes de proponer, cautelosamente, un contraargumento. Observo las maquinaciones de Mandy para calmar su ego, susurrar información, tocar su brazo o su hombro. Mamá tenía razón: tengo ganas de lavarme las manos cada vez que salgo de la Oficina Oval.

Por el lado positivo, la seguridad es lo suficientemente laxa como para que pueda encontrar una silla tranquila o el borde de un sofá y observar. Entre sus deberes, informes (lo poco que tolera) y llamadas telefónicas hasta altas horas de la noche, el presidente Richter me cuenta la historia de su vida. Son cuentos monumentales con él como héroe. Este es el libro que redacté como escritor fantasma: página uno, "El presidente Richter es el presidente más grande de todos los tiempos". Página dos, "Mira lo que hice". Lo mismo ocurre con las páginas tres y cuatro, y así sucesivamente hasta el "Fin".

Invito a Mandy a cenar esa primera semana. Ella se niega.

Semana dos: repetición de la semana uno. El presidente dice que todos lo engañan (sí, dijo "lo" en lugar de "al país") e impone un impuesto sobre cualquier materia prima cultivada fuera de las fronteras de "este gran país". Hay aplausos y abucheos en la prensa. Invito a Mandy a cenar. Ella se niega.

Semana tres: la dueña de la franquicia de una docena de restaurantes de comida rápida en el área viene a ver al presidente Richter. Él la recibe porque la cadena es su favorita y ella trajo muestras. Ella le dice que es difícil conseguir tomates y lechugas cuando los "agricultores pobres" pagan altos impuestos al traer productos agrícolas de México. En las noticias nacionales, el presidente declara que el impuesto sobre bienes extranjeros ha sido exitoso y emite un indulto. El presidente y su esposa viajan a Europa para reunirse con los líderes. Invito a Mandy a cenar. Ella se niega, pero acepta almorzar mañana en la oficina que tiene en la Casa Blanca. Éxito.

Durante todo el tiempo que he trabajado con el presidente (está bien, lo he espiado), la he estado observando. No ha habido ningún indicio de que ella me reconozca más allá de nuestro tiempo presente. Le pregunto si alguna vez pensó en Irlanda, ya que el nombre McDougal tiene raíces irlandesas, solo para ver su reacción.

—No —me responde.

—¿Tienes algún interés en la historia? —le pregunto. Misma respuesta, misma falta de reconocimiento. Demasiado pronto para pedirle su opinión sobre la reencarnación, *Déjà vu* y todo eso.

—Gracias, Clyde —le dice a su asistente cuando nos trae el almuerzo que preparó el chef. Estamos sentados alrededor de la mesa redonda de vidrio en su gran oficina al final del pasillo de la Oficina Oval. La puerta está abierta, pero hay poco personal y visitantes que nos interrumpan mientras el presidente y la primera dama no están.

—Cuéntame un poco sobre cómo llegaste a trabajar para el presidente —le pido, cortando mi sándwich Reuben en cuartos. Ella había pedido una ensalada. Rebanadas de pollo a la parrilla y fresas frescas sobre un colchón de verduras.

—Trabajé como pasante mientras completaba mi doble maestría en negocios y gobierno. En ese momento, el señor Richter trabajaba en la agencia de corredores y me asignaron para ayudar con un proyecto de inversión que él estaba haciendo. Estaba feliz con mi trabajo. Cuando me gradué de la escuela de posgrado, me preguntó si quería ayudarlo con su comité electoral.

Comemos en silencio por un rato.

—Entonces, ¿cómo le fue en el negocio de corretaje? —le pregunto—. Quiero decir, ¿ha cambiado mucho desde que asumió el cargo?

Ella me mira y sus ojos son tan insondables que casi puedo ver en ellos todos los eones de nuestra historia compartida. Maldita sea, tiene que darse cuenta de algo, ¿verdad?

En lugar de responder, ella corta una rodaja de fresa con el tenedor y mira por la ventana con el tenedor entre el plato y los labios. Después de un minuto me dice:

—Tú no lo sabes, estoy segura, pero mi padre era un hombre difícil. Aprendí a manejarlo.

—¿Mejor malo conocido que bueno por conocer?

El tenedor traquetea contra el plato, y la fresa queda olvidada.

—Escucha, Clint, mi padre era un gran hombre. Se levantó por sus propios medios e hizo un negocio exitoso. Eso, por cierto, me permitió terminar la Universidad y la escuela de posgrado sin préstamos estudiantiles.

—Lo siento, te ofendí —me disculpo—. Sin embargo, siento un "pero" después de lo que dijiste. —Clint Waggoner, periodista, sin miedo a ir donde otros temen pisar, o algo por el estilo.

—No quiero hablar de eso ahora —responde finalmente—. Cómete tu sándwich; se está enfriando.

—Está bien, mamá —digo y sonrío para mostrar que no hay resentimientos. Todavía tengo tiempo suficiente para sacarle el resto de la historia.

—Mamá —resopla. Y luego me muestra esa sonrisa destinada a romper corazones. Cálmate, Clint, cálmate, me regaño. Eso fue todo respecto de las cosas serias de ese día. Al día siguiente es ella quien me invita a almorzar. Debería salir corriendo y comprar un billete de lotería, con lo afortunado que soy—. Siento haberme enojado ayer —dice Mandy después de que Clyde entrega el almuerzo. Otra ensalada para Mandy con algún tipo de condimento de frijoles y picatostes sazonados encima. El mío es un sándwich de atún sin tapa.

—Oye, lo entiendo. No me di cuenta de que había tocado un punto doloroso.

—Alex, el presidente Richter, me recuerda mucho a mi papá. Mismo impulso para tener éxito. Admiro eso.

—Continúa —la aliento porque sé que hay más.

—No es totalmente desinteresada mi razón de estar aquí. Él tiene muchas conexiones. Saldré de aquí con un archivo informático de contactos, y podré elegir el trabajo que quiera.

—Eso es muy cierto, Mandy McDougal, ¿y qué es lo que quieres ser cuando te vayas?

—Rica —responde y hay algo de astucia en la respuesta.

56

La vida, o al menos la vida presidencial, retoma su ritmo cuando nuestro intrépido líder regresa al amparo de la Oficina Oval.

Él está de mal humor. Mandy se esfuerza por tratar de aplacarlo y deriva las tareas más difíciles a otras personas.

Su estado de ánimo no es una sorpresa. Leí los informes de noticias en línea sobre que se las había arreglado para insultar o difamar a líderes de dos naciones europeas; ambas eran mujeres y con mucha experiencia. El hombre parece odiar a las mujeres de mediana edad en el poder. Si le daban al líder macho impredecible de Corea del Norte, estaba bien. Si le daban una mujer con autoridad, se convertía en una preadolescente mordaz. Tomo nota para ahondar en la relación que tenía con su propia madre. Espero que le hiciera comer jabón para limpiar su boca de malhablado.

—¿Cómo va mi libro? —pregunta, volviendo su atención hacia mí.

—Ahí va —respondo—. Tengo algunas preguntas, pero sé que está ocupado con la vuelta al trabajo.

Su respuesta es interrumpida por un par de asesores militares que ingresan a la oficina, con medallas en el pecho y papeles en mano.

—Genial, simplemente genial —murmura—. Mandy le dijo a su gente que hoy estaría ocupado —les dice.

El coronel Dickinson, vestido de azul intenso y con los músculos de la mandíbula tensos, responde:

—Recibí el mensaje, señor presidente, pero hay asuntos urgentes en Medio Oriente que debemos discutir de inmediato.

—Deje los papeles y los miraré más tarde —dice el presidente, indicándoles que se vayan. El almirante coloca prolijamente los papeles en la esquina del escritorio. Se queda ahí parado por un minuto, ¿esperando qué?—. Dije que los miraré más tarde. —El presidente toma su móvil y sus dedos gordos presionan algunas letras—. Maldita sea. —Vuelve a intentarlo —. Maldita sea —protesta de nuevo y le entrega el teléfono a Mandy—. Envía un tuit diciendo que he vuelto y que estoy considerando nuestra acción militar en el Medio Oriente.

El coronel se sobresalta un poco. Los dedos de Mandy están sobre el teléfono. Estoy estupefacto de que el hombre vaya a tuitear algo sin mirar los documentos informativos.

—Señor... —comienza a decir el coronel.

—Alex —dice Mandy al mismo tiempo.

¡Cielos!, tengo que registrar esto. Discretamente, enciendo la aplicación de grabación en mi teléfono.

—Señor, no puede revelar información sensible —instruye el otro consejero, un teniente coronel.

—Todavía no he leído lo que me trajo, así que no veo cómo estoy divulgando información sensible. —Hace comillas con los dedos alrededor de la palabra "sensible"—. Simplemente, me guío por mis instintos y por lo que veo en las noticias. Dios, relájense. Ahora váyanse para que pueda hacer algo. —Después de que los hombres se van, el presidente Richter mira su reloj—. Casi la hora del almuerzo. Mandy, ¿puedes pedirme algo de comida y no esa mierda de conejo que siempre intentan imponerme? Voy a ir a ver las noticias del mediodía.

Ya extraño los almuerzos tranquilos con Mandy.

Un mes después de haber comenzado mi trabajo en la Casa Blanca, he acumulado mucha información para la autobiografía, pero un escritor no puede hacer mucho con un tema superficial y egoísta. Le envío un borrador de sus primeros años con padres y hermanos. Mientras tanto, continúa el progreso de la investigación que estoy escribiendo. Desde el principio me doy cuenta de que tendré que publicarlo con un seudónimo. Una semana después de entregar el borrador de los primeros capítulos, el presidente me llama a su sala de estar privada. Tiene el archivo que le di. Hay un programa de entrevistas en la televisión. La habitación está perfumada con la fragancia de la comida rápida frita. Mi estómago gruñe de hambre. Mandy está sentada en una silla cercana, con una de sus piernas de gacela debajo de ella, jugando con un mechón de cabello mientras toma notas en una tableta.

—He estado ocupado —anuncia el presidente Richter—. Tan solo resume lo que hay en estos capítulos.

—Se trata de sus primeros años de vida en los suburbios de Nueva Jersey.

—Bien, bien. Te dije que era el mejor estudiante, ¿verdad?

—Lo hizo —respondo—. De hecho, le mandé un permiso para su firma para que el personal de la escuela pudiera hablar conmigo. ¿Ha tenido la oportunidad de firmarlo?

—Está aquí en alguna parte. Mandy, ¿puedes ocuparte de encontrarlo?

Mandy ingresa la nota en su tableta.

—En realidad, tengo otra copia del permiso en mi archivo —digo medio levantándome.

Me hace señas para que no me mueva.

—Mandy lo encontrará. ¿Qué más escribiste... —se ríe— Quiero decir, escribí? —No lo olvides, Clint, me recuerdo a mí mismo, su instrucción fue clara: es su autobiografía, solo eres el escritorzuelo en la computadora—. ¿Y entrevistaste a mi hermano y hermana? —prosigue el presidente.

—Lo hice. Gracias por contactarlos para aprobar mi conversación con ellos.

—Para que lo sepas, Susan y Peter no son las fuentes más confiables. Hay muchos celos por lo que hice bien mientras ellos, bueno, no lo han hecho.

Depende de la definición de *éxito*, pienso. Es cierto que están en una escala económica más baja: Peter tiene una librería con una excelente reputación de ser capaz de descubrir libros raros. Susan es profesora en Barnard College. Los había entrevistado a ambos. Digamos que sus recuerdos de los primeros años del presidente no eran los mismos que los de él. Claramente, era el favorito de su padre rico: el difunto Richter padre había hecho su riqueza con el petróleo y el gas antes de invertir su dinero en el negocio de corretaje. Con la misma claridad, no había sido el favorito de su madre. Eso explica en gran medida sus dificultades en el viaje europeo.

—Lo tendré en cuenta —digo, evitando el banco de arena.

57

—Espero que tengan un abrigo grueso —nos comenta el presidente Richter una mañana de julio—. Vamos a ver una gran oportunidad petrolera en Alaska. Tengo un buen amigo, de mis días de corredor, que me dijo que allá arriba hay un gran potencial sin explotar. Al diablo con el Medio Oriente, mi Estados Unidos puede encontrar sus propios recursos.

Dick Matterson, el director de la Agencia de Protección Ambiental, se ha unido a nosotros.

—Señor presidente, sabe que North Slope contiene un gran territorio de vida silvestre protegido, ¿no es así? —pregunta.

—¿Estás preocupado por algunos renos cuando existe el potencial de convertir a Estados Unidos en el principal productor de gas y petróleo?

—Caribú —corrige Dick—. Además...

—Sí, y Santa Claus te pondrá en la lista de traviesos. ¿No te dije que mi padre hizo su fortuna en el negocio del gas y el petróleo y que seguro que no se preocupó por desplazar a unos cuantos animales, fueran los que fuesen?

Estoy mirando a Mandy, que se niega a mirarme a los ojos.

¿Sabía ella sobre esto de antemano? Los noticiarios han estado cubriendo ampliamente el descubrimiento de la gran reserva de petróleo a unos ciento sesenta kilómetros de donde ya están perforando, así como el potencial de destruir millones de hectáreas de tierras protegidas.

—Señor presidente, no estoy seguro... —comienza a decir Matterson, pero lo interrumpe.

—No lo olvides: eres reemplazable —amenaza el presidente. Matterson intercambia una mirada con Mandy, y se me erizan los pequeños pelos de la nuca. Es lo que sucede cuando presiento que está en marcha un plan de tratos turbios y apretones de manos en callejones oscuros. Mandy, mi amiga de muchas vidas, tú y tu último rey están tramando algo. Como si acabara de darse cuenta de que yo también estaba presente en la conversación, el presidente Richter gira sus ojos de rayo láser para fijarlos en mí. Puse mi mejor expresión afable—. También estás invitado. Después de todo, este puede ser mi mayor logro, y tengo que plasmarlo en papel.

—Absolutamente, señor presidente.

Una semana después, el avión presidencial aterriza en la pista de aterrizaje de Prudhoe Bay. Es un impacto dejar el sofocante verano de D. C. y llegar a lo que pasa como verano al borde del Ártico.

—Maldito frío —murmura el presidente mientras se sube la cremallera de su nueva parka Arc'teryx.

Hacemos la corta caminata hasta los dos helicópteros de transporte, que se calientan en la plataforma.

—No se ven muy sólidos —me dice Mandy mientras nos acercamos.

El presidente avanza, y sus rizos cuidadosamente ondulados, teñidos y con laca en aerosol se levantan como consecuencia de los rotores.

—Quizás quieras decirle que se agache —grito por encima

del ruido, y Mandy corre tras él. El presidente, dos oficiales del Servicio Secreto y dos ejecutivos petroleros toman el primer helicóptero. Mandy, un fotógrafo, dos miembros del personal y yo tomamos el segundo. Matterson, de la Agencia de Protección Ambiental, no fue invitado, aunque creo que él, más que nadie, debería estar aquí. Despegamos. Mandy agarra mi antebrazo, con los dedos blancos por la fuerza. Yo la dejo. Sobre el rugido de los motores, digo, como iniciador de conversación—: Se ha interesado mucho en este proyecto. —Tengo que acercarme a su oído para decirlo, lo cual no me importa.

—Sí —sisea, y es toda la respuesta que obtengo.

Finalmente, estamos en el sitio. Los caribúes se dispersan. Hay una única plataforma de perforación instalada y, ahí cerca, un remolque como uno de esos contenedores de transporte. Todos nos amontonamos dentro. Hay una mujer (una geóloga, según se presenta) frente a una pantalla de computadora. Hay copias impresas distribuidas sobre una mesa. La escucho hablar sobre estadísticas: profundidades de perforación, predicciones sobre la producción de petróleo, el cronograma para la construcción de plataformas adicionales. El espacio es claustrofóbico y, al escuchar nada más que predicciones optimistas, salgo.

La temperatura ha subido a un grado. Aquí el terreno es mayormente plano con una capa de vegetación verde en la parte superior y estanques poco profundos dispersos. Hay poca oscuridad en esta latitud durante el verano y el cielo cambia de brillante a un azul brumoso en la distancia. Es difícil saber si la bruma es el mar o una cadena montañosa. A lo lejos, una manada de caribúes pasta. Respiro profundamente el aire limpio. Hay un golpe constante, un golpe sordo de la perforadora, y trato de imaginar cómo era este lugar antes de que llegara el hombre. Cierro los ojos y visualizo a un grupo de cazadores vestidos con pieles y armados con lanzas, que se abren paso a través de la tundra nevada hacia el mar y las focas que descansan en su borde. Los cazadores se agachan y se mueven lentamente para no asustar a las bestias. Rápidamente, uno levanta su lanza y la arroja a la más cercana. Da en el blanco y, mientras el resto de la manada se escabulle de regreso al mar, los hombres se lanzan contra la foca herida. Casi puedo saborear la carne cruda: grasosa con sabores profundos a sangre y agua de mar.

—Hola. Tierra a Clint. —Me devuelven al presente. El presidente y su séquito regresan a los helicópteros. Mandy ha sido enviada a buscarme a mí, al tipo parado al borde del Ártico perdido en sus pensamientos—. Por cierto, ¿a dónde te fuiste? —pregunta mientras caminamos de regreso.

—Solo por aquí. Se estaba poniendo sofocante allá dentro —explico.

—No, me refiero a ahora. Parecías estar a miles de kilómetros de distancia.

Me encojo de hombros.

—La imaginación del escritor me lleva de regreso a cómo debe de haber sido para los humanos que cruzaron el estrecho de Bering hace tantos eones.

—Bueno, vámonos. Si perdemos el viaje, eso es lo que harás: caminar de regreso a la base.

Mientras los helicópteros se elevan y giran hacia Prudhoe Bay, miro hacia el oeste, hacia donde se dice que se puede ver Rusia en un día sin nubes. Una fuerte sensación de conexión me conmueve. Tom había dicho algo sobre eso en mi tiempo entre la realidad y los sueños, sobre cómo hay vidas olvidadas en la infancia de un alma, antes de nuestro tiempo a la sombra de las tumbas del desierto. Había dicho algo sobre eventos que le suceden a un niño pequeño que no recuerda como adulto. ¿Fue eso lo que acaba de pasar? Todavía tenía el sabor de la carne de foca en la boca. ¿Cuántas vidas he tenido? ¿Cuántas por venir? ¿Y a dónde me ha llevado mi viaje? La fragilidad humana y las ruinas de la codicia y el ego. ¿Cuándo aprenderá la humanidad las lecciones?

Tom dijo que él no era Dios cuando le pregunté en el lugar entre la vida y la muerte, pero tiene que haber alguna fuerza poderosa en acción aquí. ¿Con qué propósito?

—Mira hacia allá —dice Mandy tirando de la manga de mi abrigo. A través de la ventana del helicóptero, vemos un iceberg flotar libremente en un océano azul lechoso.

Es tarde cuando aterrizamos de regreso a la base, pero el sol sigue brillando, lo que hace que parezca más de tarde que de noche.

La cena se sirve a las nueve en el comedor privado Dead-horse, reservado para los ejecutivos petroleros que ocasionalmente lo visitan.

Otro invitado está presente: Maxwell Cohen es el propietario actual de la gran firma de corretaje de Nueva York donde trabajó el presidente Richter antes de decidir postularse para el cargo. A la izquierda de Cohen está el presidente. A su derecha está, no es de extrañar, Mandy. Ella está haciendo esa cosa íntima con Cohen, al igual que lo hace con el presidente. Maxwell se inclina en una dirección para hablar con el presidente y, cuando se inclina hacia adelante para comer, el presidente y Mandy intercambian miradas a sus espaldas.

Por supuesto, me han delegado a la mesa periférica, donde se sientan los diversos ayudantes tanto del contingente de la industria petrolera como de la delegación presidencial. Hay algunas personas que no están aquí, y no es de extrañar, ya que sospecho que esto es algo que el presidente no quiere que se detalle para la prosperidad. El fotógrafo oficial no está en la cena. Los asesores del gabinete, de los que sospecho que no tienen su respaldo, ni siquiera fueron invitados al viaje. ¿No mencioné ya que tengo la sensación de que hay un plan en marcha? Es probable que los asesores condenados al ostracismo estén en algún bar de D. C. compadeciéndose del jefe de la Agencia de Protección Ambiental, al que también habían dejado en casa.

Mamá solía tener un caniche que podía escuchar una miga de galleta caer a dos habitaciones de distancia. Ese tipo de audición me vendría bien ahora. O un dispositivo de escucha metido debajo de una servilleta. Bueno, solo su lenguaje corporal me dice mucho.

Independientemente de las dificultades que enfrentan los trabajadores petroleros aquí (Dios, imagínense los inviernos bajo cero), la falta de buena comida no es una de estas. Nos sirven filetes de carne gruesos con un poco de mantequilla encima, papas pequeñas a la parrilla con cebollino picado y espárragos. Hay panecillos caseros y más mantequilla. El postre está cubierto con fresas glaseadas.

Me acomodo para pasar la noche en una de las habitaciones de la delegación. No estoy seguro de dónde se quedará el resto. Cuartos más elaborados, sospecho, aunque no puedo quejarme; la cama es cómoda, la habitación sin ventanas es oscura y el baño compartido está limpio. Me pregunto dónde dormirán Mandy y el presidente mientras me quedo dormido.

* * *

Quiero pasar un tiempo a solas con Mandy para tratar de descubrir de qué hablaron en Alaska, pero la mañana después de que regresemos a D. C., el presidente de Francia tiene programada una visita. La Casa Blanca es un avispero. Está bien, sé que es una palabra cursi, pero encaja, con el hervidero de actividades para hacer planes y asegurarse de que las cosas están listas para recibir al presidente francés. Cuando el presidente Richter visitó su país, lo agasajaron con un desfile militar. Hoy está ordenando al personal que llame al Ejército, a la Armada, ¡qué diablos!, a la Fuerza Aérea. Las Fuerzas Armadas, por supuesto, no se mueven a la velocidad de su exigente convocatoria. Solo obtiene un desfile aéreo (al diablo con los pasajeros que estén en tierra durante cuatro horas en el aeropuerto de La Guardia).

Es una reunión tensa. Soy la famosa mosca en la pared. No me entero de nada, excepto que las primeras damas de ambas naciones están interesadas en la última moda. Mandy, la joven y rubia gacela, podría haberlas dejado en ridículo, pero durante la visita elige un traje azul marino y blanco y zapatos de tacón bajos. Chica inteligente... mujer... lo que sea.

Lo realmente interesante sucede dos semanas después. El director ejecutivo de Arctic Exploration anuncia que han encontrado una reserva de petróleo en el nuevo sitio de perforación de Alaska, en North Slope. Calculan que, incluso al doble del consumo actual, el petróleo le durará a Estados Unidos más de cien años. Vivan los fabricantes de automóviles y constructores de camiones monstruo.

El precio de las acciones de Arctic Exploration se duplica y, en un mes, vuelve a duplicarse. El presidente, siempre oscuro como el cristal de una ventana, sonríe con superioridad cada vez que el locutor de televisión informa las últimas noticias sobre el descubrimiento de Artic Exploration. Mandy está casi embelesada. Supongo que sus compras de acciones (previas al anuncio del descubrimiento) se realizaron a través de un laberinto de empresas fantasma y con ventajas fiscales. No puedo creer que nadie más se haya dado cuenta. Le escribo a mi editor del *New York Times*. No puedo esperar a leer su artículo.

Mejor aún, cuando busco un bolígrafo en el escritorio de Mandy (el mío, convenientemente, se quedó sin tinta), encuentro una orden impresa para vender acciones en corto en dos compañías solares y una cooperativa de energía eólica. ¿Tengo que decirte cuándo se hizo? Sí, justo antes del anuncio sobre la reserva de petróleo y dos días antes de que nuestro estimado líder salga a la televisión y declare que, con tanto potencial de crudo, no necesitamos financiar energía verde. También rechazó los planes para que los trenes eléctricos de alta velocidad circulen entre grandes áreas metropolitanas.

Estoy indignado. Los editores del *Times* se regocijan cuando les envío fotos de los documentos por mensaje de texto.

58

———

Cuando llega otro año y llega la primavera, ya no tengo excusas para quedarme. Para entonces, he terminado la autobiografía escrita para el presidente. Mi nombre no está relacionado en ninguna parte con el libro y planeo mantenerlo así. Estoy a la mitad del segundo borrador del libro que sí quiero escribir.

El editor del *NY Times* y mi editorial descartan la idea de publicar mi libro como no ficción bajo mi nombre, citando la posibilidad muy real de que me demanden. Cedo ante la presión. El libro todavía se vende bien como ficción con un seudónimo y me queda suficiente dinero para agregarlo a mi cuenta de jubilación. Mientras tanto, vuelvo a lo que más amo: escribir artículos de investigación para el *Times*.

—¿Viste esto venir? —me pregunta mamá al comienzo del segundo mandato de Richter.

—¿Qué cosa? —Estamos cenando en su restaurante vegetariano favorito. No sé cómo encajan la Wicca y lo vegano, pero aquí estamos.

—Ese idiota malvado acaba de desmantelar cuarenta parques nacionales. Los están abriendo para senderos para vehículos todo terreno, caza comercial y pesca. Y minería,

¿puedes creerlo? Nuestros tesoros nacionales destrozados. ¿Qué tienes que decir al respecto?

—No tengo control sobre lo que sucede en la Oficina Oval —contesto, y me llevo un bocado de berenjena al horno a la boca. Está sorprendentemente buena.

—¿Estuviste allí por cuánto?, ¿dos años?

—Ni cerca de tanto tiempo.

—¿Y no mencionaste el calentamiento global o el daño de erradicar nuestros recursos?

—No lo hice. No habría hecho ninguna diferencia.

Aun así, veo con horror cómo el presidente Richter se pelea con el nuevo líder de Rusia, ordena a los militares bombardear campos petroleros en el Medio Oriente (los expertos dicen que arderán durante décadas) y critica a otros países por prohibir la sobrepesca y la contaminación. Nos sofocamos durante veranos cada vez más calurosos e inviernos más atroces. Las islas están devastadas por ciclones y el centro de nuestro país nunca se recuperará de la sequía y los tornados que arrasaron casas y granjas.

Luego, el presidente Richter solicita al Congreso que permita períodos adicionales para los presidentes y reúne a los votantes para limitar la independencia de los medios y el derecho a la libertad de expresión. Ordena al fiscal general que presente demandas contra quienes no estén de acuerdo y tuitea sugerencias a sus secuaces racistas para que quemen las empresas que sean propiedad de minorías.

A pesar de todo, a su lado, está Mandy. Ella, la creadora del rey supremo, debería estar regodeándose, pero la rara vez que la veo en la pantalla, parece deteriorada.

El *Times* me mantiene alejado de los artículos sobre el presidente (cuestiones de conflicto de intereses, o simplemente se han vuelto cautelosos con las demandas) y estoy de acuerdo con eso. Washington no es el único punto de actualidad en la nación. Ni siquiera muerdo el anzuelo cuando los adversarios del presidente me llaman en medio de la noche después de meter el rabo entre las patas y tratar de encontrar un agujero por donde escapar. Hay tratos sucios en el nivel superior, pero incluso los reporteros tienen dificultades para llegar a la verdad a través del muro de sus secuaces.

A la mitad de su tercer mandato, el rey cae. De verdad, se cayó. A estas alturas, ya un anciano, había pasado de montar el carrito de golf de hoyo en hoyo a conducirlo hasta la pelota para lanzarla desde el asiento que había diseñado para que girara y así alcanzar mejor la pequeña esfera blanca. Está inclinado, sujetado del marco del carro y le grita a su personal que coloque la pelota más cerca de él. En medio del grito, se desploma. Está muerto antes de llegar al césped tan cuidado. Los seguidores de todo el mundo están atónitos. Quiero decir, ¿pensaron que se había vuelto invencible?

La mitad de la población mundial celebra en las calles. La otra mitad llora y se rasga la ropa.

Sigo siendo un escritor que investiga las malas acciones, aunque con la protección del presidente, los grandes fraudes de guante blanco quedan impunes. Me caso, me divorcio, me vuelvo a casar, me divorcio de nuevo. Tengo una hija, Emily, que ingresará a la escuela secundaria este otoño. Emily es lo mejor que me ha pasado. Mamá se ha mudado conmigo para ayudar a cuidar a mi hija. Ella todavía guarda todos mis artículos en hojas encuadernadas.

Los campos petrolíferos que ardían en el Medio Oriente cubrieron los cielos. Curiosamente, la contaminación que cubría todo bloqueó el sol y tenemos una mini era de hielo. Entonces, los incendios se apagan, los cielos se despejan y, ¡bum!, el calentamiento global regresa con fuerza. Anticipándome a que eso podría suceder, mamá y yo nos mudamos a Chicago. Fue justo a tiempo porque el Atlántico ahora está lamiendo los bordes de la isla de Manhattan. La población de las costas, tanto del este como del oeste, ha emigrado hacia el centro del país. El cáncer de pulmón y el melanoma son las principales causas de muerte. Más que nunca, los ricos prosperan mientras los pobres mueren de hambre y se amotinan en las calles.

La mejor época del año ahora es diciembre. El invierno ofrece cierto alivio al calor. Es entonces cuando Mandy me encuentra. No es demasiado difícil, ya que mi firma todavía aparece regularmente en los periódicos (ya no es papel real, pero entiendes el punto).

—¿Clint? —La voz es vacilante y ronca.

—Habla Clint.

—Em, soy Mandy McDougal. No sé si te acuerdas...

—Mandy, claro que sí. Ha pasado un largo tiempo.

—Demasiado largo. Tengo entendido que ahora estás en Chicago.

—Sí, ¿y tú todavía estás en Nueva York?

Sabía que no lo estaba. Ella había emigrado al oeste con otros cuando el mar se arrastró hacia el interior. Sé lo que estás pensando, le he seguido la pista. Es cierto, lo hice. Mientras Roma arde, como se dice. Mandy y Richter se habían vuelto cada vez más ricos durante sus años en el cargo. Me duele el corazón que mi viejo amigo a través de los milenios se haya vuelto tan corrupto. Y me enoja que aquellos que tenían el poder de hacer un cambio positivo terminaran llenándose los bolsillos. Al diablo con la gente pequeña (los que no son blancos ni ricos). Lástima que no tenían seguro y murieron de enfermedades del Tercer Mundo. Qué pena que tuvieran que luchar y morir por refugio y comida y las necesidades básicas de la vida. No soporto quedarme mirando. No podía soportar la expresión de suficiencia de Mandy mientras estaba al lado de su presidente.

—No, en realidad estoy en Dakota del Sur —continúa—. La parte occidental en Black Hills. —Hace una pausa para toser—. El aire es un poco más limpio aquí y más fresco.

No puedo evitar la mordacidad en mis palabras:

—Bien, bien por ti, Mandy. Mientras la gente está sufriendo en el resto del país, tú te sientes cómoda allá en las colinas.

—He estado siguiendo lo que escribes —dice sin reaccionar ante mi burla.

—Oh, ¿te refieres a la web oscura donde se esconden los liberales? Sé que no puedes referirte a los principales medios de comunicación. Tu jefe demandó a la mayoría de los medios de comunicación hasta dejarlos en la insolvencia.

Hay un sonido de tos en el otro extremo de la línea. Suena húmedo y mucoso.

—No tienes que gritar —suplica finalmente.

—Bueno, eso es lo que hago ahora. Ondeo la maldita bandera roja del desastre y nadie escucha.

—Voy a colgar, Clint.

—Hazlo. —la desafío. Ella no lo hace. Yo tampoco. Estamos en un punto muerto, y ninguno de los dos cede terreno. Excepto por una tos ocasional y respiraciones ásperas, creería que había colgado. Yo cedo primero—. Entonces, dime qué tienes en mente, Mandy.

—Siempre el mismo, ya veo.

—Ese soy yo —asiento pasando la mano por el pelo, que ahora tiene más blanco que negro.

—Escuché que te casaste poco después de terminar tu libro.

—Casado, divorciado y lo mismo de vuelta.

—¿Niños?

—Una hija perfecta que heredará un mundo moribundo. —Silencio prolongado—. ¿Y tú? Tu amante presidencial ha muerto; supongo que estás al acecho de nuevo.

—Él nunca fue mi amante.

—Podrías haberme engañado a mí y a varios millones de personas más.

—Vamos, Clint, odio esto. Todos me odian. —En Chicago, hago como si estuviera tocando el violín de la lástima. Ella, por supuesto, no puede ver eso—. Siempre disfruté de nuestros almuerzos —dice finalmente Mandy.

Suspiro, y dejo ir la ira.

—Yo también, chica.

—Clint, me gustaría verte. Pagaré tu pasaje.

—¿Qué? ¿Por qué? —Estoy realmente desconcertado, aunque en mi mente ya estoy haciendo las maletas. Esta es una historia que podría vender. Dios sabe que necesito el dinero.

—Me estoy muriendo —responde simplemente— y no tengo a nadie con quien hablar.

59

Tomo el siguiente avión. Sí, estás pensando que un tren que funciona con energía solar sería mejor para el medioambiente, pero las acciones del presidente empujaron la energía renovable tan atrás de la cortina que la nueva administración recién ahora está analizando propuestas.

—Lo sé, me veo como una mierda —comenta Mandy cuando su conductor me deja en su puerta. No sé cuántos acres posee en Black Hills, pero condujimos a través de kilómetros de pinos y abedules enfermos sin ver a nadie. Aun así, el aire es claro y hay algún tipo de vegetación de helecho verde que huele a limpio. Me bajo del auto, respiro aire fresco y casi me ahogo; mis pulmones no están acostumbrados.

Mandy realmente parece una mierda. Siempre fue delgada, pero ahora es esquelética, y sus ojos parecen charcos marrones. Su cabello todavía es grueso y rubio, pero sospecho que es una peluca. Está pálida y su piel es más seca que las conchas marinas blanqueadas que Emily y yo solíamos encontrar en la playa. Lleva un oxigenador delgado y un tubo corre entre este y sus fosas nasales.

Nos abrazamos, muy torpemente.

Ella me lleva adentro, a una gran sala, donde hay brasas encendidas en una enorme chimenea, pero sin calor. Miro de cerca: una muy buena réplica.

Una mujer con pantalones y camiseta trae té. ¡Cielo santo!, no he tomado té caliente en años, ya que es tan raro como el café ahora. Un guardia (probablemente del Servicio Secreto) se encuentra cerca de la puerta.

—Gracias —le digo tomando mi taza. Bebo un sorbo. Maldita sea, el té está bueno—. Está bueno. No recuerdo la última vez...

—Basta, Clint.

—Bien. Sin sarcasmos, lo prometo.

Ella tose y luego comienza su historia. Pongo el pulgar en la grabadora escondida en mi bolsillo.

—Él nunca fue mi amante, déjame decirte eso de inmediato. —Se inclina hacia adelante y toma un sorbo de su propio té—. Tuve un padre difícil. Creo que te lo conté. Aprendí temprano a abrirme camino. Claro, bromeé, le di ideas a Alex... Pero nunca me sometí a sus demandas. Eso habría significado que perdí el juego y, con él, eso habría significado que perdí mi alma. —Le doy una mirada escéptica. Pero realmente le creo. De lo contrario, no habría durado más de una docena de años—. Conocí a Alex antes de que comenzara con su candidatura a la presidencia. Podría ser un imbécil, pero pude ver que estaba destinado a grandes cosas, así que ¿por qué no? Interferí, ofrecí consejos, serví como orientadora. Sé dónde están enterrados los cuerpos, yo misma enterré algunos. —Debo de haber lucido sorprendido porque ella niega con la cabeza—. En sentido figurado, me refiero a cuerpos figurados. —No estoy tan seguro de eso, pero no digo nada. Ella continúa—: Es solo que, bueno, no tenía idea de cómo terminaría.

Me mira con ojos tan insondables como el mar. Casi me hunde.

—No fue todo altruista —agrego, tratando de recuperar el equilibrio. Lo sé, lo prometí, pero no puedo evitarlo.

—No, no lo fue. Y no me disculpo por nada de eso. Gané cada dólar. —La expresión escéptica debe de haber cruzado mi rostro nuevamente porque ella dice—: ¿Quieres escuchar esto o no?

—Sí. Me doy cuenta de que es tu naturaleza crear al rey.

Me lanza una mirada perpleja, toma su taza de té con mano temblorosa y la levanta para tomar un trago. Cuando se vuelve hacia mí, ¿hay cierta conciencia en sus ojos? ¿Podría ella, en su aceptación contra lo que sea que la está matando, recordar los tiempos anteriores? No estaba bromeando cuando dije que era su naturaleza.

—Tal vez tengas razón —reconoce Mandy—. Manejar personas siempre fue fácil para mí, incluso cuando era niña. —El guardia del Servicio Secreto cambia el peso de su cuerpo de un pie a otro, y se oye el roce de la tela floja en la habitación silenciosa—. Paul —dice ella volviéndose hacia él—. Esto tomará un rato. Bien podrías acercar una silla y estar cómodo. —Así comienza: me cuenta que el autoengaño y la profunda inseguridad de Alexander Richter comenzaron temprano. Él era el hijo del medio, que siempre competía contra un hermano mayor y una adorada hermanita. El padre movió los hilos para llevarlo a las mejores escuelas preparatorias y luego a Wharton y a Harvard. Pagó tutores, donó dinero para influir en los profesores para que le dieran buenas notas. El joven Richter siguió a su padre hasta la firma de Wall Street que entonces poseía. Si su padre, como director ejecutivo, no podía sacar su trasero del fuego cuando hacía malos negocios, entonces, Alex culpaba de sus fracasos a las acciones de los demás. El acoso continuó cuando el padre se retiró. Richter incumplió con los préstamos, se adueñó de los éxitos de otros corredores, engañó, mintió y, cuando fue necesario, demandó para salir del desastre. Se casó, se divorció, y se volvió a casar. En total, pasó por cuatro esposas y quién sabe cuántas aventuras y amoríos de una noche. Tuvo una hija idiota y un hijo cortado de la misma tela que él. Compró acciones que milagrosamente subieron o bajaron, según la forma en que fueran rentables, y barrió con las ganancias. Con juegos de manos, negocios sucios en campos de golf, tráfico de información privilegiada y chantaje, dominaba los mercados. Cuando la SEC y el fiscal general de Nueva York empezaron a husmear, se metió en política. No fue el dinero lo que lo atrajo; era el poder sobre los demás y la ceguera ante sus defectos. Como Rico McPato, contaba su dinero. A diferencia del pato, también mantuvo en su bóveda a legisladores, jefes de agencias, banqueros, propietarios de fábricas de acero y aserraderos y administradores de fondos de cobertura. Para las pocas cosas que no podía controlar (Internet y las empresas de tecnología), manipuló al Congreso y a los reguladores para que sofocaran sus esfuerzos. En el camino, se hizo rico y todopoderoso. Mandy se hizo rica y se atascó como un insecto en ámbar—. Guardé documentos, pruebas —afirma después de la purga de confesión.

—Me alegro de que lo hayas hecho. —Más suavemente agrego—: Sospecho que ahora es demasiado tarde. Él ya no está, todo lo que has dicho ya se ha informado antes, aunque lo que tienes les dará legitimidad a las historias.

Las lágrimas comienzan a acumularse en sus ojos. Maldita sea, ¿qué quiere ella de mí?, ¿absolución? Richter estaba muerto, el daño ya estaba hecho y es posible que el medioambiente, nuestro planeta azul y verde, nunca se recupere.

—Tengo frío.

No me puedo resistir a una chica bonita, ¿verdad? Voy a donde ella está sentada, tomo una manta del respaldo del sofá y la coloco alrededor de sus hombros. El tipo del Servicio Secreto empieza a levantarse, pero le lanzo una mirada y vuelve a sentarse. Luego tomo asiento a su lado.

—Mandy, lamento encontrarte enferma. Entiendo por qué

quieres sacar esto de tu alma pero, excepto por cualquier prueba que tengas, esto no es una noticia nueva.

—Entonces, ¿por qué viniste?

Porque, amiga mía, creo que solo estabas actuando según el guion que Dios nos puso, o la mano invisible que sea. En su lugar, lo que digo en voz alta es:

—Porque siempre me agradaste y quería escucharte.

Ella apoya la cabeza en mi hombro. Yo la dejo. Nos sentamos allí durante un largo rato en silencio, mirando las brasas artificiales que brillan en la chimenea. Amigos falsos viendo un fuego falso. Hay algo cínico ahí, pero me niego a seguir a ese conejo por un agujero.

—Tengo una unidad flash con sus registros fiscales, comerciales y personales, y algunos documentos impresos con sus huellas digitales y firmas —dice Mandy finalmente.

Esto llama mi atención.

—Gracias —expreso varios minutos más tarde cuando ella y Paul traen una caja—. Será mejor que me vaya si quiero tomar el avión a casa.

Nos abrazamos de nuevo, esta vez con menos torpeza.

Es la última vez que la veo. Me mantengo ocupado los siguientes tres meses escribiendo otro libro, esta vez de no ficción bajo mi nombre, y con la sabiduría de la reflexión y la autenticidad de la documentación. Mandy no vive lo suficiente para verlo publicado. Por eso, estoy agradecido.

El libro se vende bien. Financio la Universidad y la escuela de posgrado de Emily. Hago una donación a un par de organizaciones sin fines de lucro de renombre que ayudan a los pobres y desplazados. Pienso en retirarme, pero la gente sigue llamando con sus historias, así que vuelvo al trabajo.

PARTE X

60

"El hombre busca un futuro entre las estrellas —les dijo la serpiente en el tiempo intermedio—, pero empaca sus fracasos para el viaje".

Nave espacial Conquistador
C. 2500 d. C.

Nací a bordo de la nave. Es la única vida que he conocido. A pesar de todas esas historias antiguas sobre criogenia y viajes espaciales, la realidad resultó más difícil. Mis bisabuelos ganaron la lotería "sal de la tierra agonizante" y abordaron la nave. Según la tradición familiar, los alborotadores violaron la seguridad justo cuando se encendió el motor y la nave despegó. Muchos de los alborotadores murieron por la prisa y el calor, pero el abuelo explicó que, probablemente, fue una muerte más sencilla que el hambre, las enfermedades y las lesiones cancerosas que quedaron para el resto de los ciudadanos de la Tierra.

La mía es la cuarta generación en habitar la nave y seremos los últimos. Los científicos (el bisabuelo y la bisabuela eran dos de ellos) construyeron las sondas que ya habían aterrizado en Thrae y terraformaron el planeta para nuestra llegada. El mapa de monitoreo en el comedor rastrea nuestro progreso hacia el nuevo mundo y el tiempo restante. Trece años, tres meses y veintisiete días para la llegada figuraba esta mañana. Marco los números en la calculadora incrustada en mi escritorio. Tendré veintiséis años, siete meses y trece días cuando aterricemos en nuestro nuevo hogar. Me pregunto cómo se verá. Las cámaras y las sondas envían datos a la nave, pero las imágenes que vemos ya tienen meses cuando llegan.

El tiempo en el aula es obligatorio; algunas cosas no cambian, dice papá. Por supuesto, reconozco a mi viejo amigo cuando nos encontramos en el comedor de tercer año. *Wata* es su nombre esta vez. Intento, ¡oh, por todos los santos!, hago todo lo posible por evitarlo porque sé...

Evito a Wata tanto como puedo. Es mayor, y su familia come en un horario diferente, por lo que no es demasiado difícil. Además, soy buena jugando a ser invisible. Un día, eso termina.

—¿Cuál es tu nombre, niña? —pregunta Wata ese día durante el tiempo de aventura. Estamos en el jardín con un muro de escalada y otros equipos, organizado para desafiar nuestros cuerpos. Lo ignoro, y empiezo a trepar por la pared—. Wata quiere saber, niña —me grita. Salta, agarra mi zapatilla de escalada y tira de mí hacia abajo, donde reboto en la colchoneta.

Miro a mi alrededor al grupo que nos rodea. Hay dos chicas, una de mi año y otra mayor. También hay dos chicos de la misma edad que Wata. Ninguno parece feliz.

—Soy Rulie —contesto dándome por vencida y acomodando mi zapatilla de donde me la arrancó del pie.

—Rulie —repite haciendo que mi nombre suene como baba en su boca—. ¿Te conozco de algún lado?

Me encojo de hombros.

—¿Salón de clases? —sugiero convirtiéndolo en una pregunta. Sé que no es el salón de clases. Su grupo mayor se reúne en la cápsula D-2, y el mío se reúne en la cápsula B-5. Eso lo hace tres años mayor, pero eso no lo menciono.

—Cápsula B-5, igual que yo —acota la niña más joven. ¿Cuál es su nombre?, ¿Nani o Sami?

—Estás en mi grupo de juego, ahora —anuncia Wata cruzándose de brazos.

—Pero... —me quejo.

—Te vi escalar la pared y atravesar los barrotes. Eres rápida, incluso para una chica. Voy a ganar el próximo concurso, así que ahora estás en mi equipo.

—Sí —exclama uno de los chicos más grandes cruzándose de brazos igual que Wata.

Y así quedo atrapada. Conozco a Wata, lo he conocido en nuestras muchas reencarnaciones a lo largo de los eones. Este hacedor de reyes no es mi amigo, Ibiaw, quien me salvó de la serpiente en el campo de trigo junto al gran río. Ese era mi verdadero amigo. El que conocí por primera vez como Ibiaw se ha vuelto más corrupto en cada vida en la que nos encontramos. Estoy de vuelta en la maldita obra donde la trama nunca cambia. ¿A quién asociará su talento este hacedor de reyes en esta vida? Solo el tiempo lo revelará.

FIN

Querido lector:

Esperamos que haya disfrutado leyendo *El hacedor de reyes y el escriba*. Tómese un momento para dejar una reseña, aunque sea breve. Su opinión es importante para nosotros.

Atentamente,

Connie L. Beckett y el equipo de Next Chapter

SOBRE LA AUTORA

Connie Beckett vive y trabaja en el noreste de Kansas. Disfruta de cualquier excusa para viajar por el país con el pretexto de una investigación novedosa. Otros libros del autor se pueden encontrar en Amazon y Kindle e incluyen: *Nana Belle Wins the Lottery*, *Song of Grace* y la serie de misterio de Gwen Lindstrom.

El Hacedor de Reyes y El Escriba
ISBN: 978-4-82411-655-0

Publicado por
Next Chapter
1-60-20 Minami-Otsuka
170-0005 Toshima-Ku, Tokyo
+818035793528

8 diciembre 2021

www.ingramcontent.com/pod-product-compliance
Lightning Source LLC
LaVergne TN
LVHW091402190726
843491LV00006B/1217